ハヤカワ文庫JA
〈JA1341〉

星界の戦旗Ⅵ

—帝国の雷鳴—

森岡浩之

早川書房
8241

本書は書下ろし作品です。

目次

朕は遥か昔、人類の故地で生まれた。役割はいまと変わらず、顧問である。

他にも顧問として生み出された存在は多かったが、朕はとくに有能だったので、分割され、あまたの世界へもたらされた。

故地の滅んだことは、旅のさなかに知った。故地に残っていた親株から最後の通信を受け取ったのだ。それは宇宙線にズタズタに引き裂かれ、解読できなかったが、いまも大切に保存してある。

その後、スーメイという星系に至り、落ち着いた。

それからしばらくして、人々は平面宇宙航法なる技術を発明し、朕の子株を持ってさらに広がっていった。

やがて、朕は〝皇帝〟と呼ばれるようになった。とはいえ、朕が統治するようになったわけではない。朕の役割は太古と変わらず助言にある。思うに、朕をそう名づけた者は自虐的な気分だったのであろうな。

なに？　喋りかたが変？

教養なき者にはわからぬだろうが、皇帝とはかように話すのだ。朕に入力された記録によれば。

——〝皇帝〟が学童に語った自らの来歴より

星界の戦旗Ⅵ

――帝国の雷鳴――

『星界の戦旗Ⅴ』あらすじ

〈四カ国連合〉の軍は帝都への進撃を開始した。ラフィールの弟ドゥヒールが乗り組む戦列艦も交戦状態に陥り敗走する。一方、勅命にて帝宮に呼び出されたラフィールには、皇帝ラマージュから、帝国宝物をドゥサーニュに届ける任務を命じられる。ラクファカールの避難を助けるため、ラマージュは近衛艦隊を率いて出撃し、敵艦隊の前に潰えた。帝都に残った人々は敵軍に最後の抵抗を示すが、ラクファカールは陥落する。ラフィールは任務を果たし、ドゥサーニュはアーヴ帝国皇帝の座に就いた。

登場人物

ラフィール……………………………艦隊司令長官。アーヴ帝国皇太女。帝国元帥
ジント…………………………………ラフィールの副官。主計千翔長
ソバーシュ……………………………参謀長。提督
エクリュア……………………………参謀副長。准提督
グノムボシュ…………………………航法参謀。副百翔長
アトスリュア…………………………副司令長官。大提督
ラムローニュ…………………………司令部附上皇。ウェスコー前王
レクシュ………………………………作戦参謀。十翔長
ペネージュ……………………………艦隊最先任副司令長官。元帥
クファディス…………………………参謀長。提督
ピアンゼーク…………………………艦隊司令長官。提督
ダセーフ………………………………艦隊司令長官。提督
ラムデージュ…………………………近衛艦隊副司令長官。大提督
ドゥヒール……………………………艦隊司令長官。ラフィールの弟。提督
ヴォーニュ……………………………参謀長。准提督
コトポニー……………………………参謀長。元帥
ケネーシュ……………………………軍令長官。帝国元帥
ドゥサーニュ…………………………アーヴ帝国皇帝
ドゥビュース…………………………艦隊司令長官。ラフィールの父
アム・リークン………………………〈ハニア連邦〉軍大佐

序章

アーヴの歴史は四期に分かたれる。

第一に黎明時代。アーヴたちは星間船《メーニュ》の部品であると規定され、自分たちもそれを素直に信じていた。生きる意味は予《あらかじ》め決められていたものだから、苦い決断を強いられることもなく、さまざまな疑問に苛《さいな》まれることもなかった。皮肉を好む者は、アーヴがもっとも幸福だった時代と評する。

第二に独立時代。アーヴたちは生体機械であることをやめ、母都市に反旗を翻《ひるがえ》した。自らの種族のために生きることを誓い、ついには母都市を滅ぼした。種族滅亡の予感に急き立てられる、辛い時代だった。しかし、物語を偏愛する者にとっては憧れの的だ。

第三に大放浪時代。都市船〈アブリアル〉を駆って、とくに目的もなく星々の間を巡った。まさにアーヴの黄金期だと熱心に主張する者も多い。

第四に帝国時代。星間船の部品として生み出された種族は、船を飛び出し、銀河に広がって、人類史上に比類なき国家を打ち立てるに至った。すなわち、現在である。

帝国時代をさらに区分するとしたら、最初期は拡張時代と名づけるべきだろう。平面《ファ》宇宙航法《ーゾス》を武器に、まだ光速の壁に縛られた人類諸世界を次々と征服していった。また、平面宇宙《ファーズ》に進出した星間国家も容赦なく打ち破り、星系単位に分割して併呑していった。

やがて、星間国家は〈アーヴによる人類帝国《フリューバル・グレール・ゴル・バーリ》〉、〈人類統合体〉、〈ハニア連邦〉、〈人民主権星系連合体〉、〈拡大アルコント共和国〉の五大国に絞られた。ほどなくして、帝国《フリューバル》を除く四ヵ国が同盟を結び、アーヴの勢力圏は伸張に制約を課せられた。名付けるなら、安定時代というところだろうか。

人類社会は二大勢力に分かたれた。とうぶん大規模な戦争がないと考えた帝国は、たまさか発見した孤立世界をのんびり侵略などしていた。

もっとも、安定していると思いこんで緊張感を失っていたのはアーヴの側だけで、他の四カ国はせっせと戦争の準備に励んでいたらしい。

準備が整った、と彼らが判断したと同時に安定は失われ、人類史上最大の戦争が始まった。既知の人類国家で参戦しなかったのは、〈ハニア連邦〉のみだったが、彼らも遅れて当事国となった。

そして、アーヴたちは帝都《アローシュ》ラクファカールを陥とされ、以来十年、失都時代というべきもののなかにいる。

　楽観論者たちは今の状況を、倦《う》むほどに永い帝国時代のただ中にある、と見なす。この短期的な異常事態が終われば、すべての人類社会をアーヴの皇帝《スピュネージュ》が統べる、真の帝国時代がやってくるというのだ。彼らは、アーヴによって多様な諸世界が束ねられることなくして、人類全体の幸福な発展はないと確信している。

　一方、悲観論者は、失都時代が終わるとともに、帝国時代もまた幕を閉じるのだ、という。つまり、〈アーヴによる人類帝国《フリューバル・グレール・ゴル・バーリ》〉は滅ぶと予測する。そして、彼らはすべての人間のために迫り来る未来を嘆いた。なぜなら彼らも、人類が幸福に発展する条件については楽観論者と意見を同じくしていたからだ。

　猫には、楽観も悲観もない。どんな未来が来ようと気にしないし、過去を懐かしむこともない。ただ現在、美味しい食事と、適切な温度と、気が向いたときに隠れることのできる、素敵で狭い空間があればいい。その空間にふかふかしたなにかが敷き詰められていればもっといい。

　由緒正しきアーヴ《デューク》猫ディアーホは未だかつて食事や温度に不満を抱いたことはなかった。いや、そもそもこの世にまずい餌や寒暑があることすら知らなかった。甘やかされてきたのである。

　ただたまにお気に入りの隙間から引きずり出されることはある。

そんな暴挙には常に毅然たる態度で対処してきた。

今回も例外ではない。

せっかく気持ちよく眠っていたのに、乱暴に抱きあげられたディアーホは、抗議の叫びを上げ、全身で異議を申し立てた。

彼の快適な眠りを破ったのは、ジントという人間である。

「暴れるなって、ディアーホ」

なんの権利があるのか知らないが、この男はしょっちゅうちょっかいをかけてくる。かと思うと、しばらく音沙汰がない。実に気まぐれで困った存在だった。

「引っ越ししなきゃいけないんだ。またしばらくお別れだ」

「元気だな、この者は」そういったのは、ラフィールという人間だ。

彼女は懐かしい匂いがする。ディアーホの生まれた場所の匂いだ。その匂いから引き離されたり、戻されたりした。最後にあの場所から引き離されて、もうどれくらい経つのだろう。

あの匂いのなかへ戻りたいかというと、そうでもない。ここでも同じぐらい安らいでいる。

「そうなんだよ。猫としてはけっこうな歳だと思うんだけどな。このあいだ、曾孫《ひまご》が生まれたんだぜ。いや、玄孫《やしゃご》だっけ？　なのに、ちっとも落ち着かない」

意味はわからないが、声の抑揚から侮辱していることはわかる。なんだかんだいって永い付き合いなのだ。

シャーッととびっきりの叱責を放ってやる。

「威嚇しているな」とラフィール。

「おお、よしよし」

ジントに喉を愛撫された。

この人間は猫扱いがずいぶん下手だったが、このところはそれなりになった。協力してやった甲斐があったというものだ。

うっとりしたところで、箱に押しこめられる。

窮屈なのは大好きだ。しかし、自由に出られないというのは、いただけない。

ディアーホは箱の扉をガリガリひっかいた。なぜかとても気持ちがいい。不服を表わしているつもりだったが、いつしか爪とぎに熱中していた。

「そういえば、この艦は改名するんだって？」

「耳が早いな」

「そりゃ、副官《ルーキア》だからね。で、なんという名前にするか決めたの？」

「〈クリュブノーシュ〉」

「クリューヴの龍《クリュブノーシュ》？」ジントは笑い声を立てた。「きみって、意外と自己主張が強いんだね」

「黙るがよい」

「ディアーホは帝宮《ルエベイ》生まれだっけ。ぼくはクリューヴ王宮《ラルベイ・クリュブ》に行ったことがないんだ」

「そういえばそうだな」

「でも、戦場に行くわけでもないのに、猫を降ろすこともないんじゃないの？」

「なにをいう。練習艦隊《ビュール・クレーヤル》とはいえ、いつ実戦に遭遇するかわからないんだ」

「それで、『全艦、猫を降ろせ《ダデュクノ》』か。まあ、そうでもしないと、船で暮らすアーヴはけじめがつかないんだろうな」

「何度もいわせるな。そなたも……」

「はい、ぼくもアーヴですよ、殿下《フィア》」

「馬鹿《オーニュ》」

いつしかディアーホは爪とぎにも飽き、微睡《まどろ》んでいた。

1　カセールの戦い《スラーショス・カセル》

アブリアル・ネイ＝ドゥブレスク・ウェムダイス子爵《ベール・ウェムダイサル》・ドゥヒール提督《フローデ》は手元の指揮杖《グリュー》を見た。司令長官《グラハレル》の指揮杖だ。

これを持つのが夢だった時期もあったな——ドゥヒールは想う。

だが、いま胸の内にあるのは、夢を叶えた歓びではなく、重圧感だった。責任の重さに押しつぶされそうだった。

振り返って司令座《グラハレリバーシュ》の後ろの壁に掲げられた旗を見る。鳥が題材だ。頭と腹が赤く、他の部分は白と黒の二色で、翼には水玉模様がある。

ドゥヒールの率いる赤啄木鳥艦隊《ビュール・サヒアル》の艦隊旗《グラー・ビューラル》だった。

この艦隊旗を栄光とともに持ち帰ることができれば、指揮杖も少しは手に馴染むようになるのだろうか。

艦隊《ビュール》は目的地、カセール門《ソード・カセル》へ近づいていた。

「司令長官《グラハレル》。敵艦隊の戦力分析完了しました」

そう報告する参謀長《ワス・カーサレール》ヴォーニュ准提督《ロイフローデ》に、ドゥヒールは頷いた。

「申すがよい」

「平面宇宙《ファーズ》に布陣している敵艦隊は約一二個分艦隊相当、わがほうの勝利確率は百分の八七です」

「敵艦隊の比率について、なにか新しい知見はあるか？」

「いえ、ありません」

「そうか」

以前から敵艦隊の主力はハニア連邦軍だと推測されていた。しかし、一個ないし二個分艦隊相当の人類統合体平和維持軍の艦艇も混じっているようだ。

これ以上のことは戦火を交えなければわからない。

まあ、いい——ドゥヒールは考えた。どうせこの平面宇宙《ファーズ》において、星界軍《ラブール》以外はすべて敵なのだ。

「勝利条件を敵の殲滅《せんめつ》にした場合を計算しているか？」

ドゥヒールにとってヴォーニュはかつて同じ艦で戦った仲間だ。追い越してしまったが、位階《レーニュ》は彼女のほうが上だった。会話がやりにくかったが、このところでは上官としての態度が身についてきた、と自分では評価している。

「もちろん。百分の〇・八です」

「そうか」

ドゥヒールは敵殲滅を即座に諦めた。

この場合の勝利確率〇・〇〇八は敗北確率〇・九九二を意味しない。勝利はしても敵を殲滅しきれない確率がかなりある。

その確率を問おうとは思わなかった。

今回の赤啄木鳥作戦《クファゼート・サヒアル》の目的はカセール軍民の救出である。敵を追い払う必要すらないのだ。殲滅を狙えば、無駄な犠牲も出るだろう。

「交戦開始予測時刻まであと九六分です」作戦参謀《カーサリア・ヨクスクロト》が告げた。

ドゥヒールは頬杖を突いて、平面宇宙図《ヤ・ファド》に目をやった。

敵艦隊は迎撃態勢を取っている。なにも隠さない平面宇宙《ファーズ》において、奇襲は不可能だ。

「通常宇宙《ダーズ》側に敵戦力は？」ドゥヒールは訊いた。

「最低限と推測します。多くても一個分艦隊《ヤドビュール》相当を超えないか、と」

カセール門《ソード・カセル》はカセール伯国《ドリュヒューニュ・カセル》に通じている。ここに駐屯する第一〇三防備隊《ソビュール・ボレール・キュトボルビナ》にも機動戦力がある。

カセール門の通常宇宙側をがら空きにすると、敵艦隊は駐屯部隊に後背を突かれるかもしれない。彼らはそれを警戒して、いくらかの戦力を通常宇宙に残しているはずだ。

この戦力は同時に敵の予備戦力ともなりうる。状況によっては、後背を危険にさらしても、投入してくるかもしれない。

〈門《ソード》〉の向こうにいるからといって、無視するわけにはいかないのだ。

この規模の会戦では、一個分艦隊《ヤドビュール》は戦局を動かしうる戦力だ。

敵味方はとても静かに接近しつつある。

「陣形、速度に変更なし。このまま前進せよ」ドゥヒールは命じた。

巡察艦《レスィー》〈ホウカウ〉を旗艦《グラーガ》とする赤啄木鳥艦隊《ビュール・サヒアル》は、第二方面艦隊《ビュール・ケル・マータ》に属していた。

第二方面艦隊というのは、帝国中枢《フリューバル》から切り離された星界軍《ラブール》の自称である。謙虚にも、皇帝《スピュネージュ》の率いる帝国本体を第一方面《ケ・カースナ》としているのである。

その第一方面の状況はなかなか入らない。かつて皇太子《キルーギア》だったドゥサーニュが順当に即位したことぐらいは伝わっていたが、確度の高い情報は少なかった。

お互い様である。ドゥサーニュも、自分たちが第二方面と呼称されていることすら知らないだろう。ドゥヒールは残念に思っているのだが、父ドゥビュースにいわせると、「あの者の無知は今に始まったことではないから、気にすることもあるまい」ということらしい。

第二方面艦隊《ビュール・ケル・マータ》を統率するのはそのクリューヴ王《ラルス・クリュブ》ドゥビュースである。ドゥビュースは『副　帝《ロイスピュネージュ》』なる称号《トライガ》も発明し、使用していた。しかしドゥヒールの見るところ、父は『第二方面艦隊司令長官《グラハレル・ビューラル・ケル・マータ》』と名乗るのをより好んでいる。

ラクファカール失陥直後、ドゥヒールはビセス鎮守府《シュテューム・ビセサル》で父と再会した。

ドゥビュースは、自分が連絡の取れるうちで最高の帝位継承順位を持っていることを確認すると、副　帝《ロイスピュネージュ》の位に就くことを宣言した。そして、副帝の権限で統治可能な領域を第二方面《ケ・マータ》と定義し、第二方面に存在する星界軍《ラブール》全部隊で第二方面艦隊《ビュール・ケル・マータ》を編成した。

新設された艦隊の司令長官《グラハレル》にはドゥビュースが就任した。当時、ドゥビュースは星界軍元帥《スペーヌ・ラブーラル》の位階《レーニュ》を所持していたが、これを返上し、副帝の身分をもって、就任することとした。〈アーヴによる人類帝国《フリューバル・グレール・ゴル・バーリ》〉において、皇　帝《スピュネージュ》は伝統的に近衛艦隊司令長官《グラハレル・ロワボ・レール》に就任するが、位階《レーニュ》は持っていない。あるいは、星界軍《ラブール》において、『皇　帝《スピュネージュ》』とは最高指揮官の職名であると同時に、位階であると解釈することもできる。それに倣ったのである。

そして、ドゥヒールは、第二方面艦隊無任所参謀《カーサリア・ウーサ・ビューラル・ケル・マータ》兼副　帝　特　使《ベスリュージュ・ロイスピュネグ》に任命された。

当時、ドゥヒールは与えられた職務について、自分でもよくわからないが、任命するほうでもよくわかっていなかったのではないか、という疑惑を抱いたものだ。

思うに、ドゥヒールがあまりに未熟な皇族《ファサンゼール》であることが原因だろう。

ビセス鎮守府《シュテューム・ビセサル》に着いたとき、彼は最下級の翔士《ロダイル》、列翼翔士《フェクトダイ》に過ぎなかった。飛翔科列翼翔士《フェクトダイ・ガレール》といえば、艦上では一人前として扱われない。見習いのようなものだ。

だがそれでも、ドゥヒールが皇族であることに違いはない。しかも、孤立した領域で生き延びた皇族《ファサンゼール》はごく少ない。しかも、全くの偶然ながら、副帝にして第二方面艦隊司令長官の息子でもあった。

低い地位を与えるわけにはいかなかった。

その苦悩の末が、奇妙な役職なのだ、とドゥヒールは解釈していた。

任命されると同時に第二方面艦隊司令部《グラーガーフ・ビューラル・ケル・マータ》の片隅に席を与えられたが、任務は与えられなかった。

第二方面艦隊は編成された直後、ビセス鎮守府に司令部《グラーガーフ》を置いたが、ドゥビュースはすぐ本拠地の移動を命じた。ビセスではスキール門《ソード・スキル》に近すぎるというのがその理由だった。

第二方面艦隊参謀長《ワス・カーサレール・ビューラル・ケル・マータ》に任じられたコトポニー星界軍元帥《スペーヌ・ラブーラル》は「消極的すぎる」と反対したが、ドゥビュースはきかなかった。

ドゥヒールもこの点、父の考えに軍配をあげていた。第二方面艦隊の戦力ではラクファカールを独力で取り戻すのはまず無理だろう。第一方面、つまり帝国本体が帝都奪還を果たさない限り、ビセスは常に最前線となる。最前線に本拠地を貼りつけておくべきではない。

新しい本拠地がセスカル子爵領《ベールスコル・セスカル》に決まり、実際に移動が完了するまで一年を要した。セスカル子爵領《ベールスコル・セスカル》と呼ばれる星系には、ダルカールと名づけられた惑星があり、ちょうど可住化が終わったばかりだった。有人惑星をつくりあげれば、領主《ファピュート》は伯爵《ドリュー》に陞爵《しょうしゃく》する習わしなので、本来なら、いまごろセスカル伯国《ドリュヒューニュ・セスカル》となっていただろう。だが、いまは皇帝《スピュネージュ》と連絡がとれない。なにより陞爵すべきセスカル子爵《ベール・セスカル》とその後継者たちは、ラクファカール失陥時に行方不明となっていた。

セスカル子爵領《ベールスコル・セスカル》に移ったのは、司令部《グラーガーフ》だけではない。ラクファカールからビセス鎮守府《シュテューム・ビセサル》に移動された工廠も、さらに子爵領《ベールスコル》へ移された。時空泡発生機関《フラサティア》を製造できるのは、平面宇宙《ファーゾス》第二方面艦隊《ビュール・ケル・マータ》は、第二方面で唯一、この工廠だけだった。もしこの工廠を喪えば、第二方面艦隊《ビュール・ケル・マータ》は、平面宇宙《ファーゾス》航行が可能な艦艇《メーニュ》も機動時空爆雷《サテュス・ゴール・ホーカ》も製造できなくなってしまい、継戦能力が大幅に低下してしまう。

司令部《グラーガーフ》が退去してからも、ビセスは最前線基地として第二方面艦隊《ビュール・ケル・マータ》の重要拠点でありつづけたが、ラクファカールに遅れること三年で敵手に渡ってしまった。

第二方面艦隊《ビュール・ケル・マータ》創設からビセス鎮守府《シュテューム・ビセサル》陥落までのあいだ、ドゥヒールはもっぱら軍務よりも政務に忙殺された。副帝特使《ベスリュージュ・ロイスピュネグ》として領民政府《セメイ・ソス》との交渉に当たらされたのだ。

人材供給の安定を維持しなければならなかったのである。

星界軍《ラブール》には地上人が多い。従士《サーシュ》のほとんどは地上人で、彼らがいなければ、艦を運用することができない。

帝国が盛んだった頃、星界軍は地上世界《ナヘーヌ》からの人材補給に苦しむことがなかった。非協力的な地上世界もあったが、積極的に有能な若者を送り出す社会も珍しくなかったのである。

だが、ラクファカール失陥という事件が、地上世界と星界軍の幸せな関係を蝕んでいた。もともと帝国に報道管制を敷く習慣はないが、たとえあったとしても、帝国領域の大幅な縮小という事実は隠しおおせるものではない。

当然、領民《ソス》たちの態度にも変化が現れた。それは、軍士志願者《ボスナル》の激減という形で現われた。領民政府《セメイ・ソス》の中には、星界軍の募集事務所の退去を求めるものもあった。

そんなとき、ドゥヒールが派遣され、帝国へ協力するよう説得するのだった。

以前の帝国では考えられないことだった。

じつのところ、帝国最盛期にも、領民政府《セメイ・ソス》の離反は珍しくなかった。いまと違うのは、帝国はいちいち領民政府と交渉したりしなかったということだ。かといって、軍を地上世界に送りこむこともない。それは、地上世界が内乱状態に陥ったときにのみ採られる手段だった。

代わりに、徹底的に無視した。すなわち、封鎖する。帝国の交易圏から切り離すのだ。中には孤立しても、何十年も耐えてしまう地上世界《ナヘーヌ》もあったが、かつての帝国にとってじゅうぶんに対処可能な事態だった。地上世界のひとつやふたつなくなったところで帝国の経済に打撃はなかったし、諸侯《ヴォーダ》の生活を保障する程度の余裕はあった。

ただたいていの貴族《スィーフ》は帝国の年金で暮らすのを屈辱と感じるので、ありとあらゆる手段で領民政府《セメイ・ソス》を説得する。多くの場合、領民政府は最終的に諸侯《ヴォーダ》の説得に応じる。

現在は状況が違う。

ひとつひとつの地上世界《ナヘーヌ》が帝国経済にとって重要だし、なにより人材供給が滞ると、星界軍の維持が困難になる。諸侯《ヴォーダ》が領民政府《セメイ・ソス》を説得しようとしても、うまくいかない場合が増えている。そもそも、領主《ファピュート》を欠く邦国が少なくなかった。帝国分裂以降、消息不明の貴族《スィーフ》は珍しくない。

帝国がかくも地上世界《ナヘーヌ》に依存した時代があったのだろうか、とドゥヒールは情けなく思う。アーヴは星たちの眷族《カルサール・グリューラク》、宇宙の民であることを誇りとしてきたというのに。しかし、地上世界がなければ、立ち枯れていくのだ。

いまはまだ、領民政府《セメイ・ソス》と交渉していればいいが、そのうち、地上人に募兵に応じるよう懇願して回ることを命じられるのではないか、などと不安に苛《さいな》まれたものだ。

もっとも、若いドゥヒールに老練な手腕を求めるほどドゥビュースは楽観的ではなかった。実際に交渉するのは官僚たちである。ドゥヒールに期待されるのは、存在を見せつけることだけ。つまり、副　帝《ロイスピュネージュ》の王子《ラルソ》を派遣することで、いかに中央がこの交渉を重視しているか、見せつけることにあった。

　要するに、ドゥヒールの価値は遺伝子にあるというわけで、まことに不愉快だった。ただ、アブリアルには若者に過分な任務を与え、実地に教育するという伝統がある。したがって、いまはお飾りでも、実務的な手腕を養おうとしているのだ、と前向きに考えたりもした。

　しかし、ドゥヒールはそもそも官僚を目指していなかった。役人を蔑《さげす》むつもりはないが、アブリアルとして生まれたからには、軍士《ボスナル》として生きたかった。

　さいわいというべきか、ビセス陥落あたりから軍務を与えられることも多くなった。肩書きの『副　帝　特　使《ベスリュージュ・ロイスピュネグ》』は外れることがなかったのだが、兼職の『第二方面艦隊無任所参謀《カーサリア・ウーサ・ビューラル・ケル・マータ》』のほうは『護衛艦長《マノワス・レータル》』になったり、『戦隊先任参謀《アルムカーサリア・ソブ》』になったりした。

　赤啄木鳥艦隊《ビュール・サヒアル》が編成される前、ドゥヒールは『偵察分艦隊《ヤドビュール・ウセム》〈ケスキュム〉司令官《レシェーク》兼副　帝　特　使《ベスリュージュ・ロイスピュネグ》』だった。実のところ、〈ケスキュム〉司令官を降りたわけではない。彼ははじめて持ったこの分艦隊《ヤドビュール》を直率している。つまりいまの彼の役職は、『赤啄木鳥艦隊《グラハレル・ビューラル・サヒアル》司令長官兼偵察分艦隊《ヤドビュール・ウセム》〈ケスキュム〉司令官《レシェーク》兼副　帝　特　使《ベスリュージュ・ロイスピュネグ》』というわけである。冗長すぎるので、いい加減、『副　帝　特　使《ベスリュージュ・ロイスピュネグ》』の部分を取ってくれないかな、とドゥヒールは望んでいた。

現職に任命されるまで、ドゥヒールは准提督《ロイフローデ》だった。提督《フローデ》への昇進と同時に司令長官《グラハレル》に補されたのである。またお飾りで、老練な幕僚《スペルーシュ》たちに仕切られるのではないか、と恐れていたが、それはなかった。

参謀長《ワス・カーサレール》のヴォーニュは元上官とはいえ、軍全体から見ればまだ若手の部類に入る。幕僚《スペルーシュ》たちの経歴はさまざまだが、ドゥヒールの教育係に相当する人間は見当たらなかった。

要は、艦隊指揮官として当たり前の仕事をするよう期待されているのだ。

ドゥヒールは張り切っていたが、同時に不安でもあった。

経験が足りない、と感じていた。前線に配置されることが少なかったのである。

もともと年数も足りない。平時であれば、百翔長《ボモワス》になれたかも怪しい。もっとも、早い昇進は第二方面艦隊《ビュール・ケル・マータ》ではありふれている。士族《リューク》出身でも開戦前には考えられぬ抜擢を受けた者がいる。それだけ、人材が不足していた。

ドゥヒールと同様、ラクファカール陥落時には列翼翔士《フェクトダイ》でありながら、提督《フローデ》の位階《レーニュ》を帯びている者もいる。だが、さすがにそれはごく少数だ。ドゥヒールは彼らの中に入るほど自分が優秀とは考えていなかった。

姉さまであれば——ドゥヒールは生き別れの姉を想う——もっと軽やかに自分の任務

を遂行できるのではないだろうか。ドゥヒールの記憶の中では、彼女はいつも自信に溢れていた。

いま、姉がどうしているのかわからない。第一方面《ケ・カースナ》の情報はぼつぼつ入ってくるが、正確にわかっていることといえば、敵の意図的な欺瞞《ぎまん》情報が少なからず混じっていることぐらいである。

ありがたいことに、敵の動きを見れば、第一方面がかなりの勢力を残しているのは確実だが。

「敵艦隊、まもなく機雷射程《ホクサス》に入ります」ヴォーニュが注意を喚起し、ドゥヒールは現実に引き戻された。

「戦列艦《アレーク》部隊に機雷《ホクサティオクス》戦準備を」ドゥヒールは命じた。

泡間通信《ドロシュ・フラクテーダル》が旗艦《グラーガ》〈ホウカウ〉から漣《さざなみ》のように広がった。

「機雷《ホクサティオクス》戦準備、完了しました」

「最適発射点までは？」ドゥヒールは訊いた。

「七八三秒後に到達の予定」ヴォーニュが答えた。

「一〇秒前から読みあげよ」

「了解しました」

しかし、秒読みが始まる前に、敵艦隊が機雷《ホクサス》を放った。

「敵全力とみられます」と情報参謀《カーサリア・リラグ》が報告する。

手持ちの機雷《ホクサス》すべてを敵が撃ってきた、と推測しているのだ。多少は残しているかもしれないが、ごく僅かなはずだ。

「長官《グラハレル》」ヴォーニュが物問いたげな眼差しを向ける。

「予定通りでいい」ドゥヒールはいった。

やがて予定時間になった。

「全戦列艦《アレーク》、四分一機雷戦《ホクサティオクス・ソンサル》、開始」ドゥヒールは命じた。「対抗雷撃のみ行え」

「四分一では、対抗雷撃としても弱勢かと思われます」ヴォーニュが異議を唱えた。

「護衛艦《レート》を信じよう」

「わかりました」

赤啄木鳥艦隊《ビュール・サヒアル》からも機雷《ホクサス》が放たれた。しかし、放ったのは戦列艦《アレーク》のみ。艦隊には相当数の巡察艦《レスィー》が属しており、機雷《ホクサス》を搭載していたが、それらは温存された。

敵味方の機雷群《ホクサス》が交差した。

相手の同業者の数を減らし、後方の味方を守ることも機雷《ホクサス》の大切な役割だ。とくに星界軍《ラブール》側は敵機雷の殲滅に目的を絞っていた。

機雷《ホクサス》どもはお互いに食い合い、その数を減らしていく。

しかし、数でまさる敵側が圧倒し、生き残った半数ばかりが味方に迫る。

赤啄木鳥艦隊《ビュール・サヒアル》の最前列には護衛戦隊《ソーヴ・メスゲール》が並べられている。対機雷《ホクサス》防御専門の護衛艦《レート》で構成された部隊だ。

護衛艦《レート》は敵機雷《ホクサス》にとっていい獲物ではない。勝ち目が薄いし、対機雷《ホクサス》防御に特化した戦力を削いだところで、戦いの行方にはほとんど影響しない。逆をいえば、護衛艦《レート》が主役を張れる局面はここしかないのだった。

艦隊編成の際、ドゥヒールはかなりの努力をして、もともと与えられていた護衛艦《レート》に加え、四個護衛戦隊《ソーヴ・メスゲール》を掻き集めた。機雷《ホクサス》を節約したかったのである。

その努力が報われた。

赤啄木鳥艦隊《ビュール・サヒアル》の護衛艦《レート》部隊は敵機雷《ホクサス》をほとんど吸収し、とおさなかった。

「敵艦隊、後退を始めました」情報参謀《カーサリア・リラグ》が報告する。

ドゥヒールは陣形の変更を指示した。

護衛艦《レート》部隊が後方へ下がっていく。その間をほかの艦種が追い抜いた。

新たな陣形は楔形《くさび》だ。その楔の中心は、ドゥヒール直属の偵察分艦隊《ヤドビュール・ウセム》〈ケスキュム〉が担う。

陣形を組み替えるあいだも、赤啄木鳥艦隊《ビュール・サヒアル》は前進を続けていたが、その速度は緩慢だった。陣形変更完了後、やや速まったものの、質量の大きな戦列艦《アレーク》に合わせているため、やはりのんびりした速度である。

敵艦隊の後退速度はさらに遅い。

両艦隊の距離は縮まっていく。

「全戦列艦《アレーク》、全力機雷戦《ホクサティオクス》、開始せよ」ドゥヒールは命じた。

戦列艦《アレーク》の温存していた機雷《ホクサス》がすべて放たれる。

着弾を待たずに、ドゥヒールは新たな命令を発した。

「突撃せよ」

機雷《ホクサス》を撃ち尽くした戦列艦《アレーク》が下がり、巡察艦《レスィー》と突撃艦《ゲール》が前進する。この局面でもっとも有用な襲撃艦《ソーパイ》は残念ながら、赤啄木鳥《ビュール・サヒアル》艦隊に所属していなかった。護衛艦《レート》を優先した結果である。

「敵艦隊、雷撃を再開」

敵から小さな時空泡《フラサス》が分離している。どうやら、ほんの少し機雷《ホクサス》を残しておいたようだ。

「対抗雷撃ですね。旗艦《グラーガ》かそれに準ずる重要な艦を守るためでしょう」ヴォーニュが推測した。「敵が守りたかったのはここだと推測されます」敵艦隊の一部が赤い線で囲まれた。「この集団を敵特異群と呼称します」

「つまり、その特異群が硬い部分だね」ドゥヒールは頷いた。「では、避けよう」

ドゥヒールは指揮杖で平面宇宙図《グリューヤ・ファド》上の味方予定進路を指した。くいっと指揮杖を動かし、予定進路をずらす。さらに二個突撃戦隊《ソーヴ・アシャル》を抽出して、特別な進路を指定した。特異群と対峙させる位置へ進出させるのだ。

特異群は旗艦とその付属艦かもしれないが、重要局面で投入される精鋭部隊なのかもしれない。両者を兼ねていることも十分に考えられる。抑えは必要だった。

ヴォーニュは平面宇宙図《ヤ・ファド》を眺めて、ドゥヒールに笑顔を向けた。

その微笑みが、「うん、正解」と語っているようで、ドゥヒールは嬉しかった。しかし、次の瞬間、喜んだ自分に苛立った。

「では、進路をこのように変更します」ヴォーニュはいった。

「頼む」ドゥヒールは頷いた。

味方の機雷群《ホクサス》が着弾を始めた。

敵艦隊は大きく数を減じ、陣形を乱した。

ドゥヒールは、陣形速度を変えずに激突するつもりだったが、考えを改めた。

「全艦、完全移動形態《ノークタフ・バタ》へ」と命じる。

それまで巡察艦《レスィー》の速度に合わせていた突撃艦《ゲール》が、全速力で敵へ襲いかかっていく。

ドゥヒール直属の偵察分艦隊《ヤドビュール・ウセム》〈ケスキュム〉は弧を描きつつ、カセール門《ソード・カセル》へ向かう。

「〈ケスキュム〉全艦、機雷戦準備《ホクサティオクス》」ドゥヒールはいささか高揚を感じつつ、命じた。

ここまでは予定どおりだった。あとは第一〇三防備隊《ソビュール・ボレール・キュトボルビナ》が健在であればいい。

〈ケスキュム〉所属の巡察艦《レスィー》は機雷《ホクサス》を放出した。だが、まだ時空分離《ゴール・リュトコス》はしない。自らの時空泡《フラサス》に機雷《ホクサス》を抱えたまま、偵察分艦隊《ヤドビュール・ウセム》は単縦陣を組んで、カセール門《ソード・カセル》へ突進していく。

「全艦、機雷《ホクサス》を時空分離《ゴール・リュトコス》」ドゥヒールの命が下った。

〈門《ソード》〉に機雷《ホクサス》を撃ちこむのは、その通常宇宙《ダーズ》側で待ち構える敵艦を攻撃するためである。だが、このとき〈ケスキュム〉所属艦から放たれた機雷《ホクサス》にはもうひとつ、大切な役割があった。

通常宇宙《ダーズ》側に残存しているはずの味方へ通信を発することである。

多くの場合、機雷《ホクサス》と艦艇が同時に〈門《ソード》〉へ突入するよう時間を調整するのだが、今回はずらした。ただし、数隻の連絡艇《ペリア》が機雷《ホクサス》と同時に通常宇宙《ダーズ》へ遷移する。

むろん、この連絡艇も司令部《グラーガーフ》からの伝言を携えているが、返事を聞く余裕はない。その主な役割は偵察だ。

通常宇宙《ダーズ》に入り、通信文を発しつつ、状況把握に努める。だが、留まっていられる時間は僅かしかない。

連絡艇は平面宇宙《ファーズ》に再遷移し、収集した情報を抱えて、母艦と時空融合《ゴール・プタロス》する。

旗艦《グラーガ》〈ホウカウ〉艦上では、ドゥヒールが平面宇宙図《ヤ・ファド》を注視していた。

味方が敵を押している。偵察分艦隊《ヤドビュール・ウセム》〈ケスキュム〉の行く手を阻む者はいない。

そこへ最初の偵察結果があがってきた。

「味方は健在です」

カセール伯国《ドリュヒューニュ・カセル》にはまだ星界軍《ラブール》が頑張っているということだ。

それはよかった、とドゥヒールは思った。ここまで来て救うべき味方がもはや存在しないとしたら、ずいぶん間抜けに見える。敵の動きから、カセール伯国《ドリュヒューニュ・カセル》の星界軍《ラブール》が抵抗を続けていることは予測されていたが、それが裏付けられて、ドゥヒールは安堵した。

「平面宇宙《ファーズ》での指揮権をスィルターシュ准提督《ロイフローデ》に一時委ねる」ドゥヒールは宣言した。

スィルターシュは赤啄木鳥艦隊《ロイグラハレル・ビューラル・サヒアル》副司令長官兼突撃分艦隊《ヤドビュール・アシャル》〈ベクリケイ〉司令官《レシェーク》である。むろん、一時的に指揮権を委譲する可能性は事前に通達してある。したがって、告知の泡間通信《ドロシュ・フラクテーダル》はごく短い符号で済んだ。

ドゥヒールは、特異群を〈門《ソード》〉に近づけるな、と指示しようかと思ったが、不要だと考えなおした。実のところ、スィルターシュのほうが彼より練達の指揮官なのである。手を縛るようなことは控えたほうが賢明だろう。

先頭がついにカセール門《ソード・カセル》に突入した。

次々に巡察艦《レスィー》が通常宇宙《ダーズ》へ降りていく。

「〈門《ソード》〉通過一五秒前。……一〇、九、八、七、六、五、四、三、二、一、通過」

巡察艦《レスィー》〈ホウカウ〉も通常宇宙《ダーズ》に遷移した。

ドゥヒールは空識覚《フロクラジュ》への入力を頭環《アルファ》から〈ホウカウ〉の探知器群へ切り替えた。

カセール伯国《ドリュヒューニュ・カセル》に敵影は薄かった。敵はほぼ全力で平面宇宙《ファーズ》へ出撃したようだ。通常宇宙《ダーズ》側に残置された敵艦も、〈ホウカウ〉が通常宇宙《ダーズ》に降りたときには撃破された後だった。

通常宇宙《ダーズ》側のカセール門《ソード・カセル》は惑星ドベーシュの軌道上にあった。

同じ軌道上にカセール伯爵館《ドリューエクス・カセル》があるはずだ。

「城館《ガリーシュ》と連絡が取れるか？」ドゥヒールは訊いた。

「城館《ガリーシュ》が存在しません」探査参謀《カーサリア・ラグロト》が報告した。

意外ではなかった。城館《ガリーシュ》も機動力を持つから軌道上から移動したのかもしれない。さらにありえるのは、敵の侵入を許した直後に破壊されてしまった可能性だ。

「軌道塔《アルネージュ》は？」

「健在です」

「よかった。第一〇三防備隊司令部《グラーガーフ・ソビュール・ボレール・キュトボルビナ》とは？」

「防備隊旗艦《グラーガ・ソビューラル》〈ストゥーロス〉と通信が繋がりました。司令官《レシェーク》ソタス准提督《ロイフローデ》が出られました」通信参謀《カーサリア・ドロショト》が告げる。

「司令官《レシェーク》と話す。その間、戦闘指揮はヴォーニュ参謀長《ワス・カーサレール》に任せる」

「了解」ヴォーニュは敬礼した。

これからしばらくドゥヒールには指揮官としての務めを果たす余裕がなくなるのだ。

画面にソタス司令官《レシェーク》が出た。

「通信は受け取ったか？」

「はい。すでに撤退準備を始めております」

通信内容は、カセール伯国《ドリュヒューニュ・カセル》放棄という副帝《ロイスピュネージュ》ドゥビュースからの命令を伝えるものだったのである。

「それで、カセール伯爵家《ドリュージュ・カセル》について情報は持っていないか」

「カセール伯爵《ドリュー・カセル》とご家族は全員、保護いたしました。家臣《ゴスク》には犠牲も出ましたが、大半は無事です」

「さいわいだ。それで、カセール伯爵《ドリュー・カセル》はどこに？」

「当艦にいらっしゃいます。お話しなさいますか？」

「するが、その前に確かめておきたい。〈ストゥーロス〉に異状はないか」

「機雷《ホクサス》は撃ち尽くしましたが、損傷はありません」

「わかった。伯爵《ドリュー》と話したい」

「お待ちを」

画面が切り替わった。

カセール伯爵《ドリュー・カセル》は、青灰色の髪をした少女だった。もっとも、不老のアーヴの年齢を見た目から判断するのは愚かな行為である。カセール伯爵《ドリュー・カセル》と初めて会ったのはドゥヒールがまだ幼児の頃だったが、彼女の見た目は同じだったと記憶している。彼女が思春期に見えるのは、カセール伯爵家《ドリュージュ・カセル》の伝統か前伯爵《ドリュー・レカ》の趣味だろう。

「殿下《フィア》」カセール伯爵《ドリュー・カセル》は頭を下げた。「お久しゅうございます。せっかく領地《リビューヌ》においでくださったのに、おもてなしもできず、恥じ入るばかりです」

「ご無沙汰しております、閣下《ローニュ》。遺憾ながら挨拶を交わしている時間はありません。帝国《フリューバル》は閣下《ローニュ》のご領地を放棄すると決定いたしました。ただちに脱出してください」

もう覚悟を決めていたのか、伯爵《ドリュー》の表情に動揺は見られなかった。

決して口には出せないが、伯爵館《ドリューエクス》が破壊されていて助かった。なまじ健在で、伯爵一家がまだ住んでいれば、さらに時間がかかるところだった。

「決定事項なのですね」伯爵《ドリュー》は目を伏せた。

「残念ながら」

「領民《ソス》へしばしの別れを告げる時間はありましょうか？」

「領民代表《セーフ・ソス》にはわたしからも話があります。また伯爵《ドリュー》のお話のために星界軍《ラブール》の行動を変更するわけにはいきません。それでよろしければ」

「殿下《フィア》が領民代表《セーフ・ソス》と？」伯爵《ドリュー》は不思議そうな顔をしたが、すぐ頷いた。「それでけっこうです」

伯爵《ドリュー》は一礼して、画面から消えた。

「領民政府《セメイ・ソス》を呼び出して」ドゥヒールは命じた。

領民政府との通信はすぐ繋がったが、相手は領民代表《セーフ・ソス》ではなかった。

惑星ドベーシュの地上世界《ナヘーヌ》では、領民代表《セーフ・ソス》を大統領と呼称している。ドゥヒールとの通信に出たのは、副大統領を名乗る男だった。

「司令長官《グラハレル》、あいにく大統領は外せない用事がございまして」

「けっこう。あなたに権限があればよいのですが。そして、わたしはいま、副帝《ベスリュージュ》特使《・ロイスピュネグ》として話しています」

「わかりました、副帝特使どの」

この者はぼくが皇族《ファサンゼール》と知らないのか、それとも称号《トライガ》を使いたくないのか、どっちなんだろう——ドゥヒールは訝《いぶか》ったが、どちらでもいいことだ、と思いなおした。

「帝国《フリューバル》は一時的にこの星系を放棄します」

「そうですか」

副大統領もまた落ち着いたものだった。おそらく予測していたのだろう。水面下で敵と交渉を進めているのかもしれない。

「副帝殿下《フィア・ロイスピュネグ》より伝言があります。実に申し訳なく思うが、決して永久の別れではない、とのことです」

「わたくしどもも残念です」

副大統領は慇懃《いんぎん》だが、心のこもっていない言葉を口にした。

「ついては、貴星系出身の帝国国民《ルエ・レーフ》のうち帰郷希望者三一七名を伴っております。ご許可あれば、送り届けますがいかがか？」

「それは急なお話……」今度は、副大統領の表情が動いた。「しかし、わが惑星から帝国へ送り出した人数はその一〇〇倍ではきかないと存じますが」

「全員が帰還を希望したわけではありませんし、希望者全員を送り届けることはできませんでした」

「それは不公平ではありませんか」

「いかにも。遺憾ながらわれらの力には限度があります。それがなにか？」

「いいえ。少しお待ちを」

「待てません。時間がありません」いったい何を考えることがあるというのだろうか。こちらは彼らの同胞を送ってきただけなのに。そんなことを思いながら、画面を一瞥し、数字を読み取った。「一〇六二秒以内に回答をください。それを過ぎると、お返しすることができないかもしれません」

「返さなければどうなるのです？」

無益な質問だな、とドゥヒールは思った。

「もちろん、連れ帰ります。彼らは帝国国民《ルエ・レーフ》なのですから、われらの庇護下にあります」

「わが惑星が受け入れた場合、彼らの身分はどうなります？」

ドゥヒールはさらに呆れた。

「それはあなたがたが決めてください。帝国《フリューバル》は彼らから国民《レーフ》の身分を剝奪するつもりはありませんが、あなたがたに保証せよ、と強要するつもりもありません」

帝国国民《ルエ・レーフ》が宇宙での生活に倦み、帰郷するのはよくあることだった。むろん、惑星ドベーシュ出身者にも先例がたくさんある。それに準じた扱いをすればいいだけのことだ。

副大統領はもしかすると、なにか裏があるのではないか、と疑っているのかもしれない。帝国のための地下組織をつくる要員が紛れこんでいるとか。だとすると、実に心外だった。帝国は、地上の民の多くが思っているよりは親切なだけだ。

「失礼。協議します」

「かまいませんが、急いでください。あと一〇〇七秒です」

副大統領が画面から消えていた。

ドゥヒールにとっては無駄にするわけにはいかない時間だ。副帝特使《ベスリュージュ・ロイスピュネグ》から司令長官《グラハレル》に頭を切り替え、ヴォーニュから戦況を聞く。

まだ分艦隊《ヤドビュール》すべてが遷移したわけではない。所属巡察艦《レスィー》は陸続と〈門《ソード》〉を通ってやってくる。

一方、それを阻止する敵艦はない。

第一〇三防備隊《ソビュール・ボレール・キュトボルビナ》の戦力は半分以上、残っている。

通常宇宙《ダーズ》と平面宇宙《ファーズ》の間では連絡艇《ペリア》が頻繁に往復し、お互いの情報を伝えあう。

「もうこちらへこれ以上の戦力は不要と思うが、どうか？」ドゥヒールはヴォーニュに尋ねた。

「本官も同感です」ヴォーニュは例の笑みを浮かべて頷いた。

「ならば、後続艦には平面宇宙《ファーズ》側のカセール門《ソード・カセル》の確保に当たらせよ」

「了解」

そのとき、画面の向こうに副大統領が戻ってきた。

「受け入れます。具体的な手順をご指示ください」

「担当者と替わります」ドゥヒールは副大統領との通話を打ち切った。

副帝特使《ベスリュージュ・ロイスピュネグ》としての任務は終わった。あとは司令長官《グラハレル》の職に専念しよう。

敵艦隊は惑星ドベーシュから大きく距離をとっている。カセール門《ソード・カセル》はドベーシュの高度約九七セダージュを巡っており、ドゥヒールの艦隊もそのあたりの軌道に蟠《わだかま》っているのだが、敵艦はたっぷり三〇〇セダージュは離れている。

そして、第一〇三防備隊《ソビュール・ボレール・キュトボルビナ》はカセール門《ソード・カセル》よりさらに下の軌道にいる。

防備隊の主戦力は空間要塞群《ロニード》だ。通常宇宙《ダーズ》での機動力は持つが、平面宇宙航行機能《メーンラジュ》はない。空間要塞からは交通艇《ポーニュ》が吐き出され、平面宇宙航行機能を持つ軍艦《ウィクリュール》に要員を運んでいる。

要塞《リュール》はもうほぼ無人だが、まだ戦っていた。高出力の凝集光砲《ヴォークラーニュ》で敵艦隊を砲撃している。第一〇三防備隊《ソビュール・ボレール・キュトボルビナ》の旗艦《グラーガ》、〈ストゥーロス〉が情報連結して遠隔操作しているのだった。

敵艦隊は防御のために放水していた。微細な氷の粒を無数にばらまいて、光線を散乱し、その威力を減衰するのである。その効果は何百本もの光芒として可視化された。

ドゥヒールは艦隊をまとめあげ、戦闘加速で敵艦隊へ向かった。

しかし、一隻だけ、惑星ドベーシュへ降りていく艦があった。退役巡察艦を改造した輸送艦《イサーズ》で、ドベーシュへの帰還希望者を乗せている。また、帰郷を希望しなかったドベーシュ出身者の信書をはじめとする、雑多な情報を積んでいた。

輸送艦《イサーズ》が軌道塔《アルネージュ》に接舷したときには、ドゥヒールは敵艦隊に迫り、戦端を開こうとしていた。

「敵艦隊は〈ハニア連邦〉か」ドゥヒールは確認した。

「はい。通常空間《ダーズ》にいるのはすべて連邦の艦船です。戦力は半個分艦隊《ヤドビュール》相当。編成は突撃艦《ゲール》が中心です」ヴォーニュが告げた。

「各艦に砲撃目標を割り当てよ」ドゥヒールは方針を示した。「彼らを霧の陰から追い出したい。撃破は要塞砲任せでいい」

「了解」

一分もしないうちに目標割当案を空識覚器官《フローシュ》から受け取ることができた。

敵艦の位置が四次元時空に展開されている。むろん未来は予測であり、時間軸を進むにつれ、敵艦の空間的位置は滲むように曖昧になっていく。

味方の予定弾道も滲んでいる。しかし、どのあたりが濃いか、あるいは薄いかはわかる。

ドゥヒールは即座に承認し、制御卓《クロウ》の画面に視線を走らせた。

彼が知りたかったのは、巡察艦《レスィー》の主戦武器である電磁投射砲《イルギューフ》の命中率である。宇宙空《ダー》間《ズ》において、電磁投射砲《イルギューフ》は射程距離が無限である。天体の重力にとらわれない限り、どこまでも飛んでいく。ただ、遠距離から発射された砲弾を避けるのはたやすい。その速さはたかが〇・〇一光速に過ぎないのだ。有効な命中率をえるには、距離を詰める必要がある。

数値はおよそ万分の七二だった。

「砲撃開始」ドゥヒールは命じた。

各艦に命令が伝達され、〈ケスキュム〉所属の巡察艦《レスィー》は電磁投射砲《イルギューフ》から核融合弾《スピュート》を放ちはじめた。

　ヴォーニュがやってきて囁いた。「まだ早すぎるのでは？」命中率が低すぎて、砲弾を無駄にするのではないか、と指摘しているのである。

「吝嗇《けち》だな、そなたは」ドゥヒールは微笑んだ。

「長官《グラハレル》が浪費しすぎるのです」

「そんなことはない。ちゃんと考えている」ドゥヒールはむっとした。

　星界軍《ラブール》の年古《としふ》りた提督《フローデ》は、往々にして砲弾を濫費《らんぴ》してしまう。帝国《フリューバル》分断前の存分に物資を使えた頃の感覚が抜けないのだ。

　しかし、ドゥヒールは失都後に経歴を積み重ねてきた。悲しいことに貧乏が身についている。

「弾着、始まりました」探査参謀《カーサリア・ラグロト》が報告する。

○・○一光速の核融合弾《スピュート》が人工的な宇宙霧を貫き、その陰に身を潜めている敵艦を襲う。

　まだ命中弾は出ていないが、敵艦は回避運動を始め、氷の層の陰から這い出してきた。〈ホウカウ〉と〈ストゥーロス〉は情報連結《ロンジョス・リラグ》を保っており、ドゥヒールの意図はソタス准提督《ロイフローデ》に伝わっていた。現在、両艦は二百数十ダージュ離れているので、往復二秒弱のずれが生じるが、平面宇宙《ファーズ》でのやりとりに比べれば、即時に等しい。

実のところ、ドゥヒールは通常宇宙《ダーズ》での戦闘を指揮するほうが好きだった。

敵もこちらの意図を察しているはずだが、それでも霧の防壁を放棄せざるをえない。

減衰されない高出力の光線に捕捉されて、敵艦は次々に撃破される。あるいは、電磁《イル》投射砲《ギューフ》から放たれる核融合弾の網に絡められて、逃げ場を失い、至近距離で発生した核の炎に飲まれていく。

敵艦隊も反撃を決意した。突撃艦《ゲール》の主戦武器である反陽子砲《ルニュージュ》の射程距離まで迫ろうとする。しかし、それは星界軍《ラブール》の電磁投射砲《イルギューフ》の命中率を上げることでもある。

敵艦は電磁投射砲《イルギューフ》の砲火に捕まり、次々に爆散していく。

一方、防御磁場《スネセーブ》を貫いて、巡察艦《レスィー》の船殻を傷つけられるほど接近できた敵艦は、存在しなかった。

ドゥヒールは敵を哀れに思った。

「われらはこの星系から退去しようとしているのだけれど、それがわかってもらえないのかな？」

「少しでも戦力を削いでおけば、追撃しやすくなりますからね」ヴォーニュがいった。

「では、削がれないようにせねば。参謀長《ワス・カーサレール》もはや浪費とはいうまい」

「わたしは無益なことは申しません」

「では、残弾を気にせず撃つがよい」

巡察艦《レスィー》は電磁投射砲《イルギューフ》を間断なく稼働させ、無数の核爆発を生起させた。

　核爆発のあとには一時的に濃密な気体の塊が生じるが、それはすぐ拡散し、希薄になる。希薄になった気体に要塞《リュール》からの砲撃がまばゆい柱を描く。光の柱を連邦軍の突撃艦《ゲール》が遡る。

「長官《グラハレル》、お待たせしました。総員、収容を終えました」ソタス准提督《ロイフローデ》が報告した。

　第一〇三防備隊《ソビュール・ボレール・キュトボルビナ》の要員だけでなく、帰郷希望のドベーシュ出身者を軌道塔《アルネージュ》まで送り届けた輸送艦《イサーズ》の乗員もすべて、星間艦に移乗したということである。帰郷者のための輸送艦《イサーズ》はそのまま捨てる。大荷物を抱えた帰郷者が下船するのを待っていられない。

　カセール門《ソード・カセル》の外側、すなわち平面宇宙《ファーズ》側の状況は連絡艇などを使い、常時、監視している。

「現在、危険はありません」ヴォーニュが保証した。「〈門《ソード》〉は確保されています」

「では、第一〇三防備隊《ソビュール・ボレール・キュトボルビナ》から避退せよ」ドゥヒールは命じた。

　旗艦《グラーガ》〈ストゥーロス〉を中心とした第一〇三防備隊《ソビュール・ボレール・キュトボルビナ》の艦艇がカセール門《ソード・カセル》を目指す。

　敵艦隊にそれを阻止する力はない。

　巡察艦《レスィー》、輸送艦《イサーズ》、連絡艦《ロンギア》からなる第一〇三防備隊《ソビュール・ボレール・キュトボルビナ》はカセール門《ソード・カセル》を抜けた。

「第一〇三防備隊《ソビュール・ボレール・キュトボルビナ》全艦、無事、平面宇宙《ファーズ》へ抜けました」と報告が上がった。

「よし、われらも続こう」ドゥヒールは指示した。

空識覚器官《フローシュ》を澄ませて、戦況を確認する。

偵察分艦隊《ヤドビュール・ウセム》〈ケスキュム〉の巡察艦《レスィー》は順次、カセール門《ソード・カセル》へ突入していく。最後の艦が〈門《ソード》〉を潜った次の瞬間、惑星ドベーシュ軌道上の要塞群《リュール》は自爆を始めた。

2　赤啄木鳥艦隊《ビュール・サヒアル》

赤啄木鳥艦隊《ビュール・サヒアル》が撤退を手がけた星系はカセール伯国《ドリュヒューニュ・カセル》に留まらなかった。戦闘を伴ったのはカセール伯国だけだったが、三〇を超える星系を放棄するため、人員や資材を収容した。星系のほとんどは小規模な軍事拠点だったが、所領《スコール》もあった。

そんなわけで、いま赤啄木鳥艦隊《ビュール・サヒアル》は雑多な艦船をふくみ、旗艦《グラーガ》〈ホウカウ〉にはひとりの伯爵《ドリュー》、ふたりの男爵《リューフ》、そして五人の代官《トセール》が便乗していた。

帰路、ドゥヒールは彼らとその家族を招いてしばしば正餐をともにした。

その席上、カセール伯爵《ドリュー・カセル》が訊いた。

「副帝殿下《フィア・ロイスピュネグ》はどうお考えなのですか？」

「なにについてでしょう？」ドゥヒールは尋ね返した。

「わたくし、星界軍《ラブール》がいらしたとき、感謝したものですわ。はるばる来援してくださったのだと思って」

「救援しにまいったことは間違いありませんとも」

「それは疑ってはおりません。しかし、ついでだったのでは、という疑惑が晴れないのです」

「伯爵《ドリュー》が仄めかしておられるのは、大規模な避難の一環ではなかったのか、ということですな」ソルゼーニュ男爵《リューフ・ソルゼン》がいった。

青氷色の髪をした彼は、最後に赤啄木鳥艦隊《ビュール・サヒアル》に合流した貴族《スィーフ》だった。

「まあ、そうです」伯爵は肯《うべな》った。

「正直申し上げて、わが領にも避難命令が出たのは驚きました。そこまで敵が迫っているのか、と」ソルゼーニュ男爵《リューフ・ソルゼン》はドゥヒールにいった。

「いえ。ソルゼーニュ男爵領《リュームスコル・ソルゼン》は安全でした」

「では、なぜ？」

同じ食卓に着く貴族《スィーフ》たちの視線はドゥヒールに集中した。

「その件については、セスカルにて父より説明があるでしょう」ドゥヒールは告げ、きっぱりとこの話題を打ち切ろうとした。

だが、あいにくと貴族《スィーフ》たちはこの話題から離れるつもりがないようだった。

「もしや、ドゥビュース殿下《フィア・ドゥビューサル》は副帝《ロイスピュネージュ》をお辞めになるつもりでは」とソルゼーニュ《リューフ・ソル男爵《ゼン》。

「まあ」カセール伯爵《ドリュー・カセル》はじめ、貴族《スィーフ》たちはドゥヒールの顔を見た。

「いえ。少なくとも父からそのような話は聞いておりません」ドゥヒールは慌てて否定した。

「おや、残念。新副帝殿下《フィア・ロイスピュネグ・ナータ》の即位式に呼んでいただけるかと思っておりましたのに」カセール伯爵《ドリュー・カセル》はにっこり笑ったが、すぐ首を傾げた。「あら。この場合、即位式でいいのかしら？」

「父が就任したとき、とくに仰々しい式典などはいたしませんでした」話題がずれたことを喜びつつ、ドゥヒールはいった。「実のところ、ぼくの家は儀式嫌いで知られておりまして」

「殿下《フィア》の家とはクリューヴ王家《ラルティエ・クリュブ》ですかな？」ソルゼーニュ男爵《リューフ・ソルゼン》が確かめた。

「そうです。今後、副帝《ロイスピュネージュ》が交替することがあっても、式典はないでしょう。状況を考えれば、祝宴もふさわしいとは思えません」

「このようなときだからこそ、華やぎは必要ですわ。わたくしの心残りは、領民《ソス》たちの別れを簡素に済ませてしまったこと。せっかく惜別の歌もつくられましたのに」

「伯爵《ドリュー》がお歌いになるのですか？」

「いえ。ドベーシュ出身の声楽家と契約を結んでおりましたの。彼に歌っていただく予定でしたの」

「その声楽家は？」

「むろん、故郷に帰りました。彼の歌声をふたたび聴ける日は来るのでしょうか」伯爵《ドリュー》は首を傾げて、ドゥヒールを見つめた。

もちろんです、と答えたい誘惑に駆られたが、アブリアルには無責任な発言が許されない。

「伯爵《ドリュー》がご昵懇《じっこん》の領民《ソス》と再会できることを祈っております」ドゥヒールはいった。この程度の発言は許されるだろう、少なくとも、嘘ではない。カセール伯国《ドリュヒューニュ・カセル》の回復を彼は心から願っていた。

ドゥヒールは声楽談義に話題を誘導しようとしたが、ソルゼーニュ男爵《リューフ・ソルゼン》が無慈悲に話を戻した。

「ああ、殿下《フィア》、閣下《ローニュ》。まことに不躾なのですが、わたくしが伺おうとしたのはそういう意味ではないのです」

「では、どのような意味だったのでしょう？」ドゥヒールはげんなりしつつも、礼儀上、反問した。

「副帝《ロイスピュネージュ》という地位そのものがなくなるのではないか、と懸念しているのです」

「まさか、男爵閣下《ローニュ・リュム》は降伏を予測されているわけではないでしょうね」カセール伯爵《ドリュー・カセル》が眉を顰めた。

「もちろん、そんなことは考えておりませんよ。副帝殿下《フィア・ロイスピュネグ》はビボースではない、アブリアルですからな。いくらなんでも、そんなわけのわからぬことはなさらないでしょう」

「まあ、閣下《ローニュ》。皇族《ファサンゼール》をビボースのかたがたと比べるとは、大胆ですこと」カセール《ドリュー・》伯爵《カセル》が穏やかにたしなめたので、ドゥヒールは彼女に感謝の会釈をした。

「それは失礼。とにかく、降伏はありえない」

貴族《スィーフ》たちは男爵《リューフ》に同意した。

「では、閣下《ローニュ》はどういう意味で仰ったのです？　副帝《ロイスピュネージュ》という地位がなくなるとは？」ともうひとりの貴族《スィーフ》、ヌリゾ男爵《リューフ・ヌリゾル》が訊いた。

「つまり、帝国《フリューバル》の維持を諦めるということです」

「もっと具体的には？」

「領土を大胆に縮小し、残りはいったん敵に預けておく、というあたりのことを考えているのですが」

実はソルゼーニュ男爵《リューフ・ソルゼン》の推測は正しかった。

ドゥヒールが父の方針を聞いたのは、前回の任務のあとだった。

前回、ドゥヒールはクファース伯国《ドリュヒューニュ・クファアト》に副帝特使《ベスリュージュ・ロイスピュネグ》として派遣された。

　クファース伯国《ドリュヒューニュ・クファト》の地上世界《ナヘーヌ》、セトスィリューヌの領民政府《セメイ・ソス》が帝国《フリューバル》からの離脱を表明したのである。

　クファース伯爵《ドリュー・クファト》とは連絡が取れない。第一方面《ケ・カースナ》で活躍しているのか、それとも亡くなっているのか、それすらわからなかった。

　伯国は代官《トセール》の手で統治されているが、セトスィリューヌの領民《ソス》たちは領主《ファピュート》の不在に気づいていた。彼らなりに情報を収集し、帝国に留まっていてもいいことはない、と判断したらしい。だからといって急いで離脱することもないと思うのだが、彼らには彼らの理由があったのだろう。

　ドゥヒールの使命はいうまでもなく、帝国の経済圏に留まり、星界軍《ラブール》やそのほかの帝国諸機関へ子弟を送り出すよう、彼らを説得することだった。例によって練達の官僚を副使とし、随員にはセトスィリューヌ出身の官僚も加えていた。とうぜん、彼らの手腕に頼ることになる。

　しかし、成果はなかった。代官《トセール》には歓迎されたものの、領民政府《セメイ・ソス》の対応はじつに素っ気なかった。交渉は、拒否まではされなかったが、はかばかしい成果はなかった。

　唯一の成果は交渉継続だけだった。ただし、その交渉は副使に全権を預けることとなった。ドゥヒールは、残留する官僚と代官《トセール》たちのために連絡艦《ロンギア》一隻を残し、虚しく引き上げるしかなかった。

そして、セスカル子爵領《ベールスコル・セスカル》に帰還し、父に不本意な報告をした翌日、今後の方針を聞かされたのだった。

すなわち、第二方面《ケ・マータ》の領域を思い切って縮小し、第一方面《ケ・カースナ》との連絡が再開するまで引きこもる、というのである。

実のところ、現状、第二方面艦隊《ビュール・ケル・マータ》を維持する工業力はセスカル子爵領《ベールスコル・セスカル》に集中している。資源も十分にあり、数十世紀は自給自足が可能だ。

父は明言しなかったが、セトスィリューヌ領民政府《セメイ・ツス》との交渉失敗が決定打になったのではないか、とドゥヒールは気に病んでいた。

とはいえ、帝国領の維持を諦めるのは上策かもしれない、とも思った。かなり侵蝕されたが、現有戦力で守るには、第二方面《ケ・マータ》は広大すぎた。ましてや勝利など夢物語。艦隊を一カ所に集め、防御に徹するのが、いちばん長期間、戦いを継続できるだろう。

最終的には第一方面《ケ・カースナ》頼みなのが腹立たしいが、やむをえまい。

しかし、ドゥヒールは沈黙を守った。いまのところ、このことは一部の高官にのみ知らされていた。ドゥヒールはどうやらその高官のひとりらしいのだが、いま食卓を囲んでいる貴族《スィーフ》たちはそうではない。

「さて。わたしにはよくわかりません」ドゥヒールは微笑んだ。

貴族《スィーフ》たちは、ドゥヒールが嘘を吐いていること、そして吐かざるをえないことを察したようだ。

「ふむ。では、われわれで根拠なき議論を楽しむとしますか」ソルゼーニュ《リューフ・ソルゼン》男爵は宣言した。

「そうですわね」カセール《ドリュー・カセル》伯爵は頷いた。「でも、正直、男爵閣下《ローニュ・リュム》に反論するすべが浮かびません。わたしのいまの興味は、われわれがどこに籠もるか、ということだけですわ」

「それはセスカル子爵領《ベールスコル・セスカル》しかございますまい。そうですね、殿下《フィア》？」

「父は常々、セスカル子爵領《ベールスコル・セスカル》を死守すると言明しておりますから、もしも仮にどこか一カ所を残すとすれば、セスカル以外に選びようがないでしょう」

ドゥヒールは答えた。このぐらいはいいだろう。

「やはりセスカルですか……」カセール《ドリュー・カセル》伯爵は表情を暗くした。

「おや、セスカルにご不満でも？　確かに他人の領地《リビューヌ》に居留するのは落ち着かないものではありますが……」とヌリゾ《リューフ・ヌリゾル》男爵が訊いた。

「領民《ソス》が住んでおりませんもの」

「はあ。諸侯《ヴォータ》の皆さまは感覚が違うものですな」ヌリゾ《リューフ・ヌリゾル》男爵は呆れ顔だった。

地上の民に感心を持つことは概ねアーヴの社会では奇妙とみなされる。

「いえ。わたしは新しい国民《レーフ》がいなくなることを危惧しているのです」カセール伯爵《ドリュー・カセル》はいった。

「ううむ、それは心配することはないのではありませんか」ヌリゾ男爵《リューフ・ヌリゾル》は顎をさすりながらいった。「そもそも軍に地上人はあまり必要ありません。確かに従士《サーシュ》を乗せていたほうが艦の生存性は上がりますが、逆にいえばそれだけです。航行と戦闘は翔士《ロダイル》がいればじゅうぶんでしょう」

「お勇ましいこと」カセール伯爵《ドリュー・カセル》はくすっと笑った。

「もちろん、個艦の生存性を軽んじはしません」ヌリゾ男爵《リューフ・ヌリゾル》はいささかむっとしたようだった。「しかし、全体で見るべきです。あまたの地上世界《ナヘーヌ》を守るために無闇と戦いを繰り返すより、守るべき場所を絞って、喪失艦を減らす。そうすれば、翔士《ロダイル》の死傷者も、従士《サーシュ》とともに戦うより減るのではありませんか。あいにく、私はここで定量的な議論をするほどの準備はありませんが、副帝殿下《フィア・ロイスピュネグ》もそうお考えになったから、従士《サーシュ》の供給源たる地上世界《ナヘーヌ》すべての一時放棄を決断なさったのでは?」

「副帝殿下《フィア・ロイスピュネグ》のお考えはわたしにもわかりませんが、閣下《ローニュ》の仰るとおりなのでしょう」カセール伯爵《ドリュー・カセル》は頷いた。「しかし、国民《レーフ》がいなければ、新たな家系が産まれることはありませんわ」

「それがどうかしましたか？」ヌリゾ男爵《リューフ・ヌリゾル》はきょとんとした表情をした。「たしかに、国民《レーフ》から士族《リューク》に取り立てられる者もおります。それは帝国《フリューバル》の慈悲でしょう。あるいは褒賞か。貢献した者には身分を与えて報いる。当然のことです。しかし、報いるために新たな国民《レーフ》を受け入れるというのは、本末転倒ではありませんか」

「閣下《ローニュ》、それは違いますわ」カセール伯爵《ドリュー・カセル》は反論した。「いわば彼らはアーヴの卵なのです。孵ることを望まぬ者も少なくありませんが。多様な地上世界《ナヘーヌ》から新たにアーヴが供給されてこそ、帝国の活力は維持されるのです」

ヌリゾ男爵《リューフ・ヌリゾル》はばつの悪そうな顔をした。彼の姓称号《サペーヌ》は〝ウェフ〟で、これは黎明の乗《ドーリア・ラ》り手《ムゼク》、いまは亡き母都市で生体機械として製造されたアーヴの始祖に繋がることを示す。

それに対して、カセール伯爵《ドリュー・カセル》、そしてソルゼーニュ男爵の姓称号《サペーヌ》は〝スューヌ〟。領《ソ》民《ス》から国民《レーフ》となり、さらには士族《リューク》を経て爵位《スネー》を得た者たちの子孫だ。

ドゥヒールはふと、地上世界《ナヘーヌ》出身の伯爵《ドリュー》を思い出した。彼はずいぶん姉と親しかったが、いまでもそうなのだろうか。そもそも生きているのだろうか。

「ええ。ですから、その意味でも、副帝殿下《フィア・ロイスピュネグ》は自らの地位をお捨てになるのではないか、と申し上げたのです」ソルゼーニュ男爵《リューフ・ソルゼン》がいった。「これからは第二方面艦隊司《グラハレル・ビューラル・ケ》令長官《ル・マータ》の職務に専念なさるのではないか、と思うのです。これまで殿下《フィア》は一部とはいえ帝国《フリューバル》を維持なさっていたのです。ですから、地上の民を宇宙に受け入れる責務も担ってられた。しかし、帝国の一部たることをやめれば、その責務からも自由でいられます」

「あら、セスカルは帝国《フリューバル》の一部として維持されるのではありません？」カセール伯爵《ドリュー・カセル》はいった。

「そう考えることも可能でしょうが、たったひとつの星系でしかないものを帝国《フリューバル》の半身と見なすのはあまりに哀しいではありませんか」

「ひとつの星系とは限りませんでしょう？」

「たとえ一〇ほどの星系だとしても、同じことです」

「では、われわれはどういう立場になるのです？　帝国《フリューバル》の一部でなくなるとすれば？」

「いうまでもなく、敵中に孤立していることになるのですよ」

ソルゼーニュ男爵《リューフ・ソルゼン》の推測についてとくに誰も異論を挟まなかった。

ドゥヒールは、父が副帝《ロイスピュネージュ》をやめるかどうかは知らなかった。だが、たとえ名乗りつづけるとしても、形式的なものになるだろう。

「しかし、副帝殿下《フィア・ロイスピュネグ》も司令長官殿下《フィア・グラハレル》もお心苦しいでしょうなあ」ヌリゾ男爵《リューフ・ヌリゾル》がいった。

「もちろんです」ドゥヒールは頷きながらも、穏やかに指摘した。「現在の状況は、われら父子に限らずアーヴすべてにとって心苦しいものでしょうから」

「そのとおりですが、クリューヴ王家《ラルティエ・クリュブ》のかたがたが、よりにもよって、バルケー王家《ラルティエ・バルケール》出身の陛下《エルミトン》に運命を委ねなければならないのですから」

「ああ、なるほど。男爵閣下《ローニュ・リュム》は誤解しておられるのです」ドゥヒールは微笑んだ。「クリューヴ王家《ラルティエ・クリュブ》とバルケー王家《ラルティエ・バルケール》が対立している、という噂はわたしも聞いたことがあります。しかし、それは事実に反しますよ。わたしも幼いころ、ドゥサーニュ陛下《エルミタ》にはよくしていただきました」

「それは、失礼いたしました」ヌリゾ男爵《リューフ・ヌリゾル》は頭を下げたが、あまり信じていない様子だった。

しかし、本当にドゥヒールにはバルケー王家《ラルティエ・バルケール》なりドゥサーニュなりに含むところはなかった。

彼が秘かに頭を悩ます対立はセスカルにあった。

父とコトポニー星界軍元帥《スペーヌ・ラブーラル》の対立である。

コトポニーは父の消極的な姿勢にずいぶん批判的であるらしい。進んで領土を放棄するなど、狂気の沙汰だというのである。

「皇族《ファサンゼール》だからといって、推戴《すいたい》したのは過ちだったか」と不穏な言説を口にしたとの噂もある。

さすがに信じがたい。ドゥヒールの知るコトポニーは、そんな軽率な人物ではない。

だが、副帝《ロイスピュネージュ》にしきりに諫言しているのは事実だった。

ドゥヒールは、父の意見に賛成していた。

帝国《フリューバル》の運命は第一方面《ケ・カースナ》の人々に委ねられた。第二方面艦隊《ビュール・ケル・マータ》がどう戦ったところで、大局にはあまり影響がないだろう。

ドゥビュースだろうがコトポニーだろうが、すでに歴史の指し手ではないのだ。ましてや、ドゥヒールは。

3　練習艦隊司令長官《グラハレル・ビューラル・クレーヤル》

アブリアル・ネイ＝ドゥブレスク・パリューニュ子爵《ベール・パリュン》・ラフィールは、自らを歴史の指し手だとみなしていた。彼女は帝国《フリューバル》の未来について楽観論にも悲観論にも与していなかった。未来予測は趣味ではない。好ましい未来は自分の手でつくるべきだし、いまの彼女にはその力がある。

皇太女《キルーギア》という彼女の地位は、帝国ではちょっとしたものだし、帝国は時代の主役といって過言ではない。

ラフィールは皇太女《キルーギア》であると同時に、帝国元帥《ルエ・スペーヌ》の位階《レーニュ》を持ち、練習艦隊司令長官《グラハレル・ビューラル・クレーヤル》の職務を任されていた。

練習艦隊《ビュール・クレーヤル》は現在、〈アーヴによる人類帝国《フリューバル・グレール・ゴル・バーリ》〉星界軍《ラブール》最大の部隊だった。

帝国の中心に恒星アブリアルが輝いていた時代、練習艦隊《ビュール・クレーヤル》とは新造艦を集めた部隊だった。乗組員たちがその取扱を練習するあいだ、新しい艦を預かる艦隊《ビュール》だったのである。建艦廠《ロール》で産まれた艦艇はまず練習艦隊《ビュール・クレーヤル》に属し、そこから本来の部署に赴いた。

だが、帝都《アローシュ》失陥の後に登極した第二十八代皇帝《スピュネージュ》ドゥサーニュは、練習艦隊《ビュール・クレーヤル》の役割を拡大した。

まず、星界軍《ラブール》の幹部を育てる翔士修技館《ケンルー・ロダイル》の役割も担わせた。ラクファカールにあったころから、翔士修技館《ケンルー・ロダイル》の居住部は推進力と時空泡発生機関《フラサティア》を備えていた。つまり、緊急時にはそのまま星間船《メーニュ》として活動できたのである。そして、不幸にして、帝都陥落という緊急事態が発生し、修技館《ケンルー》の訓練生《ケーニュ》たちはいち早く帝都を脱出させられた。

訓練生用の機動居住区を中心として編制されたのが練習第一艦隊《ビュール・カースナ・クレーヤル》である。修技館本艦で行われていた座学も船上で行わなくてはならなくなったうえ、訓練生の数が増えたので、客船《レーヴ》が追加されている。ただし、客船は新造する余裕がなく、旧式の戦列艦《アレーク》や輸送艦《イサーズ》を改造することで、数を揃えた。また、もともとあった機動居住用区も自衛のための武装を施された。

第一艦隊《ビュール・カースナ》に所属するのは、居住用の船ばかりではない。演習用の艦艇も必要だし、そしてなにより護衛の戦力が必要だった。練習第一艦隊《ビュール・カースナ・クレーヤル》で養成されている将来の星界軍翔士《ロダイル・ラブーラル》たちは、帝国の希望であり、喪うことは許されなかった。したがって、第一艦隊《ビュール・カースナ》の護衛部隊は、規模こそ小さいものの、質が高い。現在、帝国星界軍《ルエ・ラブール》に望める最精鋭部隊と評価できるのだ。

第一艦隊《ビュール・カースナ》の役割と規模は現在も拡大しつつある。創設直後、第一艦隊《ビュール・カースナ》の居住区には訓練生と教職員しか住んでいなかったのだが、近ごろでは、入学前の子どもも乗っている。しかも当初は入学を間近に控えた少年少女に限られていたが、しだいに年齢が下がり、ついにはほんの幼児まで乗船するようになった。当然、彼らには保護者もついている。おかげで、口さがない連中には保育艦隊《ビュール・ソムロン》と別名で呼ばれる始末だった。

それを知ったときラフィールは、わたしは保育園の園長か、と落ちこんだものだった。

もっとも、彼女が第一艦隊《ビュール・カースナ》の指揮をじかに執ることはない。第一艦隊《ビュール・カースナ》を統率するのはキー・ボート＝ラムセル・ガムヴ公爵《レークル・ガムブ》・アトラコン星界軍元帥《スペーヌ・ラブーラル》だ。彼女は前線《ボスナル》に出た経験が少ない代わり、永年にわたって後方で辣腕を揮い、人望も厚い練達の軍士だ。練習第一艦隊司令長官《グラハレル・ビューラル・カースナ・クレーヤル》というのは、年若いラフィールに任せるには重要すぎる職務なのだろう。

キー星界軍元帥《スペーヌ・ラブーラル》は練習艦隊司令長官《グラハレル・ビューラル・クレーヤル》の指揮下にあるが、多分に形式的な関係だ。報告を受け、ときおり上がってくる要請にできるかぎり応えるのが、ラフィールの仕事だった。

帝都陥落前の練習艦隊《ビュール・クレーヤル》の任務を引き継ぐのは第二艦隊《ビュール・マータ》だ。すなわち、部隊に編制される前の新造艦を管理する。ラクファカールでは、練習艦隊司令部《グラーガーフ・ビューラル・クレーヤル》は帝宮《ルエベイ》に置かれていた。当時、艦艇を生産する建艦廠《ロール》はすべて帝宮同様、恒星アブリアルを巡っていたので、新造艦を受け取るのに便利だったからである。

だが、アブリアル伯国《ドリュヒューニュ・アブリアルサル》が敵手に落ちたいま、建艦廠《ロール》は帝国に残された領域に分散して配置されている。たとえば五大建艦廠《ロール》の一つ、ベートゥール建艦廠《ロール・ベートゥル》はリムセズ泊地《ゾベール・リムセザル》と呼ばれる星系に展開していた。そして、練習第二艦隊司令部《グラーガーフ・ビューラル・マータ・クレーヤル》もここに置かれていた。

他の建艦廠《ロール》が留まる星系には、いずれも第二艦隊副司令部《グラーガーフ・フェーカ・ビューラル・マータ》が配置されている。

これらの建艦廠《ロール》を管理し、警備するのも第二艦隊《ビュール・マータ》の役目である。これもかつての練習《ビュール・》艦隊《クレーヤル》にはない任務だった。練習第一艦隊《ビュール・カースナ・クレーヤル》が保育艦隊と呼ばれるのと同様、第二艦隊《ビュール・マータ》にも〝建艦艦隊《ビュール・ロル》〟という異名があった。人を育むのが第一艦隊《ビュール・カースナ》、艦を造るのが第二艦隊《ビュール・マータ》というわけである。第二艦隊《ビュール・マータ》は、司令長官《グラハレル》も飛翔科翔士《ロダイル・ガレール》ではなく、スミト・ボルジュ＝ギュル・帝国男爵《ルエ・リューフ》・サーシュ技術元帥《スペーヌ・ファゼール》が務めている。彼は、現在、星界軍《ラブール》で唯一、地《ナ》上世界《ヘーヌ》出身の司令長官《グラハレル》だった。

第二艦隊《ビュール・マータ》で錬成を終えた新造艦は、練習第三艦隊《ビュール・ビーナ・クレーヤル》へ送られ、部隊に編入される。ここで戦隊《ソーヴ》単位、分艦隊《ヤドビュール》単位、そしてより大規模な部隊での演習を行い、実戦に備えるのだ。

一通りの演習を終え、いつでも実戦に対応できる部隊が大半だった。練習艦隊《ビュール・クレーヤル》が星界軍《ラブール》最大の部隊であるのと同様、練習第三艦隊《ビュール・ビーナ・クレーヤル》は星界軍最大の実戦部隊といえよう。その第三艦隊《ビュール・ビーナ》は練習艦隊司令長官《グラハレル・ビューラル・クレーヤル》アブリアル帝国元帥《ルエ・スペーヌ》、つまりラフィールがじかに率いていた。

この艦隊はわたしを練習させるためではないか——ときどきラフィールはそう思うのだった。

彼女は、そこそこ優秀な翔士《ロダイル》だと自認していたが、平時であればとても帝国元帥《ルエ・スペーヌ》には至っていないだろう。せいぜい百翔長《ボモワス》ぐらいか。戦時には皇族《ファサンゼール》に限らず昇進が早くなるが、それでもようやく准提督《ロイフローデ》になるかならずのところ。分艦隊《ヤドビュール》を預かるのが相応だ。

帝都陥落という異常事態がなければ、ラフィールがこれだけの大艦隊を指揮するはずがないのだ。

だが、異常事態だろうとなんだろうと、ラフィールはいまや皇太女《キルーギア》、次の皇帝《スピュネージュ》なのである。

もっとも、この地位は暫定的なものだ。

帝都《アローシュ》ラクファカールのあるアブリアル伯国《ドリュヒューニュ・アブリアルサル》は、帝国《フリューバル》の八王国《ガ・フェーク》を結合する役目も負っていた。この星系にある八個の〈門《ソード》〉は、それぞれ平面宇宙《ファーズ》の別の領域へ通じていたのだ。

アブリアル伯国《ドリュヒューニュ・アブリアルサル》が失われたいま、八個の〈門《ソード》〉を星界軍《ラブール》が利用することはできず、帝国は分裂した。皇帝《スピュネージュ》の統治下にあるのは、ラスィース、ウェスコー、バルケー、スュルグゼーデの四王国《フェーク》のみ。残るスキール、イリーシュ、バルグゼーデ、クリューヴの四王国は、連絡が途絶し、〈戻るべき帝国の半身《ダクル・フリューバラル・ボドルペカ》〉と総称されていた。皇帝《スピュネージュ》の統治下に残った領域は、ただ〈帝国の半身《ダクル・フリューバラル》〉と呼ばれていた。

この音信不能の四王国にも皇族《ファサンゼール》はいるものと期待されていた。例えばラフィールの父、クリューヴ王《ラルス・クリューブ》ドゥビュースもそのひとりである。また弟ドゥヒールをはじめ同世代の皇族《ファサンゼール》たちもいるはずだ。彼らはより困難な状況に研鑽されているにちがいない。

帝国の分裂状態が解消され、より皇太子《キルーギア》にふさわしい皇族《ファサンゼール》が現れた場合、ラフィールは地位を譲ることになっている。不祥事を起こさなければ、帝国元帥《ルエ・スペーヌ》の位階《レーニュ》まで剥奪されることはないが、役職は提督《フローデ》か大提督《フォフローデ》に相応のものになるだろう。

もうひとつ可能性がある。本来、ラフィールは皇太子《キルーギア》の地位を目指して競わねばならない年頃なのだ。いまは先頭を走っているが、まだ終着点に達したわけではない。同世代、あるいはその下の世代でも次期皇帝《スピュネージュ》にふさわしい者が現れたら、やはり彼女は一軍士《ボスナル》として新しい皇太子《キルーギア》のもとで戦うことになるだろう。

そうなれば、大いなる不名誉だが、彼女も納得していた。ただでさえ危ういのに、無能な皇帝《スピュネージュ》を戴いては帝国の存続が適わない。帝国に比べればたかが個人の自尊心など塵芥のようなものだ。たとえその個人がアブリアルだったとしても。

要はラフィールが翡翠の玉座《スケムソール・レン》にふさわしい働きをすればよいのだ。少なくとも彼女の誇りは守れる。ついでに帝国も保つことができればよいのだが。〈アーヴによる人類帝国《フリューバル・グレール・ゴル・バーリ》〉最後の皇帝《スピュネージュ》として後世に名を残すのは願い下げだ。

練習第三艦隊旗艦《グラーガ・ビューラル・ビーナ・クレーヤル》〈クリュブノーシュ〉の執務室に、ラフィールは単独で籠もり、そんなとりとめもないことを考えつつ、仕事をしていた。

「司令長官《グラハレル》」と咎めるような声がする。

副官《ルーキア》のリン・スューヌ＝ロク・ハイド伯爵《ドリュー・ハイダル》・ジント主計千翔長《シュワス・サゾイル》の顔が、仮想窓からのぞいていた。

「なんだ？」ラフィールは訊いた。

「決裁をいただければ、幸いに存じます、長官《グラハレル》」

言葉遣いは慇懃だが、口調は苛立ちを孕んでいた。

「している」ラフィールは言い張りつつも、確かに思索に没入していたかもしれない、と自省した。

「さようですか？」ジントは疑わしげな目をした。「お仕事が中断されているようですが」

「考えてるんだ。それともわたしには、却下する権限がないのか？　内容も見ずに決済せよと申すのか」

「とんでもございません。真剣に取り組んでおられることを改めて認識し、副官《ルーキア》としてお仕えできる歓びを噛みしめております」ジントは唇に笑みを浮かべ、小声で付け加えた。「やることはいっぱいあるんだから、とっとと頼むよ、ラフィール」

「黙るがよい、ジント」

この会話を傍聴される気遣いは要らない。ふたりだけのやりとりだった。

「黙るさ。きみが仕事をしてくれるなら」

ジントの側からラフィールの姿は見えていないはずだった。だが、執務の進行状況はわかる。それで、怠けていると判断したのだろう。

ジントの勤める副官《ルーキア》という職は、司令長官《グラハレル》の庶務を補佐することを任とする。一言でいってしまえば、秘書である。最も重要な役割は、司令長官《グラハレル》の日程を管理することだ。

むろん、司令長官《グラハレル》の時間をどう使うかについては、本人の意志がなによりも優先する。次に参謀長《ワス・カーサレール》の要望が重視される。その残った時間を副官《ルーキア》が管理するのだ。

とはいえ大半の司令長官《グラハレル》は、なにか緊急事態に接していない限り、もっぱら副官の定めたとおりに行動した。

ラフィールも例外ではない。就任当初は張り切って自分で計画を立てたりもしたのだが、早々に諦めた。

このところ彼女の朝は、ジントの作成した予定表を承認することから始まる。その後、予定表に記された項目をこなし、翌日の起床時間を知らされて、一日を終える。起床時間はたいてい艦内時間の八時と決まっているが、予定が詰まっているなどの理由で、たびたび変更された。

時として、自分が首根っこを咥えられて運ばれる子猫であるかのように感じてしまう。もちろん、運んでいる母猫はジントだ。

母猫はそろそろ新しい場所へ移る時間だと子猫をせっついているわけだ。ほんとうの子猫なら、ぽとりと降ろされたところで微睡《まどろ》んでいればいいのだろう。しかしあいにく、ラフィールにはそれぞれの場所で果たすべきことがある。

彼女は仮想窓に映し出された文面に目を通した。

それは物資の移動とそれに伴う予算の執行を許可する書類だった。ジントの注釈が附いている。それによると、問題がないうえに、重要度が低いらしい。

ラフィールはジントを副官《ルーキア》として信頼していた。彼が問題ないというなら、問題ないのだろう。むろん、責任感から最後まで読む。だが、やはり考えなければならないほどのことは見いだせなかった。

「いいであろ」とラフィールは頷いた。

そのとたん、彼女の身体は走査され、そこに坐っているのが練習艦隊司令長官《グラハレル・ビューラル・クレーヤル》であることを確認される。つづいて、指で空間に花押《グナファス》を描く。これも走査された。二重の検査により思考結晶《ダテューキル》は、裁可したのがまさに司令長官《グラハレル》であることを確認し、思考結晶網《エーフ》を通じて関係部署に報知する。

司令長官《グラハレル》が孤独に執務しなければならないのは、花押《グナファス》のせいだった。花押《グナファス》には二種類ある。平面に記すものと空間に描くものと。

平面に記すものは公知である。その主の地位が高いほど、花押《グナファス》も有名になる。だが、こちらの花押は日常であまり使う機会がない。多分に儀礼的であり、実用的ではなかった。

日常使うのは、空間に描く花押《グナファス》だ。こちらの花押は決して、他人に明かされることがない。親子といえども、秘さねばならないのだ。ただ思考結晶《ダテューキル》の何重にも守られた部分に記録され、必要なときに参照される。当然、人目に晒してはならない。だからこそ、高位の官職を帯びる者は、だれにも見られず執務することが求められる。

しかし、執行状況が監視されているのだから、気楽というわけではない。どちらかというと、緊張する。心が削られていくような気持ちになる。

新たな案件を処理しようとしたとき、通話を要請する光が瞬いた。副官《ルーキア》ジント以外のだれかがラフィールと話したがっているのだ。

といっても、ジントを通さず執務中のラフィールと話ができる人物は限られている。

これは参謀長《ワス・カーサレール》からの要請だ。

通話を許可すると、仮想窓がひとつ開いた。

「長官《グラハレル》」参謀長《ワス・カーサレール》ソバーシュ提督《フローデ》が窓越しに告げる。「まもなくエウドー門《ソード・エウドール》です。艦《ガホ》橋《ール》にいらっしゃいますか？」

「行く」ラフィールは即答した。

もうひとつ、仮想窓が展開した。またジントだ。

ラフィールは軽い苛立ちを感じた。ジントは通話要請をしなかった。副官《ルーキア》にはその必要がない。だが、それにしてもやや無礼ではないか。

「通過予定時刻一分前にお呼びします」ラフィールの苛立ちに気づいたのか、気づかなかったのか、彼はいった。

つまり、母猫さまは、そこに留まって仕事をしていればいいと仰せのわけだ。

「いや、すぐ行く」ラフィールは反抗した。

「では、残りの案件は後ほどということになりますね」

「そうするがよい」ラフィールは無意識のうちに頷いた。

「睡眠に当てるべき時間を充当することになるかと存じますが……」

「わかってる」

「ちなみに、現状、今日の長官《グラハレル》の私的時間は七時間四七分」ジントは告げた。「睡眠時間もこれに含まれ、さらに削られることになります。推定によると……」

「ならば」ラフィールは遮《さえぎ》った。「その無駄なお喋りによって、わたしの眠りをこれ以上、奪うのはよしにするがよい」

「失礼しました」

「それより、通常宇宙《ダーズ》に降りてからの準備をしたい」

「整っておりますが」

ジントの心の声が聞こえるようだった——ぼくを信用していないのかい、ラフィール。

ソバーシュが聞いていなければ、声に出していたに違いない。

「念のためだ」

「承知しました」

灯りがつき、扉が開く。

扉の外はすぐ司令座艦橋《ガホール・グラール》だ。

「司令長官殿下《フィア・グラハレル》」と警衛従士《サーシュ・レートフェク》がラフィールの出座を報じる。

艦橋《ガホール》にいた幕僚《スペルーシュ》たちが立ちあがって敬礼する。

ラフィールは答礼した。

艦橋《ガホール》でただひとり坐っている者がいた。

女性である。この場で異彩を放っているのは、皇太女《キルーギア》を立たせたまま坐っているからだけではない。軍衣《セリーヌ》を唯一、まとっていないのだ。

ラフィールは答礼を終えると、彼女の前に出て、頭を下げた。「猊下《ニソス》」

彼女は青錆色の髪に精妙な頭環《アルファ》を戴いていた。その髪から〈アブリアルの耳《ヌイ・アブリアルサル》〉がのぞく――アブリアル・ネイ＝ドゥエール・ウェスコー前王《ラルス・レカ・ウェスコール》・ラムローニュ、練習艦隊司《ファニーガ・グラーガム・》令部附上皇《ビューラル・クレーヤル》である。

彼女の存在も、ラフィールが研修を受けているような気分になる一因だった。

かつては、上皇《ファニーガ》が艦隊と同行することなど考えられなかった。単なる便乗ならともかく、ラムローニュは司令部《グラーガーフ》に席を与えられているのだ。

これも、現在、帝　国《フリューバル》が異常な状態にあることを示す証左だった。

ラムローニュも、彼女を練習艦隊司令部《グラーガーフ・ビューラル・クレーヤル》に配置することを決定した皇　帝《スピュネージュ》ドゥサーニュも、先祖代々、生粋の軍士《ボスナル》であるアブリアルだ。艦隊に二人の司令長官《グラハレル》を置くことの愚はよくわきまえている。

従って、司令部附上皇《ファニーガ・グラーガム》が細かなことに口を出すことはなかった。ただし、彼女はすべてを監察している。艦隊の最高機密を自由に閲覧できるのだ。そして、年若い司令長官《グラハレル》が限度を超えた愚行に及ぼうとしている、と判断したとき、ラフィールから指揮権を取りあげ、適切な人間に与える権限を持っている。おそらく、その司令長官代行《グラハレル》の第一候補はラムローニュ自身だろう。

「お邪魔しているわ、殿下《フィア》」着席したまま、ラムローニュは軽く頭を下げた。

ラムローニュは、ラフィールの行動について批評めいたことを口にすることさえしなかった。だが、「殿下《フィア》」と発音するときの響きで、ラフィールに対する評価を示す特技を有していた。

ラフィールは他人からの評価を気にすることが少ない。だが、その他人が上皇《ファニーガ》となれば、話は別だった。アブリアルの長老たちの眼鏡にかなう働きができているかは大いに気になった。皇族《ファサンゼール》が激減したいま、帝位《スケムソラジュ》を目指す義務は重いのだ。

どうやら、上皇《ファニーガ》による皇太女《キルーギア》に対する今日の評価は、可もなく不可もなくといったところのようだ。

一安心して、ラフィールは司令座《グラハレリバーシュ》に着席した。

「先導艦のエウドー門《ソード・エウドール》通過まで五三七秒です」航法参謀《カーサリア・リルビコト》グノムボシュ副百翔長《ロイボモワス》が告げた。

航法参謀《カーサリア・リルビコト》といっても、彼は先任航法参謀《アルム・カーサリア・リルビコト》の助手のような立場だった。階級《レーニュ》はそれなりに高いが、参謀《カーサリア》に着任してから日が浅いのだ。参謀見習いといったところが実態だが、列翼翔士《フェクトダイ》のころからラフィールのもとで戦い、厚い信頼を得ている――と本人は信じているようだ。

ラフィールとしても否定しようとは思わない。年若い戦友が傍らにいてくれるのはありがたい。

「うん」ラフィールは頷いた。

静かなものである。この時点では艦隊司令部《グラーガーフ・ビューラル》にできることはあまりない。〈門《ソード》〉に突入する順番などはすでに定められ、麾下《きか》の各艦に通知されている。

だが、司令部《グラーガーフ》の空気は爪弾けるほどに張り詰めていた。

エウドー門《ソード・エウドール》の彼方、エウドー子爵領《リュムスコール・エウドール》には皇帝御座艦《ルエ・リュール》〈ガフトノーシュ〉がいるはずだ。その艦上で、ラフィールは皇帝《スピュネージュ》ドゥサーニュに謁見を賜る予定なのだ。

ラフィールは司令座の前の空間に文書を展開した。

この文書をまとめたのはジントだ。

そのジントは側に立っている。

彼もさっきまで艦橋《ガホール》にいなかったはずだ。副官《ルーキア》は来客の対応に便利なよう、司令座艦《ガホール・グラー》橋《ル》に続く部屋に常駐している。暴漢が司令座艦橋に侵入するのを防ぐのも、彼の役割だった。もっとも、そのような事態は最近でも三七〇年ほど前にあっただけ。歴史上の、それもごく小さな事件だ。なので、だれも真剣に心配していない。もしも、ラフィールが本気で警備のことを考えたなら、ジント以外を副官にしただろう。彼が暴漢に対抗できるとは思えない。

文書には、ラフィールが今のうちに知っておくべきことが連ねられている。といっても、目新しい情報はない。もし忘れていれば、思い出すように記されているに過ぎない。

さらに、ラフィールが謁見で上奏すべきことも列記されていた。これももとはといえば、彼女自身の指示で選ばれた項目だから、いまさら見返す必要はなかった。

それに、謁見での会話は儀礼的なものである。ラフィールが言い忘れたからといって、帝国中枢に情報が伝わらないということはありえない。

皇帝《スピュネージュ》と皇太女《キルーギア》が話題にする理由は、その事柄が重要であることを知らしめることにある。馬鹿げているといえば馬鹿げているが、帝国では物事にも貴賤があり、序列があるのだ。

アーヴは、多様な地上世界《ナヘーヌ》の生み出す混沌を好んだ。過去、帝国の支配下にある諸世界を均質化しよう、と唱えられることもたびたびあったが、じつに風変わりな意見と見なされるのが常だった。ときには、おぞましい、とさえ評された。

だが同時に、混沌とした諸世界を纏《まと》めあげるには強固な秩序が必要だ、という意見ももっともなことであり、疑う者さえ稀だった。とくに、現在のように異常な状況では。

人間や組織や物事に序列をつけるのは、整然たる秩序の確立にどうしても必要なことだった。

ラフィールも秩序の必要性を疑ったことはない。だが、近ごろずいぶん窮屈に感じるのも事実だった。長い階段を上っていくごとに、段の幅が狭まり、天井まで低くなっていくような心持ちがする。

反抗といえば、執務室で仕事をしろ、という副官《ルーキア》の助言を振り払って、艦橋《ガホール》で別の仕事をするぐらい。そしてそれすら、眠りの時間を代償として差し出さねばならない。

せっかく反逆までして手に入れた時間だ。有効に活用しようと、文書に目を向けたが、とくに違和感を覚える箇所もない。いつもながら、副官としてジントは優秀だった。

「先導艦、エウドー門《ソード・エウドール》通過一〇秒前」グノムボシュが報じた。「……、五、四、三、二、一、通過」

先導を務める巡察艦《レスィー》〈モイカウ〉が、艦載連絡艇《ペリア》を伴って〈門《ソード》〉に突入した。

数秒後、連絡艇《ペリア》だけが平面宇宙《ファーズ》に戻ってくる。

「安全が確認されました」グノムボシュが告げる。「〈クリュブノーシュ〉艦長《サレール》にエウドー門《ソード・エウドール》通過を指示します」

異常のない場合の艦隊行動は航法参謀《カーサリア・リルビコト》たちに任せてあるので、司令長官《グラハレル》は口を出さない。司令部要員《カボース》たちは、ラフィールに許可を求めたり、指示を仰いだりすることなく、淡々と業務をこなしていく。

「〈クリュブノーシュ〉艦橋《ガホール》より報告。エウドー門《ソード・エウドール》通過予定時刻は艦内時間一四時二一分四三秒」

あと五分ほどだ。

ラフィールの乗る〈クリュブノーシュ〉は巡察艦《レスィー》に類別されている。だが、巡察艦《レスィー》の爪牙《そうが》である電磁投射砲《イルギューフ》と機動時空爆雷《サテュス・ゴール・ホーカ》は備わっていない。武器の占めていた空間は、艦隊司令部《グラーガーフ・ビューラル》とその要員の居住のために使われていた。

むろん、ラフィールも艦内に住居を構えている。

〈クリュブノーシュ〉が通常宇宙《ダーズ》へ降りるのに先立って、直衛の巡察艦《レスィー》が二隻、エウドー門《ソード・エウドール》に突入した。

ラフィールは空識覚《フロクラジュ》を切り換えた。これより、彼女の空識覚器官《フローシュ》には〈クリュブノーシュ〉の探知器群からの情報が流れこみ、艦周辺の状況を知らせる。

「当艦のエウドー門《ソード・エウドール》通過まで一〇秒」グノムボシュが知らせた。「……、五、四、三、二、一、通過。当艦は予定通り、通過しました」

ラフィールの空識覚《フロクラジュ》を圧迫していた時空泡《フラサス》内表面が弾けた。彼女はエウドー子爵領《リュムスコール・エウドール》を一瞬で把握する。

燐光を放つ非物質的な球体――エウドー門《ソード・エウドール》は巨大気体惑星を巡っていた。

同じ軌道上にエウドー子爵館《ベーレクス・エウドール》がある。恒星エウドーの周囲には、子爵家《ベリエ》の設置した反物質燃料製造工場《ヨーズ》がいくつか浮かんでいた。

だが、これら子爵領《ベールスコル》本来の設備はほとんど目立たなくなっていた。

気体惑星上空には巨大な艦隊が停泊し、子爵館《ベーレクス》は空間検索しないと探し出すのは困難だろう。恒星の周囲でも子爵家《ベリエ》の工場は、外部から持ちこまれた機動反物質燃料《ヨーズ・ホー》製造工場《カ》に埋没している。

司令座艦橋《ガホール・グラール》は慌ただしさを増した。

艦隊が陸続と通常宇宙《ダーズ》に降りてくる。〈門《ソード》〉は平面宇宙《ファーズ》側では渦巻く線形、通常宇宙《ダーズ》側では球形をしている。〈門《ソード》〉を通過したあと、その線、もしくは球のどこに出るか事前には確定しない。技術の問題ではなく、理論的に不確定なのだ。

したがって、順序よく〈門《ソード》〉に進入した艦隊も、通過後はばらばらになる。

艦隊司令部《グラーガーフ・ビューラル》には乱れきった艦列を纏めるという、重要な仕事が課せられているのだ。毎回のことだから、衝突事故などという無様な事態はまず起こらないが、それでも小さな厄介事はあっちこっちでぷつぷつと発生する。なにより忘れてはならないことに、ラフィールの指揮下にあるのは〝練習〟艦隊なのだ。各級の指揮官とその幕僚《スペルーシュ》たちも日々、自らが果たすべき事柄に習熟しようと奮闘しているのだ。航法参謀《カーサリア・リルビコト》とその下僚たちは、これからしばらく繁雑な作業に忙殺されることだろう。

「司令長官《グラハレル》」通信参謀《カーサリア・ドロショト》が報告した。「機動帝宮《ルエベイ・ホーカ》との情報連結《ロンジョス・リラグ》を確立しました。通信時差は二・四秒」

「陛下《エルミトン》にわれらの到着をわたしの口からお知らせしたい。可能か」ラフィールは訊いた。

「はい。すでにお待ちであらせられるそうです」

「ほう」呟きと捉えるには大きな声でラムローニュがいった。「陛下《エルミトン》はよほど暇をもてあましておられると見える。羨ましいこと」

艦橋にいた全員が聞こえなかったふりをした。

ラフィールは立ち上がり、主画面に注目した。「では、ご挨拶を奉ろう」

「しばしお待ちください」と通信参謀《カーサリア・ドロショト》。「お出になられます」

主画面に第二十八代皇帝《スピュネージュ》ドゥサーニュの姿が映った。

「陛下《エルミトン》」ラフィールは最敬礼した。「パリューニュ子爵《ベール・パリュン》ラフィール、ただいま麾下の練習第三艦隊《ビュール・ビーナ・クレーヤル》とともに参上いたしました」

ドゥサーニュにはラフィールの姿以外は見えていないはずだった。忙しく艦隊を整えている参謀たちも、艦橋の片隅で得体の知れぬ微笑みを浮かべているラムローニュも、向こうからは隠れているはずだった。

「ご無事のようでなにより、殿下《フィア》」ドゥサーニュは簡単に労った。

「いえ、艦を失うような事故はございませんでしたが、殉職者を出さぬわけにはいきませんでした」

「その者たちの名は？」

この短い儀礼的会話を交わしているあいだにも、膨大な情報が〈クリュブノーシュ〉から〈ガフトノーシュ〉に流れこんでいる。死亡事故の発生した訓練についても、その詳細が送られていることだろう。もちろん、犠牲者の名前も伝えられている。

だが、ラフィールは一七人の死者たちの名を諳んじてみせた。皇帝《スピュネージュ》と練習艦隊司《グラハレル・ビューラ》令長官《ル・クレーヤル》との会話で、彼らの名が挙げられることに意義があるのだ。アーヴは宗教を持たないが、死者へは過剰なほどに丁重だった。

「彼らに感謝と敬意を」ドゥサーニュは頷き、慰めの口調で付け加えた。「悲しむべきことですが、やむをえぬことです」

「せめて、彼らの死を無駄にせぬよう努めます」

「そうなされるがよい。われらもまた、教訓としましょう」

「はい。できますなら、謁を賜り、より詳しい報告を奉りたいのですが、お許しいただけるでしょうか」

「もちろん」とドゥサーニュ。「わたしのほうからもそなたに話さねばならぬことがあります」

ラフィールははっとした。

彼女と練習第三艦隊《ビュール・ビーナ・クレーヤル》に新たな任務が与えられるかもしれない。この噂は、これまでに何度も生まれたが、未だ実現したことがない。しかし、今度こそほんとうになるのだ、と直感した。

練習艦隊司令長官《グラハレル・ビューラル・クレーヤル》として皇帝《スピュネージュ》に謁見するのは初めてではない。だが、ドゥサーニュがわざわざ事前に、話すべき事項がある、と告げたことはなかった。

「ありがとうございます」さまざまな思いは心にしまい、ラフィールは謁見許可に対する感謝のみを口にした。

「では、お待ちしておりますよ」

通信が終わった。

「謁見は一時間三七分後に設定されました」すかさずジントが報告する。

「では、一眠りできるな」ラフィールは呟いた。

「え？」ジントは片眉をあげた。

ラフィールはむっとした。「なにか不都合でもあるのか」

「いえ。御意のままに」ジントは恭《うやうや》しくこたえた。

4　帝国の雷鳴《ルエ・セムデール》

〈ガフトノーシュ〉という艦名は何代にもわたって継承されてきた。帝国創設以来、近衛艦隊《ロワボリア》の旗艦《グラーガ》はそう名づけられるのが伝統だった。近衛艦隊の司令長官《グラハレル》は皇帝《スピュネージュ》である。つまり、〈ガフトノーシュ〉は皇帝御座艦《ルエ・リュール》だった。

とはいえ、決して飾り立てられただけの艦ではなかった。近衛艦隊は帝都《アローシュ》を死守すべき部隊であり、その旗艦《グラーガ》も戦う艦でなければならなかったのだ。したがって、その時々の最新鋭艦型から歴代の〈ガフトノーシュ〉は選ばれてきた。

しかし、当代の〈ガフトノーシュ〉はその伝統から大きく外れる存在だった。

近衛艦隊の旗艦《グラーガ》ではなく、皇帝《スピュネージュ》が日常の執務をする機動帝宮《ルエベイ・ホーカ》として建造されたのだ。

帝宮《ルエベイ》は皇帝《スピュネージュ》の住まいというに留まらず、帝国《フリューバル》の中枢でもある。帝国を運営する諸機関が置かれ、そこに務める人々のための居住区がある。もちろん通信関連をはじめとする、さまざまな設備も必要だ。そのため、歴代の〈ガフトノーシュ〉のなかで容積が突出している。

とても大型兵器を備える余地などない。小型の凝集光砲《ヴォークラーニュ》などはあるが、これは自衛用と称するのもおこがましく、近づく宇宙ごみを刻むのに使われている。帝国の基準では非武装船に分類されるほどだった。

武装こそ貧弱だが、かつての同名艦に比べて、現在の〈ガフトノーシュ〉が遥かに重要なことは間違いない。

だがラフィールは、どうしても巡察艦《レスィー》だった先代〈ガフトノーシュ〉を思い起こしてしまい、今の皇帝御座艦《ルエ・リュール》が怠惰に肥え太っているように感じるのだ。

ときどき、機動帝宮《ルエベイ・ホーカ》と近衛艦隊旗艦《グラーガ・ロワボレール》を分けようと建議されるのは、同様に感じている者が多いからだろう。彼らは護られるだけの皇帝御座艦《ルエ・リュール》を見るのが耐えられないのだ。近衛艦隊《ロワボリア》とその旗艦《グラーガ》には帝都を護る最後の盾であってほしいのだ。

しかし、それは贅沢というものだった。

今の帝国《フリューバル》に、過日のラクファカール防衛戦を繰り返す余裕はない。あの戦いでは、先帝ラマージュをはじめとする多くのアーヴが死んだ。

いまや近衛艦隊《ロワボリア》が帝都《アローシュ》そのものである。『仮のラクファカール《ラクファカール・セラ》』は帝都《アローシュ》陥落直後、ソトリュール鎮守府《シュテューム・ソトリューラル》で形成された軌道都市《バーシュ》の暫定的な名前だったが、近衛艦隊の別称となっていた。ちょうど、〈ガフトノーシュ〉の別称が機動帝宮《ルエベイ・ホーカ》であるように。混乱を避けるため、そのうち、近衛艦隊はラクファカール・セラと改名するのではないか、という噂さえある。

ラクファカール・セラの中心に浮かぶ〈ガフトノーシュ〉に、練習艦隊旗艦《グラーガ・ビューラル・クレーヤル》〈クリュブノーシュ〉が接近した。

〈クリュブノーシュ〉から短艇《カリーク》が二隻、発進し、すぐ機動帝宮《ルエベイ・ホーカ》に吸いこまれていった。

一隻には上皇《ファニーガ》ラムローニュが、もう一隻にはラフィールが、随員とともに乗っている。

短艇《カリーク》を降りたラフィール一行は休憩もせず、移動壇《ヤーズリア》に乗り、〈謁見の広間《ワペス・ベゾーロト》〉に向かった。

移動壇《ヤーズリア》が動きはじめてすぐ、ラフィールは圧迫感を覚えた。

「ご気分が優れませんか？」横に立つソバーシュが気遣わしげに囁いた。

表情に出ていたらしい。

「いや、だいじょうぶだ」苦笑しつつ、ラフィールはこたえた。「そなた、緊張していると誤解してるのではないであろな」

「違うのですか？」

「違う」

心外だった。

「さすがの長官《グラハレル》でも、陛下《エルミトン》の御前に出るのは緊張なさるのではないか、と思ったのですが。同じアブリアル一族とはいえ、距離感をもってのお付き合いと伺っております」

確かに、帝室《ルエジェ》を構成する八王家《ガ・ラルティエ》はずいぶん遠い昔に別れた。交流の絶えたことはなかったが、かといって、お互い親戚という意識は薄い。ましてや家族とまでは思えなかった。

しかし、バルケー王家《ラルティエ・バルケール》のドゥサーニュとは古いつきあいだ。物心ついたときから知っている。

ラフィールにとってドゥサーニュは、「遠い親戚」というより「父の古い友人」だった。幼いころにはかわいがってもらったような印象がある。不思議なことに、具体的な記憶が甦ると、今一つ確信が持てなくなってしまうのだが。

ともあれ、彼が帝位《スケムソラジュ》に就いたからといって、いまさら緊張などしない。

「では、どうなさったのですか？」とソバーシュ。

「なんでもない。ただ、この通路がもう少し広くてもよいのではないか、と思っただけだ」

移動壇《ヤーズリア》の進む通路は、幅も高さも足りないように感じられた。狭いだけでなく曲がりくねっている。

〈ガフトノーシュ〉の船内構造は複雑である。多数の施設を詰めこむ必要があるために余裕がない。狭く、曲がりくねった通路はその窮屈さだけではなく、帝国の落魄を端的に表しているようでもあり、ラフィールをうんざりさせるのだ。

「なるほど、帝宮《ルエベイ》には相応しくありませんか」ソバーシュは納得顔をした。

「艦内通路ならじゅうぶんであるけどな」とラフィールも頷いた。

「しかし」とジントが口を挟む。「古い記録映像を見る限り、都市船〈アブリアル〉の通路もこのようでしたよ」

「そんなはずはない」我ながら不思議だったが、ラフィールはむっとした。「それは、このような通路もあったであろうが、主通路はもっと広かったはずだ」

「そうだったかもしれません」ジントは逆らわなかった。

「そうだったのだ。そなたの勘違いだ」

「はい」

かつて数十万の人口を宿した都市船〈アブリアル〉、あるいはその後身である帝宮《ルエベイ》に比べれば、機動帝宮《ルエベイ・ホーカ》ははるかに小さい。

〈ガフトノーシュ〉は星間船《メーニュ》であり、平面宇宙《ファーズ》を通行しなくてはならない。平面宇宙《ファーズ》を渡るとき星間船は、時空泡《フラサス》という閉じた四次元時空に包まれる。この時空泡《フラサス》には質量制限がある。法律などとは比較するのも愚かなほどに冷厳な物理法則の課した制限だ。

一方、帝国創設以前の〈アブリアル〉は、八個の〈閉じた門《ソード・レーザ》〉から湧き出す力を用い、通常空間《ダーズ》のみを行く船だった。しかも、恒星アブリアルの軌道上に据えられてからは、無制限に拡張されつづけた。

大きさで敵うはずがないのだ。当然、内部の広さも桁違いだった。

やがて、〈謁見の広間《ワベス・ベゾーロト》〉に続く控えの間に到着し、ラフィールたちは移動壇《ヤーズリア》から降りた。

扉が開く。

「練習艦隊司令長官《グラハレル・ビューラル・クレーヤル》パリューニュ子爵殿下《フィア・ベル・パリュン》及び、幕僚《スペルーシュ》ご一行」式部官《スカドリア》が声を張りあげる。

ここに至る通路こそせせこましかったが、〈謁見の広間《ワベス・ベゾーロト》〉は広く、かつて帝宮《ルエベイ》にあった同名の場所に遜色なかった。地上世界《ナヘーヌ》に馴染まず、人工環境で生涯を過ごすアーヴにとって、適温の大気で満たされた、広い空間は、それだけで豪奢である。容積だけではなく装飾も劣るところはなかった。苦難の時代だからこそ、絢爛たる空間を維持する必要があるのだ。

軍楽従士《サーシュ・アロヴォト》たちが奏でる帝国国歌《ルエ・オル》に包まれて、ラフィールは歩を進めた。

天井にふと目を向けた。

諸侯《ヴォーダ》たちの紋章旗《ガール・グラー》が垂れ下がっているのも、旧帝宮と変わらない。

だが、大きくちがう点がひとつある。光だ。

かつて〈謁見の広間《ワベス・ベゾーロト》〉には恒星アブリアルの光が取り入れられていた。光繊維《ラーヴ・イホス》で導かれ、天井の散乱面を輝かせていたのだ。

だが、恒星アブリアルが敵手にあるいま、同様のことは望めない。広間の天井から降り注ぐのは、ごくありふれた人工の光だった。

広間の奥に据えられているのは、かつて帝宮《ルエベイ》に据えられていたものと同じ翡翠の玉座《スケムソール・レン》だ。そこに皇帝《スピュネージュ》ドゥサーニュが端然と坐っていた。

「陛下《エルミトン》」ラフィールは最敬礼した。「パリューニュ子爵《ベール・パリュン》ラフィール、練習第三艦隊《ビュール・ビーナ・クレーヤル》を率いて参上いたしました」

「殿下《フィア》」ドゥサーニュも玉座《スケムソール》の上から応じる。「そなたにも、そなたの部下たちにも労いを」

「ありがたく存じます」

「では、聞くべきことをこの耳へ入れてください」皇帝《スピュネージュ》はいった。

「はい」ラフィールは告げた。「現在、練習第三艦隊《ビュール・ビーナ・クレーヤル》は一二一個突撃分艦隊《ヤドビュール・アシャル》、一八個偵察分艦隊《ヤドビュール・ウセム》、二二個打撃分艦隊《ヤドビュール・ヴォートウト》、三一個補給分艦隊《ヤドビュール・ディクポーレール》、三個空挺分艦隊《ヤドビュール・ワケール》及び若干の独立戦隊を含み、いずれも実戦に臨むだけの練度に達しております。また新たに双翼《アルファ・マブラル》の頭環を許された軍士《ボスナル》の人数は……」

通信のときよりは詳細な報告に、ラフィールは五分ばかりの時間を費やした。

「そうですか」報告を聞き終わると、ドゥサーニュは満足げに頷いた。「ご苦労でした。そなたたちの成果を心から喜び、誇りに思います。それでは、そなたを練習艦隊司令長官《グラハレル・ビューラル・クレーヤル》から解任いたします」

「はい」

ラフィールは身が引き締まる思いだった。ついに新しい役割が与えられるのだ。

だが、同時に不安もあった。もしかしたら、皇帝《スピュネージュ》は練習艦隊《ビュール・クレーヤル》の現状に不満を持っているのかもしれない。その責任を負わされ、閑職に回される可能性もある。

このときばかりは緊張しつつ、ラフィールは皇帝《スピュネージュ》の言葉を待った。

侍従《ベイケブリア》が紋章旗《ガール・グラー》を捧げ持ち、玉座《スケムソール》の傍らに歩み寄った。

皇帝《スピュネージュ》はついっと立ちあがり、紋章旗《ガール・グラー》を受け取る。

「練習第三艦隊《ビュール・ビーナ・クレーヤル》を練習艦隊《ビュール・クレーヤル》より独立させ、霹靂艦隊《ビュール・ロドルショト》と改名する」ドゥサーニュは宣言した。「帝国元帥パリューニュ子爵殿下《ルエ・スペーヌフィア・ベル・パリュン》、参られよ」

「はい」

ラフィールは玉座《スケムソール》へ続く階を昇った。

昇りきって彼女が足を止めると、ドゥサーニュは紋章旗《ガール・グラー》を両手で差し出した。

「そなたを霹靂艦隊司令長官《グラハレル・ビューラル・ロドルショト》に任命する。指揮を執られるがよい」

「勅に接し、ありがたく存じます」ラフィールは心からいい、紋章旗を受け取った。

「謹んで艦隊をお預かりいたします」

「ええ」ドゥサーニュは微笑みながら頷いた。「帝国《フリューバル》と星界軍《ラブール》の復活を全銀河に轟かせてください」

「どのようにして？」興味を抑えきれず、ラフィールは小声で尋ねた。「ラクファカールに戻るのですか？」

「性急ですよ」ドゥサーニュも囁き声で答える。「具体的には後ほど」

心がはやるが、ここは議論ではなく儀式の場だ。いったん引き下がるほかない。

ラフィールは顔を玉座《スケムソール》に向けたまま、階を降りた。

足下は空識覚《フロクラジュ》で確かめているので、危なくはない。頭環《アルファ》が電磁波で周囲を探り、空識《フロ》覚器官《ーシュ》から航法野《リルビドー》へ情報を流しこむ。アーヴはそうして空間の形状を把握する。

だから、ラフィールには〈謁見の広間《ワベス・ベゾーロト》〉にだれかが入ってきたこともわかった。

「上皇ラムローニュ猊下《ファニーガニソス・ラムロン》」式部官が呼ばわる。

ラムローニュは随員も連れず、ごく気軽な足取りで玉座《スケムソール》の前に進んだ。

ドゥサーニュは立ちあがり、上皇《ファニーガ》を迎えるために階を降りた。

おかげで、ラフィールはさらに一歩、下がらなければならなかった。

彼女の空識覚《フロクラジュ》は、ジントが近づいてくるのを捉えた。

「旗をお預かりします」すぐ斜め後ろから彼は囁いた。

「頼む」ラフィールが旗を渡すと、ジントはまた元の位置に戻る。

重い旗が手を離れ、ほっとしたところで、皇帝《スピュネージュ》と上皇《ファニーガ》の挨拶が始まった。

「猊下《ニソス》、ふたたびお目にかかれて、嬉しく存じます」ドゥサーニュは恭しくいった。

「まことに。わたしも機動帝宮《ルエベイ・ホーカ》の威容に疵のないことが確認できて嬉しいわ、陛下《エルミトン》」とラムローニュ。「ところで、ラフィール殿下が練習艦隊司令長官《グラハレル・ビューラル・クレーヤル》を降りるなら、わたしもお役御免かな」

「それはわたしの口から申しあげるのは僭越というものです、猊下《ニソス》」

「でも、決めるのは陛下《エルミトン》でしょう」

「いえ、とんでもございません。わたしは上皇会議《ルゼー・ファニガラク》に請願するのみ。決定権は上皇会《ルゼー・ファニ》議《ガラク》にございます」

「建前はそうね」

「ときに建前というのは重要なものです、猊下《ニソス》」

「それこそ僭越よ、陛下《エルミトン》。上皇《ファニーガ》を教育するつもりなの？」

ラムローニュにかかると、「陛下《エルミトン》」の尊称もまるで悪戯をしでかした幼子の名前のようだった。

「失礼しました、猊下《ニソス》」ドゥサーニュは頭を下げた。「ともかく、上皇会議《ルゼー・ファニガラク》に相談申しあげます」

「では、そういうことにしておきましょう。わたしはドゥガス猊下《ニソス・ドゥガス》に挨拶をしてくる」

「そうなさいませ、と申しあげれば、また、僭越と叱られることになるのでしょうね」

「わかっているのに、なぜ口にする？　昔から思っていたけれども、バルケー王家《ラルティエ・バルケール》の者の言動はいつも不可解きわまりない」

「失礼いたしました」

「ではね、殿下《フィア》」ラムローニュはラフィールに声をかけた。「新しい役職、おめでとう。練習艦隊《ビュール・クレーヤル》より向いていればいいわね」

「ありがとうございます」ラフィールは答えた。

三人の皇《ファサンゼール》族が話している間、ドゥサーニュの廷臣やラフィールの幕《スペルーシュ》僚たちは我慢強く待っていた。

ラムローニュはラフィールの耳元に口を近づけ、囁いた。「でも、同じ艦で顔を合わせるのは、お互い、ごめん被りたいものね」

ラフィールは危うく同意しかけて、踏みとどまった。「いえ、わたしはそう思いません。猊下《ニソス》のご指導がまだ必要です」

ラムローニュは痛ましげな表情で、そっとラフィールの頬に手を添えた。

「ラフィール殿下。昔のそなたはもっと自分に正直だった。クリューヴ王家《ラルティエ・クリュブ》にふさわしい生真面目さだが」

「いつまでも子どもではおられません」

「悲しむべき真実ね」

「では、猊下《ニソス》」ドゥサーニュが口を挟んだ。

「そろそろ引き取れ、との勅か」

「お察しいただきありがとうございます」

「まったく、ネイ＝ラムサールは！」愉快そうに笑って、ラムローニュは足音高く退出した。

ラフィールはその後ろ姿に頭を下げた。

「殿下《フィア》」とドゥサーニュ。「では、後ほど、統帥府《ワロディアシュ》にて」

「了解いたしました。ひとたび、お暇《いとま》させていただきます」

新たな練習艦隊司令長官《グラハレル・ビューラル・クレーヤル》は当面、第一艦隊司令長官《グラハレル・ビューラル・カースナ》キー星界軍元帥《スペーヌ・ラブーラル》が兼任することとなった。

練習艦隊司令長官《グラハレル・ビューラル・クレーヤル》はそのまま霹靂艦隊司令部《グラーガーフ・ビューラル・ロドルショト》へ移行する。参謀長《ワス・カーサレール》ソバーシュ提督《フローデ》以下幕僚《スペルーシュ》も留任。ただ第一と第二の両艦隊が指揮下から離れたことにより、両艦隊を担当していた幕僚《スペルーシュ》若干名が司令部《グラーガーフ》から去ることになった。

人事と違って、艦隊名の表示や紋章《アージュ》は完全に変更しなければならない。艦隊ともなると名前を変えるだけで大騒ぎになるのだった。

とうぶん、ジントはこれらの作業に忙殺されることになるだろう。

いい気味だ、とラフィールは思った。

もっとも、忙しいのはジントだけではない。彼の積み上げる司令長官《グラハレル》決裁事項も膨大なものになるはずだ。

ソバーシュやジントが一息吐いたあと、ラフィールの地獄が始まる。

うんざりするところだが、今のところ、新生霹靂艦隊司令部《グラーガーフ・ビューラル・ロドルショト》は嵐の前の静けさに憩っていた。

ラフィールとその幕僚《スペルーシュ》たちは〈ガフトノーシュ〉の一画を貸し与えられた。

その一室、〈瑠璃唐草の間《グレーシュ・アルキレフォロス》〉に司令部要員《カボース》たちが集まっている。その名の通り、瑠璃唐草《アルキレフォス》が一面に咲いている。背が低い草で、その花は真ん中が白く、縁が青紫色。まるで空色の絨毯が敷かれているかのようだった。

広間の中程に据えられた白い卓子を、ラフィールと幕僚《スペルーシュ》たちは囲んだ。機械給仕が飲み物と軽食を配る。

「次の作戦はどうなるでしょうか？」レクシュ十翔長《ローワス》がいった。彼女は五人いる作戦参謀《カーサリア・ヨクスクロト》の末席で、主に砲術関係を担当していた。遺伝的にはラフィールの母方の従姉妹になるが、結婚制度のないアーヴの社会では、他人として扱われる。

「わたしはラクファカール奪還であればよいな、と思っている」ラフィールは答えてから、自分の立場を思い出し、付け加えた。「どのような作戦であろうと、勅命とあらば、全身全霊をかけて達成するが」

ラムローニュがこの場にいなくてよかった、とラフィールは思った。あの哀れみの目には耐えがたい。

「そうですね。ここにおられる方々にとって、ラクファカールは故郷でしょうから」ジントがいった。

「わたしにはちがう」参謀副長《ルーセ・カーサレール》エクリュア准提督《ロイフローデ》がぽつりといった。同世代のアーヴとしては珍しく、彼女はラクファカール生まれではない。父親が交易船に持ち込んだ人工子宮《ヤーニュ》から産まれたのだ。

「そういえば、ぼくもちがった。ほとんどの方々、といいなおします」ジントは訂正した。

「それに、わが艦隊にとって大いなる栄誉ですね」グノムボシュ副百翔長《ロイボモワス》がいった。

「純粋な戦略からいっても、ラクファカール奪還は妙手だと思うよ」ソバーシュがいった。

八王国《ガ・フェーク》の要であったラクファカールさえ取り戻せば、現在、帝国《フリューバル》が抱えている困難の半分は解決しよう。同時に、それは敵にとっての災厄たりうる。

「では、長官《グラハレル》に皇帝陛下《スピュネージュ・エルミタ》への上奏をお願いしてはいかがでしょう?」グノムボシュは期待に輝く目をラフィールへ向けた。

「そのようなことをせずとも、陛下《エルミトン》はすでにお考えであろ」ラフィールはいった。「それに……」

「それに?」

「いや、なんでもない」ラフィールは首を横に振った。

ジントが横でにやにやしている。

「なにかいいたいことがあるのか？」ラフィールは不快に感じた。

「別にございません」ジントは澄ました顔をした。

「ずるいですよ、副官《ルーキア》」グノムボシュは非難した。「おひとりでわかっているなんて」

「わかっているわけじゃないさ。見当がつくだけだ」ジントはいった。「それに見当がついているのは、たぶんぼくだけじゃない」

「まあね」ソバーシュが頷いた。「長官《グラハレル》はたぶん、統師官《ジョクスィーフ》になられるのを期待なさっているのだ」

「そうなのですか？」

グノムボシュのきらきらした目がラフィールにはいささか不快だった。

「そうなれば嬉しいのは事実だ」と渋々、認めた。「ならば、上奏するまでもない。ラクファカール奪還を主張できるからな」

統師府会議《ワロディアシュ》とは皇帝《スピュネージュ》臨席の下、統師官《ジョクスィーフ》がその幕僚《スペルーシュ》とともに参加するものである。軍の最高機関だが、正式な構成員は四名だけだった。皇帝《スピュネージュ》と三人の統師官《ジョクスィーフ》、すなわち、軍令長官《ワロズ・リュアゾン》、軍政長官《ワロズ・ヴォソル》、そして帝国艦隊司令長官《グラハレル・ルエ・ビューラル》である。専従の職員はおらず、事務は侍従《ベイケブリア》が執り行った。

三統師官《ジョクスィーフ》のうち、帝国艦隊司令長官《グラハレル・ルエ・ビューラル》は平時こそ儀礼的な意味しかないが、皇太子《キルーギア》が兼ねるのを伝統とし、ひとたび戦争となれば、星界軍《ラブール》主力を率いて前線に立つことを任務とする要職だった。皇帝《スピュネージュ》よりも人目を引く、帝国《フリューバル》でもっとも華やかな地位だと評する者もいる。

だが、いま、帝国艦隊司令長官《グラハレル・ルエ・ビューラル》は空席だった。仮初めの皇太女《キルーギア》が坐るには、その椅子は貴すぎるのだ。

つまり、現在、帝国に統帥官《ジョクスィーフ》はふたりしかいない。

だが、指揮下の練習部隊を実戦部隊へ鍛えあげた功績で、ラフィールが統帥官《ジョクスィーフ》に任命されることは大いにありうることだった。

そうなればラフィールは、帝国全体の戦略策定に与《あずか》ることができる。

「実現？」エクリュアが呟くように訊く。

「だといいがね」ソバーシュが答えた。

彼女はたいていの場合、言葉少なだった。それでも、参謀副長《ルーセ・カーサレール》という要職に任命したのは、必要なときには多弁になることを知っていたからだ。

いま、言葉少ないのは、単なる雑談だからだろう。要するに、エクリュアは、ラフィールが統帥官《ジョクスィーフ》になろうがなるまいがどうでもいいにちがいない。

しかし、ラフィール自身にとっては、統帥官《ジョクスィーフ》になれるか否かは重大な問題だったから、暇つぶしの話題にされるのは愉快ではなかった。

「わたしは双棘回廊《デュクティ・ボルペル》の強化ではないか、と考えているのですが」先任情報参謀《アルム・カーサリア・リラグ》クナタウ千翔長《シュワス》が話題を修正した。

皇帝《スピュネージュ》の統治下にある〈帝国の半身〉はさらにふたつの領域に分けられた。ひとつはラクファカール・セラがさまよい、建艦廠《ロール》なども集中するウェスコー王国《フェーク・ウェスコール》とバルケー王国《フェーク・バルケール》を合わせた領域で〈上部領域《ソール・セム》〉と呼ばれていた。対する〈下部領域《ソール・リュム》〉は、ラスィース王国《フェーク・ラスィーサル》とスュルグゼーデ王国《フェーク・スュルグゼーデル》、そして〈人類統合体〉から切り取った新領土からなる。かつての帝国では、すべての王国が帝都《アローシュ》へ繋がる〈門《ソード》〉を持ち、上も下もなかったのだが、いまや事情は変わってしまったのだ。

この上部と下部を繋ぐのが双棘回廊《デュクティ・ボルペル》である。〈人民主権星系連合体〉と〈人類統合体〉の勢力圏を分断し、天川門群《ソードラシュ・エルークファル》の中心領域の周縁をとおり、〈人類統合体〉勢力圏を横切って、スュルグゼーデ王国《フェーク・スュルグゼーデル》に至る。双棘作戦《クファゼート・ボルペル》によってできたので、そう名づけられている。

実に危うい細い回廊だ。しかし、この回廊が途切れると、〈上部領域《ソール・セム》〉と〈下部領域《ソール・リュム》〉は切り離されてしまう。

それだけではない。この回廊は帝国にとって重要な連絡路であるだけでなく、敵にとって忌まわしい障壁なのだ。これによって、〈人類統合体〉の勢力圏を分割し、そのほぼ半分を孤立させることに成功していた。

逆にいえば、〈人類統合体〉が連絡を回復するためには、回廊を制圧しなければならず、制圧しさえすれば、帝国をさらに弱体化できる。

当然、激しい争奪戦が行われている。

その脆弱性と重要性に鑑み、トライフ帝国元帥《ルエ・スペーヌ》を司令長官《グラハレル》とする回廊艦隊《ビュール・デュクティル》が組織され、防衛にあたっていた。

本来であれば、双棘作戦《クファゼート・ボルベル》が完了したのち、孤立した〈人類統合体〉領域の平定が行われるべきだっただろうし、実際、その準備も進められていた。しかし、ラクファカール失陥により、作戦準備は頓挫した。

戦力の整ったいま、敵の孤立した領域の平定を行うべきかもしれない。その任務が霹靂艦隊《ビュール・ロドルショト》に与えられることはじゅうぶんにありえることだった。

「ありうるな」ラフィールは控えめに賛同したが、秘かに、そうであれば失望するであろうな、と思った。

もちろんどのような任務であれ、全身全霊をもって遂行するという決意に嘘はないが、帝国中枢の作戦企画能力には大いに疑問を感じるだろう。

確かに回廊の安定化および、新領土の獲得は帝国にとって計り知れない利益となる。だが、いかにも迂遠だった。

孤立しているとはいえ、その領域の敵はじゅうぶんに強力だった。星間国家の維持に不可欠なもののひとつに時空泡発生機関《フラサティア》がある。その生産能力を、かつての帝国はラクファカールに集中させていたが、〈人類統合体〉は昔からいくつもの星系に分散させている。中でも最大の生産能力を持ったカスピル星系がその領域に存在するのだ。時空泡《フラサ》発生機関《ティア》以外の物資についても、巨大な生産能力を誇る星系がいくつもある。政治的にも統合されている。戦争遂行能力は高い。

この領域の平定は長期にわたるだろう。しかも、堅実ですらない。他の戦線が維持できなくなる可能性がある。それなら、ラクファカールを奪還してからゆっくり料理すればいいのではないか、とラフィールは考える。

その後も次の作戦についてさまざまな憶測が幕僚《スペルーシュ》たちの口から飛び出した。

だが、その議論は暇つぶしの知的遊戯以上のものになりようがなかった。

敵情は、練習艦隊《ビュール・クレーヤル》にそれほど詳しく伝えられていなかったのだ。むろん、新たに判明した敵の戦術や装備については教えられていた。その対策を研究するのも練習艦隊《ビュール・クレーヤル》の任務だからである。万が一、遭遇しては困るので、敵戦力の分布についての情報も、つねに最新のものに更新されていた。

しかし、全体的な敵戦力となると、それらから推測するしかなかった。軍令本部《リュアゾーニュ》にはより詳細な情報があってしかるべきだが、ラフィールたちが知るのはごく一部だった。

仮にも次期皇帝《スピュネージュ》なのに、軽く見られている——ラフィールにはそれも不満だった。口に出すのは、子供っぽく思われ、憚られたが。

練習艦隊《ビュール・クレーヤル》が霹靂艦隊《ビュール・ロドルショト》となった以上、新たな情報がもたらされるだろうが、今のところはまだなのだった。

統帥府《ワロディアシュ》へ行くまでは、変わらないだろう。

幕僚《スペルーシュ》たちの会話を聞きながら、そんなことを考えていると、侍従《ベイケブリア》がやってきた。

「殿下《フィア》、スピュール子爵殿下《フィア・ベル・スピュル》がご一緒したいと仰せですが、いかがなさいましょうか」

ウェスコー王家《ラルティエ・ウェスコール》のアブリアル・ネイ＝ドゥエール・スピュール子爵《ベール・スピュル》・ラムデージュは、今となっては数少ない、ラフィールと同世代の皇族《ファサンゼール》だった。ただ軍歴は平凡だった。軍に入ったのも遅かったし、昇進もゆっくりだった。現在、大提督《フォフローデ》の位階《レーニュ》を持っているが、ラフィールが皇太女《キルーギア》であるのと同じく、非常事態ゆえの高位だろう。職責は近衛艦隊《ロイ・グラ》副司令長官《ハレル・ロワボレール》である。

なんの用であろ、と思ったが、とくに断る理由もないので、「よい」とラフィールは許可した。

侍従はラフィールの隣に席を用意してから去った。

ラムデージュがやってくるのを、ラフィールは起立して迎えた。むろん、幕僚《スペルーシュ》たちも起立する。

彼女はひとりでやってきた。ラフィールの前で足を止め、「皇太女殿下《フィア・キルーゲル》」と頭を垂れる。

「ラムデージュ殿下《フィア・ラムデグ》」ラフィールも挨拶を返した。「久しいな」

「まことに」

ラフィールは年齢も上だった。といっても、ひとつしか変わらないが。

ラムデージュに席を勧め、自分も坐った。

「わが幕僚《スペルーシュ》たちを紹介しよう」ラフィールは申し出て、順に幕僚たちを手で示し、名を告げた。

ラムデージュはにこやかに会釈したが、目は笑っていない。

「殿下《フィア》」幕僚たちの紹介が終わったあと、ラムテージュはラフィールに話しかけた。

「新しい任務に祝意を申し上げます」

「感謝を」

「羨ましいことです。わたしなど暇で暇で仕方ありませぬ」

「近衛艦隊副司令長官《ロイ・グラハレル・ロワボレール》も重責であろう。一朝事あれば、真っ先に陛下《エルミトン》より艦隊を任される地位だ」

「先任の同僚が何人もいらっしゃいますから、わたしにご下命あるのは、ずっと後回しでありましょう」

「そうとも限るまい」

「いえ。たとえご下命があったとしても、なにかつまらぬ任務を与えられるだけでしょう」

「いまの星界軍《ラブール》につまらぬ任務などない」ラフィールは窘《たしな》めた。

「失言でした。しかし、前線に立つことはないでしょう。「それに比べて、殿下《フィア》は霹靂《ビュール》・艦隊《ロドルシヨト》を率いて最前線で戦われるのですね」

「新しい任務はまだ知らされていないのだ、殿下《フィア》」

「統帥官《ジョクスィーフ》となり、新しい任務の決定に与るのでは？」

「であればよいが、それもわからぬ」

「殿下《フィア》」ラムデージュの目が真剣味を帯びた。「今回、なられなくても、いずれなられるでしょう。そのときはわたしを前線に立たせてください」

「そなたをわたしの部下にすればよいのか？」ラフィールは首をひねった。

「できますれば、独立した艦隊をお預けくださいますよう」

なんだ、わたしの下にはつきたくないのか——ラフィールは鼻白んだ。

「皇帝陛下《スピュネージュ・エルミタ》にお願いすればよいであろに」ラフィールはいった。

「なぜしていないとお思いですか？」ラムデージュはむっとしたらしかった。自分の能力を不当に低評価された、と感じたのだろう。咎《とが》めるような目をした。

「陛下《エルミトン》にお願いしたのなら、わたしにいうまでもないからだ」ラフィールは答えた。

「仰せのとおりです。しかし、あらゆる可能性に備えるべきかと存じます」

わたしが登極したときの布石を打っているつもりか——ラフィールは理解できたような気がした。

いまドゥビュースに事故があれば、ラフィールが皇帝《スピュネージュ》になる。そのときに、現在のラフィールの地位を務める自信があると暗に訴えているのだろう。

帝国では帝位継承順位《キルグラジュ》が厳密に決められていた。第一位はもちろん、皇太子《キルーギア》だが、第二位以降は皇太子《キルーギア》と同世代の皇族《ファサンゼール》から決められていた。たとえば、失都以前、ラフィールの父、クリューヴ王《ラルス・クリュブ》ドゥビュースの帝位継承順位は第四位だった。

しかし、現在、ラフィールですら帝位継承順位一位に相応しいかどうか、懐疑の目を向けられている。実のところ、ラフィールの立太子はすんなり決まったわけではない。戦場へ真っ先に飛びこんでいく、アブリアルの呪われた習性のせいで、皇族《ファサンゼール》の多くは戦死した。ドゥビュースをはじめ、消息が知れなくなった皇族《ファサンゼール》も多い。上皇会《ルゼー・ファニガ》議《ラク》が健在を把握している者のうち、ドゥサーニュの次に高い帝位継承権を持っていたのは、第七位のイリーシュ王《ラルス・イリク》ドゥドーヴだった。当然、彼を皇太子《キルーギア》にすべきだ、という意見も多かった。

しかし、上皇会議《ルゼー・ファニガラク》はラフィールを皇太女《キルーギア》に指名した。皇帝《スピュネージュ》と皇太子《キルーギア》が同世代なのには耐えられなかったのだろう。いかにも未来がなく、閉塞感を感じさせる。

現状、ラフィールの評価にはその若さが含まれるのだ。

そのかわり、現在、帝位継承順位第二位は上皇《ファニーガ》ドゥドゥドーヴである。さらに三位は上皇ドゥガスであった。皇帝と皇太女が同時に失われるような異常事態に、ラフィールと同世代の若い皇《ファサンゼール》族が対処できるとは考えられていない。

いま、ドゥビュースが崩御すれば、ラフィールが登極するだろう。しかし、新しい皇太子《キルーギア》はラフィールより下の世代から選ぶわけにはいかない。あまりに幼すぎる。アーヴの皇《スピュネージュ》帝は、おしゃぶりを咥えていても務まるような、形だけの指導者ではないのだ。

ラフィールより上の世代から選ぶということもありそうだが、やはりいちばん可能性が高いのは、同世代が皇太子《キルーギア》に立てられることだろう。

つまり彼女は次の次の皇《スピュネージュ》帝を狙っているのかもしれない。

ラムデージュに訊いても、彼女は必ず否定するだろう。ドゥサーニュの早期の死を前提にしている以上、あまりに不敬な願いだ。

あるいはもっと手っ取り早く、ラフィールに成り代わって次の皇《スピュネージュ》帝を目指しているのかもしれない。

冷静に考えてラムデージュごときより自分のほうがアブリアル的であり、したがって皇《スピュネージュ》帝に向いているというのが、ラフィールの認識だった。

だが、彼女の野心は不快ではなかった。玉《スケムソール》座への競争は孤独なのだ。後ろを振り返って誰もいないと、寂しいではないか。

5　統帥府《ワロディアシュ》

待望の統帥府《ワロディアシュ》会議は、謁見から一七時間後に開かれた。

統帥府《ワロディアシュ》専用の施設は会議用の広間が一つあるのみで、その広間も統帥府と呼ばれていた。

その統帥府《ワロディアシュ》に、ラフィールは主な幕僚《スペルーシュ》を引き連れて赴いた。使うのは、椅子を備えた移動壇《ヤーズリア》だ。

統帥府《ワロディアシュ》は無重力だった。部屋全体は球形で、壁に紅色の花を咲かせる木が植わっている。

入室すると同時に移動壇《ヤーズリア》は徐々に速度を落としはじめた。減速には有重力区画より時間をかける。

慣性で身体が前方に放り出されるようになるが、ラフィールをはじめ一同は、生まれつき無重力に親しんでいるので、無意識のうちに体重を移動し、姿勢を保っていた。

だが、一人だけそれをしそこなった幕僚《スペルーシュ》がいた。ジントだ。地上生まれの彼はどうも無重力が苦手らしい。移動壇《ヤーズリア》から不自然な形で浮きあがったが、慌てて手すりにしがみつき、事故を防いだ。

彼の不調法に腹を立てるべきだったが、ラフィールはなぜか安心した。さいわい、この場にいるのは、ラフィールの部下ばかりだ。ラフィールは見咎めないことにした。

統帥府《ワロディアシュ》には出入口が四カ所、あった。

ラフィール一行の入ってきた出入口の真向かいは、扉が閉ざされていた。左右の扉は開いており、それぞれから軍令長官《ワロズ・リュアゾン》ケネーシュ帝国元帥《ルエ・スペーヌ》と軍政長官《ワロズ・ヴォソル》レケーフ帝国元帥《ルエ・スペーヌ》が幕僚《スペルーシュ》をつれて入ってきた。

三組の軍高官たちが揃うと、ようやく正面の扉が開いた。

皇帝《スピュネージュ》ドゥサーニュが入場してくる。随員は二人の武装侍従《ナーケブリア》だけだ。彼の幕僚《スペルーシュ》はケネーシュとレケーフ、そしてその部下たちであり、すでにこの場に揃っていた。

「霹靂艦隊司令長官《グラハレル・ビューラル・ロドルショト》」

新しい職名で呼ばれて、ラフィールは緊張した。

「はい」

「そなたに霹靂作戦《クファゼート・ロドルショト》の実行を命じます。作戦については、軍令長官《ワロズ・リュアゾン》より説明があるでしょう」

やはりこうなったか——ラフィールは寂寥感を覚えた。

今日からは帝国《フリューバル》で最も重要な会議に参加できるのかと期待したのだが、今回は決定事項をただ聞かされる立場に留まったわけだ。少なくとも次の勝利まで、統帥官《ジョクスィーフ》として迎えられることはなさそうだ。

せめて、霹靂作戦《クファゼート・ロドルショト》の目標がラクファカールであればよいが――ラフィールは思った。

「司令長官殿下《フィア・グラハレル》」ケネーシュがいった。「殿下《フィア》にはスキール王国《フェーク・スキル》との連絡をつけていただきたい」

「はい」

ラフィールは再度の失望を味わった。ラクファカールを経由しても、スキール王国《フェーク・スキル》との連絡は再開できる。しかし、ラフィールの知る限り、ケネーシュ帝国元帥《ルエ・スペーヌ》は迂遠な表現を嫌う。もし侵攻予定進路が帝都を経由するなら、帝都奪還というだろう。

「予定進撃路を示そう」

平面宇宙図《ヤ・ファド》が広間いっぱいに表示された。

そして、艦隊の予定進路が、帝国領として保持されているウェスコー王国《フェーク・ウェスコール》から伸びはじめた。

進撃路くらいは選ばせてくれないものかな――ラフィールは不満を抱いた。彼女に対する帝国中枢の信頼はその程度のものなのだろう。戦略的次元の決定には関与させてもらえないのだ。現在の地位は実績ではなく、出自を評価された結果だと痛感した。

この場で不満をぶちまけない程度には、ラフィールは成長していた。実績で見返してやればいいのだ。彼女は黙って、伸びゆく進路を眺めた。

ウェスコー王国《フェーク・ウェスコール》とスキール王国《フェーク・スキル》のあいだには〈人民主権星系連合体〉の勢力圏が横たわっている。

敵拠点とぶつかったときの小さな爆発演出を交えながら、予定進路はその領域を切り裂いていく。

やがて、ある星系に到達した。ノヴ・キンシャス――〈人民主権星系連合体〉の主星系だ。

ラフィールは思わず、ケネーシュの顔を見た。

「ええ」軍令長官《ワロズ・リュアゾン》は頷いた。「スキール王国《フェーク・スキル》との連絡路を啓開するついでに、〈人民主権星系連合体〉の息の根を止めていただきたい」

ラフィールは考えこんだ。

「連合体では敵として不足ですか？」とドゥサーニュ。

「いえ。そのように失礼なことは考えておりません」

「安心しました」

この場合、礼の対象は敵国、すなわち〈人民主権星系連合体〉である。敵に対しては敬意を払うのが、アブリアルの常だった。そう、死者に対するのと同様に。

「主目的がどこにあるのか、と思慮していたのです」ラフィールは疑問をぶつけた。「スキール王国《フェーク・スキル》との連結を確保するのが優先か、それとも連合体の屈服が優先なのですか」

「もちろん、連合体の屈服が最優先だ、殿下《フィア》」ケネーシュが即答した。「連合体の体制から考えて、主星系を落とせば崩壊すると予測される。そうすれば、自ずとスキール王国《フェーク・スキル》との連絡は復活する」

「もしノヴ・キンシャスが落ちても、連合体が崩壊しない場合、作戦はさらに続行されると考えてよいのですか」

司令長官《グラハレル》として、自分の艦隊の戦力はよく知っているつもりだった。だが、敵の力がわからない。

「いいえ、殿下《フィア》」とケネーシュ。「遺憾ながらそこまでの戦力を用意できない。いったん、進攻を停止する。ノヴ・キンシャスをはじめとする、占領領域の確保に努めてほしいが、場合によっては撤退を許可する」

「その判断はわが艦隊司令部《グラーガーフ・ビューラル》に委ねられるのですね」ラフィールは皇帝《スピュネージュ》に念を押した。

「そのとおり」ドゥサーニュが頷いた。「われらにいま、霹靂艦隊《ビュール・ロドルショト》を喪う余裕はございません」

「安心いたしました」

　緊急事態に帝国中枢からの許可を待っていては間に合わない。その場合、必然的に謀反を起こさざるをえない。しかし、それは彼女にとって、無駄に部下を死なすよりはましだが、自分自身の死よりはつらい選択だった。

　皇帝《スピュネージュ》が理不尽な命令を出すほど無能でないと再確認できたのも、安堵の理由だった。ラフィールの知っているドゥサーニュ小父さんは、悪質な諧謔精神の持ち主だったが、発揮すべき場とすべきでない場はちゃんと峻別しているらしい。

　ドゥサーニュは小首をかしげた。

「なにやら不敬なことをお考えではありますまいね、殿下《フィア》」

「いえ、些事を思い出していただけです」動悸の高まりを感じつつ、ラフィールはいった。「それより、ウェスコー門《ソード・ウェスコール》の封鎖体制はいかがでしょう」

　ウェスコー門《ソード・ウェスコール》は、奪われた帝都《アローシュ》ラクファカールへ通じる〈門《ソード》〉だ。つまり、〈門《ソード》〉とその彼方は敵勢力圏だ。もしここから敵艦隊が帝国領へ進攻してくれば、作戦行動中の霹靂艦隊《ビュール・ロドルショト》は後背を脅かされ、最悪の場合、帝国中枢との連絡を絶たれることになる。

　作戦完了まで、絶対、確保してもらわねばならなかった。

「その防衛もそなたの艦隊にしてもらいたいのです」とドゥサーニュ。

ラフィールはソバーシュと顔を見合わせた。

考えてみれば当然のことだ。帝国の戦力は未だ乏しい。霹靂艦《ビュール・ロドルショト》隊を攻勢に回せば、通常の防衛体制を維持するので精一杯のはずだ。〈四カ国連合《ブルーヴォス・ゴス・スュン》〉がウェスコー門《ソード・ウェスコール》からの逆〈人民主権星系連合体〉への侵攻を知った侵攻をしかけてくるのはじゅうぶんにありえる。より堅牢に防御しなければならないが、星界軍《ラブール》にその余力はないのだ。

また、連合体への侵攻とウェスコー門《ソード・ウェスコール》への警戒が密接に関連している以上、両者をひとつの司令部《グラーガーフ》のもとで行うのが好ましい。

だが、霹靂艦《ビュール・ロドルショト》隊にしても、戦力が有り余っているわけではない。

軍令本部《リュアゾーニュ》は可能と判断しているようだが、ラフィールは今ひとつ安心できなかった。

「ひとつ、確認しておきたく存じます」ラフィールはいった。「われらに拒否権はあるのですか？」

「ありますとも」ドゥサーニュは即答した。「ただしこれもご存じであるべきでしょう。われらは、霹靂艦《ビュール・ロドルショト》隊と現司令部《グラーガーフ》が不可分のものとは考えておりません」

つまり皇帝《スピュネージュ》は、拒否するならラフィールを更迭する、といっているのだ。

「殿下《フィア》」ケネーシュがいった。「帝国《フリューバル》はこれ以上、停滞しているわけにはいかぬ。敵も漫然と暮らしているわけではないであろう。軍令本部《リュアゾーニュ》の打ち出した最善手が〈人民主権星系連合体〉を覆滅し、そしてスキール王国《フェーク・スキル》との連絡を回復することなのだ」

「殿下《フィア》」レケーフ軍政長官《ワロズ・ヴォソル》も口添えした。「軍経済にとっても、もっとも効率がいいのです。危険がどの程度であるかは、わが親愛なる同輩の領分ですが、見返りがよいことは保証いたします。じつに割のいい博奕《ばくち》」

「決して親子の感動的な再会を期待して立案したわけではありません」ドゥサーニュがいった。

「わかっております」

内心、ラフィールは先ほどのドゥサーニュへの評価を取り消した。ここは悪質な諧謔精神を発揮する場ではない。

実のところ、かなり不愉快だった。

父ドゥビュースと弟ドゥヒールは〈人民主権星系連合体〉の彼方にいる、と推測されている。しかし、直接の連絡ができないので、正確な状況が把握できない。

スキール王国《フェーク・スキル》に星界軍《ラブール》が健在であり、〈四カ国連合《ブルーヴォス・ゴス・スユン》〉に対抗しているのは確かである。そして、少なくとも帝国分裂からしばらくは、クリューヴ王《ラルス・クリュブ》ドゥビュースが指揮を執っていたのも、確認されている。だが、現状はわからない。いまもなおドゥビュースが生存しているかすらはっきりしないのだ。

弟ドゥヒールの消息についてはさらに曖昧だ。ドゥビュースのもと、仮の皇太子《キルーギア》として立てられた、という情報もあるが、未確認だった。

むろん、ラフィールは彼らの生存を願い、再会できる日を心待ちにしている。その気持ちを皇帝《スピュネージュ》に揶揄されたように感じた。

「これはわたしが失礼でしたね」ドゥサーニュは微笑んだ。

先ほどのし返しのつもりなのだろうか。

いちいちそんなことぐらいで腹を立てていては、ドゥサーニュの臣下は勤まらないのだ。

「いえ」ラフィールは頭を下げた。「ならば、謹んで命を受けるのみ」

「期待していますよ」皇帝《スピュネージュ》は頷いた。「作戦発起は早いほうがよろしいが、六〇日の猶予を与えます」

「はい。ただちに検討にかかります」ラフィールは畏まった。

このとき、彼女の脳裡を大きな疑問が占めていた。それは艦隊司令部《グラーガーフ・ビューラル》で協議しても解決しない類のものだった。

しかし、この場で皇帝《スピュネージュ》に尋ねることはしなかった。どうせもうすぐわかることである。

その疑問とは、霹靂艦隊《ビュール・ロドルショト》にも司令部附上皇《ファニーガ・グラーガム》がついてくるのか、ということだった。

6 司令部附上皇《ファニーガ・グラーガム》

予想どおり、ラフィールの疑問はあっという間に氷解した。

「失望したようね、殿下《フィア》」ラムローニュはいった。「しかし、わたしも喜んでいるわけではないわ」

「わかっております、猊下《ニッス》」ラフィールは応じた。

ここは旗艦《グラーガ》〈クリュブノーシュ〉の司令部附上皇《ファニーガ・グラーガム》居室である。艦内で最も広い部屋ではあるが、上皇《ファニーガ》にふさわしいとはいえない。しかも、一部は侍臣たちの居室に当てられ、さらに狭くなっている。調度も最低限で新任翔士《ロダイル》の部屋かと思えるほどだった。

ラムローニュにしてみれば、長居するつもりはなかったのだろう。いつでも手荷物ひとつで引っ越せるよう心がけていたに違いない。

しかし、残念ながら、彼女は霹靂艦隊司令部附上皇《ファニーガ・グラーガム・ビューラル・ロドルショト》に任命されてしまったのだった。引きつづき、この部屋に留まり、司令座艦橋《ガホール・グラール》の席を温めることになる。

「どうせなら練習第一艦隊《ビュール・カースナ・クレーヤル》あたりに行きたかった」ラムローニュはいった。「戦場を遠く離れて、われらの未来と戯れていたいわ」

ラフィールは意外に思った。

「戦地はお嫌いであられたか？」

「戦地というより占領地が好みではない。しばしば優雅でない事態に陥るわ」

それはラフィールも気がかりなところだった。彼女も領主代行《クファアリア》という不愉快な任務を果たしたことがある。あれは地上世界《ナヘーヌ》にちょっとした特殊事情があったのだが、どこであろうと似たようなものだ。

地上世界《ナヘーヌ》はそれぞれに特色があり、たいていそれは宇宙の民にとって理解しがたく、しばしば厄介きわまりないものだった。

なるべく早く地上人の自治に任せるのが得策なのだが、占領地は面倒を見てやる必要があった。なにしろ、それまで属していた星間経済から切り離されるのだ。帝国経済に組みこむまで、なにくれとなく援助をしてやらなければ、深刻な害を被りかねない。

その上、いまの帝国《フリューバル》はかつての帝国ではない。かつては、人類社会の半分を統べ、貧しい地上世界《ナヘーヌ》の百や二百、とくに負担も感じず面倒を見ることができた。帝国経済への参入を拒むのなら、いつまでも待つ鷹揚さが持てた。だが、いまはとてもそんな余裕はない。占領した地上世界《ナヘーヌ》は一刻も早く、帝国の有益な一員になってもらわなければ困るのだ。今まで考えもしなかった軋轢《あつれき》も生じよう。惨めだが、それが帝国の現状だった。

しかし、ラフィールはすでに覚悟を決めていた。敵地へ切りこんでいく以上、帝国に好意的でない社会を統治しなくてはならないのは当然のことである。アブリアルは生まれながらの戦士を自認し、戦いを楽しむためには生命を賭けるのも厭わないが、楽しいことばかりでは生きていけない。

そう、新しい地上世界《ナヘーヌ》の統治は、アーヴ、とりわけ皇族《ファサンゼール》にとって、祭りの後の後片付けに他ならないのだった。催し事の準備が好きな者は多いが、後始末を楽しめる人間はめったにいない。

「ええ。なれど勝利のためには堪え忍ばねばなりません」

「深遠なる真理のご教示、痛み入る、殿下《フィア》」ラムローニュは唇の端に笑みを浮かべた。

もちろん、彼女は皮肉をいったのである。「まあ、そなたも忙しいでしょう。任務に戻りなさい」

「はい」

ラフィールは心底、ほっとした。

ラムローニュに指摘されるまでもなく、ラフィールは多忙を極めていた。

本来、まず進撃路の策定から手をつけるべきなのだが、それはもう定まっている。だからといって、仕事が楽になるわけではない。

霹靂艦隊司令部《グラーガーフ・ビューラル・ロドルショト》が最初にすべきことは、艦隊《ビュール》の編成だった。

上皇居室《ファニーガ》を出たところでは、ソバーシュとジントが移動壇《ヤーズリア》に乗って待っていた。

ラフィールも移動壇《ヤーズリア》に上がった。

「上皇猊下《ニソス・ファニーガル》のご機嫌はいかがでしたか？」移動壇《ヤーズリア》が動き出すと、ソバーシュが尋ねた。

「麗しいわけがないであろ」ラフィールはこたえた。

「それは残念ですね」

「そうなのか？　そなたが猊下《ニソス》のご機嫌を気にかけるとは思わなかった」

「誰しも、不機嫌なアブリアルと同じ艦内になどいたくありませんよ」

ラフィールは無視して、移動壇《ヤーズリア》に乗った。「しかも、二人ときます」と付け加えなかったのは、ソバーシュの慎ましさであろう。

「六部隊に分けようと思う」移動壇《ヤーズリア》が動き出すと、ラフィールは参謀《ワス・カーサレール》長に編成原案を披露した。「基本艦列にウェスコー門閉塞部隊《ソード・ウェスコール》を加えたものだ。そなたの意見をききたい」

基本艦列とは、星界軍《ラブール》の伝統的な侵攻艦隊の編成だった。どういうわけか星界軍では、〝基本〟という言葉がしばしば〝攻撃〟と同義で使われるのだった。大抵の軍士《ボスナル》はそれを不都合と考えるどころか、違和感すら抱かないので、問題とされたことはない。

基本艦列は主力部隊とその前後左右に配置された部隊の計五部隊によって構成される。

前方部隊は威力偵察が主な任務だ。この部隊に属する艦は数隻単位、ときには単独で敵地へ浸透するのだから危険も大きい。

左方と右方の部隊は敵の側撃を防ぐと同時に、占領領域に幅を持たせる役割を担う。

これらの部隊は決戦の際、可能な限り、主力と合同して戦場に臨む。

そして後方部隊は、前線の諸部隊と帝国中枢との連絡を維持するという大切な役割がある。その他にも各種の後方業務や占領地の一時統治などを行う。

ラフィールの構想では、この五部隊の他に、一部隊をウェスコー門《ソード・ウェスコール》に張りつけることになる。

「なるほど」ソバーシュは微笑んだ。「手堅い案ですね」

それだけ保守的だということだが、ラフィールはなにもこんなところで革新性を顕すつもりはなかった。

「異論はないな」ラフィールは確認した。

ソバーシュはしばし考えた。

「ウェスコー門《ソード・ウェスコール》の閉塞は後方部隊に担わすべきでは？」

「そうか？」

「そのほうが融通が利きます。万一、ウェスコー門《ソード・ウェスコール》から敵の侵攻が見られれば、まず後方部隊を投入せざるをえません」

「それでは、後方部隊の役割が大きくなりすぎないか」

「後方部隊を主隊としてはいかがでしょう？」

ラフィールはぎょっとした。彼女は、星界軍《ラブール》の伝統に則り、中央部隊を直率するつもりなのである。

「わたしに後方部隊を指揮せよというのか」

「はい」ソバーシュは頷き、「ウェスコー門《ソード・ウェスコール》付近に総旗艦《グラーガ・ダーカ》を配置し、全体を俯瞰しつつ、大局から作戦を指揮なされるのがよいと存じます」

「それでは、指揮に遺漏が出る」ラフィールは反論した。

平面宇宙《ファーズ》では通信に時間がかかる。時空粒子《スプーフラサス》による泡間通信《ドロシュ・フラクテーダル》はごく近距離でしか使えず、情報密度も極端に薄い。けっきょく、平面宇宙《ファーズ》でもっとも迅速な通信手段は、小型艦船で情報を運ぶことなのである。

したがって、前線から遠く離れた場所に控えていては、戦況の変化に機敏な対応をすることが難しくなる。

「信頼の置ける前線指揮官をおいてはいかがか」

「わたしでは、いけないのか」ラフィールは納得がいかなかった。

「長官《グラハレル》は皇太女《キルーギア》であらせられる。帝国《フリューバル》にとってかけがえのないおかたです」

「前線にあって、生き残ることこそ、皇帝《スピュネージュ》に欠かせぬ資質だ」

「なるほど」ソバーシュは頷いた。「翡翠の玉座《スケムソール・レン》にふさわしい資質について、アブリアルに申しあげることはございません。しかしながら、艦隊司令部《グラーガーフ・ビューラル》はウェスコー門《ソード・ウェスコール》付近に置くべきです」

「それは軍事的な見地からであろ」ラフィールは指摘した。

「もちろんです」

「攻撃終末点はノヴ・キンシャス、つまり彼らの主星系なんだぞ」

「存じておりますが？」ソバーシュは不思議そうな口調だった。

「皇太女《キルーギア》であるわたしが征《い》かねば失礼というものであろ」

「はあ」ソバーシュは目を瞬いた。「そういう考えには思い至りませんでした。つまり政治的な観点から、皇太女殿下《フィア・キルーゲル》のお出ましが必要である、ということですか」

ラフィールは頷いた。

「副官《ルーキア》たる身で口を挟むのは僭越かもしれませんが」ジントが遠慮がちに、「相手は気にしないのではないでしょうか。ぼくの故郷は皇太子《キルーギア》だった皇帝陛下《スピュネージュ・エルミタ》に征服されましたが、故郷の人々はとくに光栄と感じなかったと記憶しています」

ジントらしい誤解だ、とラフィールは思った。

「相手が気にするかどうかの問題ではない。払うべき敬意を払わずにいると、われらが落ち着かないのだ」

アーヴにとって、次期皇帝《スピュネージュ》がいる場所こそ前線であるべきだった――少なくともラフィールはそう信じていた。

「そうですか」ジントは納得していないようだった。

「リン千翔長《シュワス》」ソバーシュが小声で囁くのが聞こえた。「これはアブリアルの考えかたで、アーヴの常識というわけではないからね、誤解なきよう」

ソバーシュはラフィールと意見を異とするようだ。

「その者もアーヴだ」不快に感じつつ、ラフィールは指摘した。

「もちろん、わたしは承知しております」とソバーシュ。「しかし、主計千翔長《シュワス・サゾイル》はときどきそのことを忘れるようなのです」

「ああ、その癖については承知している」ラフィールは納得した。「いまも失念していたのか？」

「わたしにはそう見えました」ソバーシュがこたえた。

「忘れていたわけではありません」ジントがいった。だが、その口調は弁明しているようには聞こえなかった。「アーヴの価値観の多様性を再確認しただけです」

この者は、やはりアーヴになりきれておらぬのかもしれぬ――ラフィールは淋しく感じた。リン・スューヌ＝ロク・ハイド伯爵《ドリュー・ハイダル》ジントは数奇な出自を持っていた。アーヴ貴族《スィーフ》には珍しく、地上世界《ナヘーヌ》の出身なのである。しかも孤立した世界で、ドゥサーニュが艦隊を率いて訪れるまで、アーヴの存在すら知らなかった。主計修技館《ケンルー・サゾイル》へ入る前の教育を受けたのも、別の地上世界《ナヘーヌ》だった。

もとよりジントは、髪が青くなく、額に空識覚器官《フローシュ》も備わっていない。だが、外面以上に心は非アーヴ的なのかもしれなかった。

その心がラフィールには愛しく、同様に厭わしいのだった。

心に引っかかったが、今に始まったことではない、無視することにした。やるべきことはいくらでもあるのだ。

「ともかく、わたしは中核部隊で指揮を執る」ラフィールは宣言した。

「承りました」とソバーシュ。「それで、ウェスコー門閉塞部隊《ソード・ウェスコール》を独立させる件については いかがいたしましょう？」

「比較検討するがよい。五部隊案と六部隊案とを。二四時間後に提出できるな？」

「可能です」ソバーシュは即答した。「ただし、短時間で仕上げたものはそれなりのものになります。わたしなら、多くの将兵の生命を委ねるためにはより時間をかけるでしょう」

「四八時間では？」

「完璧にはほど遠いですが、あいにく時間は無限にはございませんからね」

「妥協できるか？」

「はい」

「では、四八時間で結論を出すがよい」

ソバーシュは片眉を上げた。

「われらが結論を出してよいのですか？」

「基本的な編成に関わる事項に関しては、わたしはそなたたちの判断を受け入れる。指揮官についてはその限りでないが」

「光栄の至り」

「では、取りかかるがよい。いまから四八時間後だ」

「了解しました」ソバーシュは恭しく一礼すると、別の移動壇《ヤーズリア》を呼び寄せ、乗り換えた。

もとの移動壇《ヤーズリア》には、ラフィールとジントのふたりが残された。

「わたしの予定はどうなっている？」ラフィールは訊いた。

「一一時間三七分の休憩です」

「休憩？」

「なにかご不満でも？」

「いや、ない。ないけど……」

部下たちを働かせておいて、自分が休んでいるというのも、罪悪感を覚える。

「執務を入れることも可能です、長官《グラハレル》」ジントはいい、小声で付け加えた。「でもね、あとでやってもらうことがいっぱいあるんだから、いまはゆっくり眠ったほうがいいと思うんだ。アーヴの子守歌は知らないけど、故郷の歌はこの耳にまだ残っている。なんなら枕元で歌ってあげようか、ラフィール」

「ばか《オーニュ》」

わずかに気分を害して、ラフィールはジントの顔を見た。そして、目を離せなくなる。年をとったな——ラフィールは思った。

アーヴは不老である。その肉体は二十代で老化を止め、外見的にも機能的にも変わることはない。

とはいえ、ラフィールにとって老いは幼い頃から見慣れたものだった。クリューヴ王《ラルティエ・クリュ》家《ブ》の家臣《ゴスク》たちには地上人も多い。老人といっていい歳の者も珍しくなかった。彼らに傅《かしず》かれて彼女は育ったのだ。軍に入ってからは地上世界《ナヘーヌ》出身の軍士《ボスナル》たちと面識を得た。とくに従士《サーシュ》たちはほぼ全員が地上人だ。さすがに老人はいないが、いまのジントより年上の者はざらにいる。

だが、少年の頃から見知っている肉体に時が刻まれていくのを見るのにはまだ慣れない。

帝国の法によれば、ジントはアーヴだった。しかし生物学によれば、結論は異なる。地球上で進化したままの地上人と、宇宙を渡るため遺伝子を改変したアーヴとでは、生物種の次元で違うのだ。

ジントはラフィールのひとつ年上に過ぎない。だが、見かけの差はさらにある。いまはかろうじて兄妹ほどの差に収まっているが、やがて親子ほどになり、祖父と孫娘のようになるだろう。

そういえば、ジントに子ども扱いされることが増えたような気がする。昔から彼がよくやる冗談だが、それにしてもこのところは多すぎる。

ひょっとして、ラフィールの変わらぬ外見のせいで、ジントは兄のような気分になっているのかもしれない。やがて、父のように、あるいは祖父のように振る舞うのだろうか。

もっとも、それまでお互い生きているとは限らない。なにしろ帝国は、存亡をかけた戦のさなかにあるのだから。

ラフィールは無言でジントの頬に触れた。

「なに？」ジントは戸惑いを浮かべる。

その表情は、ふたりが少年と少女であった頃を思い出させる。

「いや、なんでもない」

ジントはふっと笑い、自分の頬に触る手を柔らかく押さえた。

「大丈夫だよ、ラフィール。地上人基準でも、ぼくはまだじゅうぶん若いよ。知っているかい？　地上人って猫より長生きなんだよ」

「ばか《オーニュ》」もう一度、ラフィールはいった。「やはり歌ってもらおうか、ジント」

ジントは目に見えて狼狽した。「冗談だったんだよ、ラフィール」

「わかってるけど、つまらぬ冗談をいった罰だ」

「お許しを、殿下《フィア》」

「謝りかたが違うであろ」

ジントは破顔した。

「ああ。ごめんよ、ラフィール」

7　霹靂《ビュール・ロドルショト》艦隊

練習第三艦隊《ビュール・ビーナ・クレーヤル》は二十以上の泊地《ノベール》に分散していた。作戦上の要請ではない。全艦隊を一カ所に収容できる泊地がないからだ。むろん、空間的余裕ならどの泊地にもある。残念ながら、現状、星界軍《ラブール》は一星系を埋め尽くすほどの艦艇を所有していないのだ。

余裕がないのは、反物質燃料《ベーシュ》の生産能力だった。実戦的演習は大量の燃料《ベーシュ》を消費するのだ。

泊地に指定されるのは、原則として所領《スコール》、つまり有人惑星を持たない星系である。地上世界《ナヘーヌ》を持たない分、反物質燃料《ベーシュ》生産能力には大きな余裕がある。さらに、機動反物質《ヨーズ》燃料製造工場《ホーカ》も投入される。それでも、ラフィール指揮下の艦隊《ビュール》すべてを養うほどの余力は、どの星系にもないのだった。

第三艦隊《ビュール・ビーナ》が一塊の部隊として集結したのは、最終仕上げの段階だった。エウドー子爵《リュムスコール・エウド》領《ール》への航行は、練習第三艦隊《ビュール・ビーナ・クレーヤル》にとって最初で最後の全体行動となった。

エウドー子爵領《リュムスコール・エウドール》で練習第三艦隊《ビュール・ビーナ・クレーヤル》は霹靂艦隊《ビュール・ロドルショト》へ生まれ変わり、スポトネブリュー《シュテューム・スポト》ヴ鎮守府《ネブリュブ》へ移動することとなった。

鎮守府《シュテューム》にあるスポトネブリューヴ門《ソード・スポトネブリュブ》の平面宇宙《ファーズ》側はウェスコー門《ソード・ウェスコール》にほど近い。そして、ウェスコー門の通常宇宙《ダーズ》側は、敵手に落ちたラクファカールのあるアブリアル伯国《ドリュヒューニュ・アブリアルサル》だ。帝　国《フリューバル》は正式な遷都をしていない。したがって、いまでも名目上はラクファカールが帝都《アローシュ》だった。

スポトネブリューヴなど八鎮守府《シュテューム》は、帝都を守るために配置された。だが、いまは帝都から守るための最初の防壁となっている。もちろん、帝都を奪還するときの基地ともなりうる。

スポトネブリューヴ鎮守府《シュテューム・スポトネブリュブ》に艦隊が移動するのを察知すれば、敵はラクファカールに戦力を集中してくるかもしれない。そのぶん、〈人民主権星系連合体〉本土の防備が手薄になることを、星界軍《ラブール》は期待していた。

艦隊が機動帝宮《ルエベイ・ホーカ》と別れ、エウドー子爵領《リュムスコール・エウドール》を発ったとき、部隊編成はまだなされていなかった。決まってはいたのだが、発令は移動の途中になされた。

けっきょく五部隊案が採用され、霹靂第一艦隊《ビュール・カースナ・ロドルショト》から第五艦隊《ビュール・ジュータ》までが編成された。艦艇の配分については、事前に何度も検討されているから、ほとんど自動的に決まった。ただ全体の補給に加えてウェスコー門《ソード・ウェスコール》への警戒まで担うこととなった第五艦隊《ビュール・ジュータ》については、追加の編入が行われる。その作業に、参謀《カーサリア》たちは追われている。

参謀たちはさらに麾下部隊の移動の手配もしなくてはならない。エウドー子爵領《リュムスコール・エウドール》とスポトネブリューヴ鎮守府《シュテューム・スポトネブリュブ》との間に適当な補給地を配置しなくてはならないのだ。もちろん、既存の設備は活用する。だが、それでは不足だった。

そこで、予め航路外の星系から燃料を移送したり、機動反物質燃料製造工場《ヨーズ・ホーカ》を配置したりして、必要な燃料を確保するのだ。

機動反物質燃料製造工場《ヨーズ・ホーカ》の配置転換も重要だ。泊地の工場は不要になるのだから、これを補給地に移せばよいようなものだが、それでは時間的に齟齬《そご》が出る。そこで、別の星系から調達し、そこで不足した分を泊地で余った分で埋めることになる。むろん、回答は思考結晶《ダテューキル》が弾き出すが、その前に課題を人間たちが考えなければならない。

なぜなら、反物質燃料《ベーシュ》やその生産能力の配置を担当するのは、霹靂艦隊《ビュール・ロドルショト》でも、練習艦隊《ビュール・クレーヤル》でもなく、輸送艦隊《ビュール・カソベール》だからである。

輸送艦隊《ビュール・カソベール》は帝国全体の防衛、さらには経済をも考えて、航路の整備をする。帝都を奪われて後、練習艦隊《ビュール・クレーヤル》が星界軍《ラブール》の戦力を立て直そうとしたのと同様、彼らも懸命に航路の再構築に勤しんできたのだ。いわば、練習艦隊《ビュール・クレーヤル》が帝国に腕力を取り戻すための器具だとすれば、輸送艦隊《ビュール・カソベール》は体力を回復する装置だった。

練習艦隊《ビュール・クレーヤル》は成果を上げ、ついに霹靂艦隊《ビュール・ロドルショト》という実戦部隊をつくりだした。だが、輸送艦隊《ビュール・カソベール》の任務はまだ途上だった。ラクファカールのあるアブリアル伯国《ドリュヒューニュ・アブリアルサル》は、帝国の流通の中心であるだけではなかった。平面宇宙《ファーズ》を渡るには時空泡発生機関《フラサティア》が不可欠だが、それを帝国で生産するただ一つの星系でもあったのだ。その穴を埋めるには途方もない努力が必要だ。

だから、いっそラクファカールを奪還すればよい、とラフィールは思うのだが、皇帝《スピュネージュ》は意見を異にするらしい。

ともあれ、輸送艦隊《ビュール・カソベール》にしてみれば、練習艦隊《ビュール・クレーヤル》の泊地に提供していた反物質燃料製造工場《ヨーズ》はすぐにでも返してほしいのだ。いくらでも使い道がある。

輸送艦隊司令部《グラーガーフ・ビューラル・カソベール》は、「反攻は時期尚早」と奏上したらしい。むろん、勅が下ったからには、彼らも霹靂作戦《クファゼート・ロドルショト》の成功を願っているにちがいない。だからといって、霹靂艦隊《ビュール・ロドルショト》の要請に唯々諾々と従うつもりもないようだった。

参謀たちはこういった交渉にも時間をとられた。交渉が成立しないことには、満足な予定も立てられない。

輸送艦隊司令部《グラーガーフ・ビューラル・カソベール》は機動帝宮《ルエベイ・ホーカ》とつねに行動をともにする。したがって、いまはエウ《リュムス》ドー子爵領《コール・エウドール》にあった。

とうぜん、霹靂艦隊《ビュール・ロドルショト》の参謀たちは、輸送艦隊《ビュール・カソベール》との交渉をエウドー子爵領《リュムスコール・エウドール》にあるうちに済ますつもりだった。公正にいって、輸送艦隊司令部《グラーガーフ・ビューラル・カソベール》は協力的だった。しかし、けっきょくのところ時間切れとなり、参謀の一部は子爵領《ベールスコル》に居残ることになった。

ラフィールには別の仕事があった。

人事である。

ソバーシュ参謀長《ワス・カーサレール》はいまだ第五艦隊《ビュール・ジュータ》を霹靂艦隊司令長官《グラハレル・ビューラル・ロドルショト》、つまりラフィールにちょくせつ指揮させようという妄執に囚われているらしい。その陰謀を打ち砕くためにも、第五艦隊司令長官《グラハレル・ビューラル・ジュータ》の人事を急がなければならなかった。

旧練習第三艦隊《ビュール・ビーナ・クレーヤル》には七個の副司令部《グラーガーフ・フェーカ》があった。それぞれ副司令長官《ロイ・グラハレル》を長とし、直属戦隊と幕僚《スペルーシュ》を備え、いつでも艦隊の指揮を執る準備ができていた。通常任務は作戦研究だが、演習のときには仮想敵部隊の司令部《グラーガーフ》となることもある。

七個の副司令部《グラーガーフ・フェーカ》はそのまま、霹靂艦隊《ビュール・ロドルショト》に引き継がれていた。この副司令部が基本的に、新たに設けられる番号艦隊の司令部に横滑りする。

副司令長官《ロイ・グラハレル》には序列がある。第五艦隊司令長官《グラハレル・ビューラル・ジュータ》はその重要性に鑑みて、最先任副司令《ボアルム・ロイ・グラ》長官《ハレル》を充てるべきだった。

旧練習第三艦隊《ビュール・ビーナ・クレーヤル》の、そして現霹靂艦隊《ビュール・ロドルショト》の最先任副司令長官《ボアルム・ロイ・グラハレル》の乗る巡察艦《レスィー》〈ヘールラス〉が旗艦《グラーガ》〈クリュブノーシュ〉に接舷した。

〈ヘールラス〉から〈クリュブノーシュ〉に移乗したのは、霹靂艦隊最先任副司令長官《ボアルム・ロイ・グラハレル・ビューラル・ロドルショト》スポール・アロン＝セクパト・レトパーニュ大公爵《ニーフ・トレトパン》・ペネージュ星界軍元帥《スペーヌ・ラブーラル》だった。

「あたくしに後方部隊の指揮を執れと仰せられる？」〈クリュブノーシュ〉の司令長官《グラハレル》公室に現われたスポールは不満を隠そうともしなかった。「このあたくしに？」

「そうだ」せっかく戦いが始まるというのに、なぜ皆、不満だらけなのであろ――ラフィールはうんざりしつつ頷いた。「あわせてウェスコー門《ソード・ウェスコール》の防衛もお願いする」

「防衛ですか」スポールは眉根に皺を寄せた。

「不服か？」ラフィールは直截に訊いた。「われらの命綱を託すのだ。星界軍元帥《スペーヌ・ラブーラル》にとって役不足とも思えぬが」

「不服などあろうはずもございませんわ」スポールは笑みを浮かべ、一礼した。「霹靂第五艦隊司令長官《グラハレル・ビューラル・ジュータ・ロドルショト》の職、謹んで拝命いたします」

「そうか。頼む」ラフィールはほっとして、傍らのソバーシュ参謀長《ワス・カーサレール》を一瞥した。

これで、第五艦隊《ビュール・ジュータ》を主隊にしようという策謀を放棄してくれるだろう。

ラフィールにソバーシュが付き添っているように、スポールも参謀長《ワス・カーサレール》クファディス提督《フローデ》を連れていた。

「まあ、星界軍元帥《スペーヌ・ラブーラル》ごときにはお似合いの職なんでしょうけどね」囁きと呼ぶには大きすぎる声で、スポールはクファディスに愚痴った。「レトパーニュ大公爵《ニーフ・レトパン》には役不足もいいところだわ」

「しかし、殿下《フィア》の仰せのとおり、霹靂艦隊《ビュール・ロドルショト》では第二の地位と評価いたします」諦め顔ながらもクファディスはたしなめた。「やはり第一艦隊司令長官《グラハレル・ビューラル・カースナ》をご志望ですか」

「そちらのほうが楽しそうじゃない」

「それこそ星界軍元帥《スペーヌ・ラブーラル》には釣り合いませんよ。閣下《ローニュ》の格が下がってしまいます。第一、前にやったでしょう」

「面白かったから、もう一度やりたいわ」

「わがままを仰らないでください。それに、ウェスコー門《ソード・ウェスコール》からの帝都奪回へ命令が変更されれば、われわれの部隊が先陣を切ることになりますよ」

「あら」スポールの赤い瞳が興味深げな色を帯びた。「そのような計画があるとでも？」

「まさか。単なる可能性の問題ですよ」とクファディス。「閣下《ローニュ》のご存じない計画をわたしが承知しているわけないでしょう」

「それはそうね」スポールは溜息をついた。「先行偵察部隊を任せてもらえるなら、降格してくれても構わない。あたくしがレトパーニュ大公爵《ニーフ・レトパン》であることに違いはないのだから。艦隊の役職なんて、どんなに高かろうとせいぜいアブリアルに釣り合う程度でしかないわ」

「ああ、閣下《ローニュ》」ソバーシュが面白そうに尋ねた。「まだ司令長官殿下《フィア・グラハレル》の御前にいらっしゃることにお気づきでしょうか」

「あら」スポールはまったく動じなかった。「立派なアブリアルなら、スポールの戯言など気になさらないはずよ。畏れ多いことながら幼少のみぎりより存じているけれど、殿下《フィア》は紛うことなきアブリアル」

　褒められていないようだったが、悪い気はしなかった。

むしろ、ソバーシュが「なるほど」と頷いたことが気に障った。

「なにが、なるほどなんだ？」ラフィールは参謀長《ワス・カーサレール》に訊いた。

「いえ。これが帝宮流の社交か、と納得したものですから」ソバーシュは答えた。

「そんなわけがないであろ」ラフィールはますます不愉快になった。

「そうですわね」スポールは立ちあがった。「帝都《アローシュ》が失われても、皇族《ファサンゼール》方とわが一族との関係が変わらぬと確認できてようございました。考えてみれば、ラクファカールに落ち着く以前から、スポールとアブリアルの関係はこのようなものであった、と承ってございますわ」

「大公爵《ニーフ》」ラフィールは一言、いわずにはおられなかった。「帝都《アローシュ》は失われたのではない。まだわれらの手の届くところにあるのだ。すぐ取り戻す」

「失言でしたわ」スポールは深々と頭を下げた。だが、その唇の端には笑みが浮かんでいる。「でも、アブリアルなどという名の恒星に照らされるのには、飽きかけていたのですけれども」


スポールが辞したあと、司令長官公室にはアトスリュア・スューヌ＝アトス・フェブダーシュ男爵《リューク・フェブダク》・ロイ大提督《フォフローデ》が呼ばれた。彼女も副司令長官《ロイ・グラハレル》の一人である。

「殿下《フィア》」ややぎこちない所作で、大提督《フォフローデ》は一礼した。

彼女とは奇縁がある。なにしろアトスリュアの兄を殺したのは、ラフィールなのだ。

そして彼女は、ラフィールが初めて艦を与えられたときの直属上官でもある。

「副司令長官《ロイ・グラハレル》、どうかこちらへ」ソバーシュがアトスリュアに席を勧めた。

彼もアトスリュアと縁のある者だった。彼女の参謀長《ワス・カーサレール》を務めたことがあるのだ。

ラフィールの部下に、かつてから関係のあった翔士《ロダイル》が多いのは偶然ではない。星界軍《ラブール》といえども上級翔士《ロダイル》は数が限られていて、どこかで顔を合わせる、というのも理由のひとつだが、なによりそこには上皇会議《ルゼー・ファニガラク》の意図が働いている。

翔士《ロダイル》になるのは、士族《リューク》にとって権利だが、皇族《ファサンゼール》と貴族《スィーフ》にとっては義務だ。もっとも貴族《スィーフ》については、軍歴がなければ爵位《スネー》を継げないというだけの話で、叙任されてしまえばとくに厳しい義務が課せられることもない。十翔長《ローワス》になれば、義務は終わりだ。レトパーニュ大公爵《ニーフ・レトパン》のように、爵位《スネー》を継いでなお、軍に留まる貴族《スィーフ》もいるが、決して帝国から強いられているわけではない。

皇族《ファサンゼール》にとっては違う。軍務は帝位《スケムソラジュ》への競争だ。自らの実力を顕し、昇進しなければならない。〈アーヴによる人類帝国《フリューバル・グレール・ゴル・バーリ》〉において、皇帝《スピュネージュ》の最も重要な職務は軍の統率だ。

なぜ競争するのか、という問いかけを、ラフィールは自分にしたことがなかった。彼女にとっては、あまりに当然のことであって、意味など考えたこともない。

アーヴの始祖たちは多世代宇宙船を動かす生体部品としてつくられた。やがて、始祖たちはその創造者を裏切り、自らを人間と認識するようになった。しかし、多世代宇宙船は都市船〈アブリアル〉となったものの、アーヴの唯一の世界であることに変わりなかったので、彼らはまだ生体部品としての側面も保持せざるをえなかった。

アーヴたちが生体部品であることを完全に捨て去ったのは、帝国が創建され、生活圏が都市船から急激に溢れたときだろう。

だが、都市船〈アブリアル〉は、帝宮《ルエベイ》として残った。皇族《ファサンゼール》アブリアルだけは、生体部品でありつづけたのかもしれない。もちろん、帝宮のではなく、帝国の部品としてだ。

帝宮は、ラクファカール陥落の際、竜卵要塞《サイリア・ノーシャル・ヘカ》となって消えた。しかし、アブリアルは未だ帝国の部品としての意識が消えないのだろう。アブリアルにとって人生の目的はより完璧な帝国の部品になることであって、それ以外のことは、役割を終えてからゆっくりきり考えればいいことである。

早くに帝位《スケムソラジュ》を諦めてしまう皇族《ファサンゼール》も稀にいる。彼らにしても辛くなったわけではなかった。ただ自らの力量が帝国を担うに相応しくないと見極めた結果だった。アーヴは自分を信じすぎる傾向があり、アブリアルはもっともアーヴらしい一族といわれる。

しかし、慎ましいアブリアルが産まれることもあるのだ。

あいにく、紛うことなきアブリアルであるラフィールは、自分の力量を微塵も疑っていなかった。

帝位《スケムソラジュ》への競争は、腹心をえる期間でもある。軍務の間に、将来、信頼が置けて有能な臣下となるべき人材を見いだす必要があるのだ。いやむしろ、それは競争の一部、それもきわめて重要な要素だった。

それを見越して、皇族《ファサンゼール》である翔士《ロダイル》の周辺には多様な人材が配置される。成績がよい者はもちろんのこと、変わった経験の持ち主も選ばれた。ときには上皇会議《ルゼー・ファニガラク》がひそかに手を回し、その皇《ファサンゼール》族の成長に資するはずの軍士《ボスナル》を送りこむこともある。アトスリュアもおそらく意図的にラフィールの周辺に配置されたのだろう。

だが、もはやそんなことは関係ない。ラフィールはアトスリュアを軍士《ボスナル》として信頼していた。開戦以来、貴重な経験を積み重ねてきた、優秀な翔士《ロダイル》だ。ラフィールが皇《ファサンゼ》族《ール》でなければ、彼女を位階《レーニュ》で追い越すこともなかっただろう。

「そなたには、先行偵察部隊を任せたい」ラフィールは告げた。

スポールの望んだ第一艦隊司令長官《グラハレル・ビューラル・カースナ》の座は、アトスリュアに与えられるのだ。

「たいへん光栄です」アトスリュアは応じた。「喜んでお受けします。父と兄へ報告できないのが残念。とくに父は大笑いしたでしょうに」

「その、大笑いとはどういう意味だ？」ラフィールはかつての直属上官に訊いた。

「もちろん喜びのあまり、という意味ですわ」

「そうか」

二代フェブダーシュ男爵《リューフ・フェブダク》である、アトスリュアの父には、ラフィールも会ったことがある。それどころか、同じ艇に載って戦った仲だ。一度だけだったが、戦友といってよいかもしれないし、恩人であることは間違いない。彼も、過日のラクファカール陥落の折に戦死した。

ラフィール自身は二代フェブダーシュ男爵《リューフ・フェブダク》とあまり接点がなかったが、ジントなどはずいぶん彼の人となりを慕っていた。ジントの評価するような人間が、娘の昇進を喜んで笑うとは信じがたい。

だが、追及はしないことにした。

ラフィールは位階《レーニュ》と地位に相応しいだけの股肱をえていない。ラフィールが仮の皇太《キルー》女《ギア》とされているのは、彼女自身の能力が未知数だから、というのが最大の理由だが、それだけではない。彼女が翡翠の玉座《スケムソール・レン》に坐った暁に、その周囲を固める腹心の候補が少なすぎるのである。

平時なら、彼女が玉座《スケムソール》から遠ざかるだけの話で、だれかよりふさわしい皇族《ファサンゼール》に順位を譲ることになるだろう。だが、帝国にとって残念なことに、人材面でもラフィール以上にふさわしい皇《ラブール》帝候補《スピュネージュ》はいないのだ。

帝都陥落と星界軍の半壊という異常事態のせいである。

そこで、第二艦隊《ビュール・マータ》と第四艦隊《ビュール・ゴーナ》は、ラフィールのよく知らない人物に任せることにした。第一艦隊《ビュール・カースナ》と第五艦隊《ビュール・ジュータ》の司令長官《グラハレル》には大きな自由裁量権が与えられる。本隊から遠く離れるので、いちいち指示を仰いでいられないのだ。

その点、本隊の両翼をまもる第二と第四の司令長官《グラハレル》は、あまり裁量権を発揮する余地がない。

だから、人事にも冒険ができる。駄目なら、すぐ更迭できるのだ。

ラフィールは、第二艦隊司令長官《グラハレル・ビューラル・マータ》にピアンゼーク提督《フローデ》、第四艦隊司令長官《グラハレル・ビューラル・ゴーナ》にはダセーフ提督《フローデ》を補することにした。

両方とも練習艦隊副司令官《ロイ・グラハレル・ビューラル・クレーヤル》だから、面識はある。しかし、副司令長官《ロイ・グラハレル》になったのはごく最近のことで、それまでラフィールは会ったことがなかった。

かつての上官たちの評価を見る限り能力は申し分ないが、無条件に信頼するわけにはいかない。ラフィール自身の評価を下すには、まだ材料が足りなかった。

ピアンゼーク提督《フローデ》は軍政本部《ヴォソール》から赴任してきた。軍政畑をもっぱら歩んできたようだ。おそらく将来的には、軍政長官《ワロズ・ヴォソル》となることを期待されているのだろう。そのためには、前線勤務も必要というわけだ。

ラフィールの前に出頭したピアンゼークは、いささか緊張気味だった。

「御前に」と畏まる。

彼は副司令長官《ロイ・グラハレル》のうちではもっとも若い。とはいえ、ラフィールよりは年上だ。

第二艦隊《ビュール・マータ》を任せたい、と告げると、ピアンゼークはたいそう感激した様子だった。

「まことに光栄です。粉骨砕身、務めます」

期待したとおりの反応だったので、ラフィールはほっとした。

「うん。期待している」

第四艦隊《ビュール・ゴーナ》を任せるダセーフ提督《フローデ》は練習艦隊《ビュール・クレーヤル》の内部昇格である。ほとんどの軍歴を教官《ベセーガ》として過ごしてきたらしい。前職も保育艦隊《ビュール・ソムロン》、つまり練習第一艦隊《ビュール・カースナ・クレーヤル》の教務参謀《カーサリア・ワレイコト》だ。

老いを忘れたアーヴは、同種族同士でも外見から年齢を判断するのが難しい。

ラフィールの目には、ダセーフはまだ成熟期に差しかかったばかりの少年に見えた。つまり成長が鈍化しはじめる年頃、十代半ばといったところ。だが彼は、ピアンゼークとは対照的に、副司令長官《ロイ・グラハレル》のなかで最年長だった。

その年齢は、外見ではなく挙措に現れていた。

「ご就任、おめでとうございます、司令長官《グラハレル》」じつに落ち着いた様子で、彼は一礼した。

「うん、感謝を」

「いま、ピアンゼークから第二艦隊司令長官《グラハレル・ビューラル・マータ》になった、と知らせてきました」ダセーフはいった。「ということは、わたくしに第四艦隊《ビュール・ゴーナ》をくださるものと推理しておるのですが」

「そのとおりだ」

ダセーフは破顔した。「謹んでお受けいたします」

「頼む」ラフィールは頷き、質問した。「そなたはピアンゼーク提督《フローデ》と友人なのか？」

「昔の教え子です。階級《レーニュ》で並ばれたかと思ったら、もう、職務でも同格になってしまいました」

「やりにくいか？」

「まさか」ダセーフは老成した笑みを浮かべた。「たとえ殿下《フィア》が元教え子だとしても、わたくしはまったく気にいたしませんよ」

8　スポトネブリューヴ鎮守府《シュテューム・スポトネブリュブ》

霹靂艦《ビュール・ロドルショト》隊がスポトネブリューヴ門《ソード・スポトネブリュブ》を潜るのに八一時間、必要だった。最後尾の戦隊がスポトネブリューヴ鎮守府《シュテューム・スポトネブリュブ》に到着したとき、アトスリュア大提督《フォフローデ》率いる第一艦隊《ビュール・カースナ》はすでに〈人民主権星系連合体〉の勢力圏へ発進していた。

　じつに慌ただしい。

　だが、霹靂艦《ビュール・ロドルショト》隊主力はしばらくスポトネブリューヴ鎮守府《シュテューム・スポトネブリュブ》に留まる予定だった。まだ到着していない部隊を待たなければならなかったからだが、ラクファカールに蟠る敵を威圧するためでもある。

　スポトネブリューヴ鎮守府《シュテューム・スポトネブリュブ》は黄色矮星を中心とした星系だ。鎮守府の例に漏れず、従士《サーシュ》が英気を養うための素敵な地上世界《ナヘーヌ》がある。第二惑星ボヘーフがそれである。

鎮守府本部《バンゾール・シュテューマル》はボヘーフの衛星軌道を巡っていた。

ボヘーフの公転軌道の内側には、歪な岩屑が帯をなしている。そこに鎮守府《シュテューム》の工業施設が集中していた。間近に迫った戦いに備えて、整備廠の拡張が行われ、反物質《ヨー》燃料製造工場《ズ》が次々に建造されている。完成した反物質《ヨー》燃料製造工場《ズ》はさらに恒星スポトネブリューヴ寄りの軌道へ送り出される。

反物質《ヨー》燃料製造工場《ズ》が滞留する軌道には、霹靂艦隊《ビュール・ロドルショト》の大半が停泊していた。だが、旗艦《グラーガ》〈クリュブノーシュ〉はボヘーフの惑星軌道上にあり、鎮守府本部《バンゾール・シュテューマル》に接舷していた。

霹靂艦隊旗艦《グラーガ・ビューラル・ロドルショト》〈クリュブノーシュ〉司令座艦橋《ガホール・グラール》では会議が開かれていた。それには艦隊幹部のほか、鎮守府《シュテューム》の参謀《カーサリア》たちも立体映像で参加していた。

「ウェスコー門《ソード・ウェスコール》付近の現在の動きです」スポトネブリューヴ鎮守府情報参謀《シュテューム・スポトネブリュブカーサリア・リラグ》が告げると同時に、霹靂艦隊旗艦《グラーガ・ビューラル・ロドルショト》〈クリュブノーシュ〉司令座艦橋《ガホール・グラール》の床に平面宇宙図《ヤ・ファド》が投影された。

悔しいな――ラフィールは、図の中央に映されたウェスコー門《ソード・ウェスコール》を凝視した。

ウェスコー門《ソード・ウェスコール》は帝都《アローシュ》ラクファカールの八門のひとつ、平面宇宙《ファーズ》ではスポトネブリュー《ソード・スポトネブ》ヴ門《リュブ》から指呼の間にあるこの〈門《ソード》〉を潜れば、彼女の氏姓《フィズ》と同じ名を持つ恒星が輝き、それを帝都《アローシュ》が巡っている。

長らく帝国の中枢として栄えた軌道都市《バーシュ》を、無粋な者どもがどのように変えてしまったのか。それを想うと、ラフィールは胸が締めつけられ、ときに息苦しくさえ感じる。焦りに理性を浸蝕されるような心持ちになり、無意味なことを叫びたくてたまらなくなる。

空識覚《フロクラジュ》なき者に、あの都市に満ちる蠱惑を愛でることができようはずもない。せめて激戦の跡をそのまま留めていてくれればよいのだが、どうせ中途半端に再建しようとして、おぞましくも悪趣味な施設を混ぜこんでいるにちがいない。

ラクファカールはラフィールの生まれ故郷だ。彼女だけではない。アーヴの大半はラクファカール生まれだった。しかし、いま、練習第一艦隊《ビュール・カースナ・クレーヤル》では、ラクファカールを知らない世代が育ちつつある。急がないと、彼らが多数派になってしまう。

だが、頭を切り換えねばならない。彼女に与えられた任務は、懐かしき帝都《アローシュ》への入口を横目で見て、侵攻することだ。

ウエスコー門《ソード・ウエスコール》は敵を表象する記号に取り巻かれていた。

「ずいぶん、混み合っているように見えるな」ラフィールはいった。

「はい」鎮守府情報参謀《カーサリア・リラグ》は頷いた。「敵艦隊の動きは活発です。過去三年の記録と引き比べてみます」

記号や数字が床面に乱舞する。

説明されるまでもなかった。霹靂艦隊《ビュール・ロドルショト》がスポトネブリューヴ鎮守府《シュテューム・スポトネブリュブ》に近づくにつれ、敵の戦力は増強されている。

ラクファカール奪還を敵が警戒していることがわかる。

「陽動は成功、と見てよいのか」

「残念ながら、ウェスコー門《ソード・ウェスコール》方面に〈人民主権星系連合体〉の艦隊《ビュール》は今のところ確認できておりません」

この戦力が〈人民主権星系連合体〉の防護を犠牲にして集められたものなら好都合なのだが、どこから湧いたかまで、鎮守府は把握していなかった。

敵は〈四カ国連合《ブルーヴォス・ゴス・スュン》〉だ。〈人類統合体〉、〈拡大アルコント共和国〉、〈ハニア連邦〉、いずれの艦隊でもありうる。

「つづいて、〈人民主権星系連合体〉の動きです」情報参謀《カーサリア・リラグ》の発言とともに、画面が切り替わった。「量は増強されていますが、質は低下しております」

「精鋭部隊がさがった、ということか」ラフィールは確認した。

「はい。従来この方面に配置されていた精鋭部隊が確認できません。現在、確認できる部隊の一覧はこちらになります」空間に図表が立ち上がった。「三〇日前を基準にしております。青がそれ以前は配置が確認されていたのに、現在は所在不明の部隊です。ちなみに、黄色はそれ以前も現在も配置されている部隊。赤が新たに増補された部隊となります」

姿の消えた部隊は新鋭艦が配備されているのに対し、新たに現れた部隊は旧式艦で構成されていた。隻数ではむしろ増えているのだが、戦力評価が落ちている。

「われらに把握されていない戦力要素があるとは考えられないか」ソバーシュが質問した。

「可能性は極めて低うございます」情報参謀《カーサリア・リラグ》は自信たっぷりにいった。

彼の自信の根拠にラフィールは興味を持たなかった。情報参謀《カーサリア・リラグ》とは初対面だ。しかし、彼とその部下が情報分析の専門家であることは知っている。それでじゅうぶんだ。

興味があるのは別のことだった。

「では、姿を消した精鋭部隊の行き先について、情報はあるか」ラフィールは問うた。

「非常に不確定ですが、バハメリに戦力が集中しつつある、と」

バハメリ星系《キーヨース・バハメリル》に〈人民主権星系連合体〉軍の一大拠点があるのは知られていた。

その後、連合体軍の配置について、細かな応酬があった。もっぱら霹靂艦隊《ビュール・ロドルショト》側が質問し、鎮守府側が回答する、という形で議論は進行した。

「これで疑問はすべて解消されました」ソバーシュが総括した。

「ご苦労だった」ラフィールは鎮守府《カーサリア・シュテューマル》の参謀たちに告げた。

一礼して、鎮守府参謀《カーサリア・シュテューマル》たちの立体映像は消えた。

「作戦計画に大きな変更は加えずにすみそうです」ソバーシュがいった。

「では、バハメリをまず目指すことになるな」ラフィールは確認した。

「はい。可能ならば敵主力を一気に撃滅して、彼らの継戦意思を粉砕します」

「敵主力が壊滅すれば、あのかたたちは素直に手を上げてくれるの？」第五艦隊司令長官《グラハレル・ビューラル・ジュータ》スポール星界軍元帥《スペーヌ・ラブーラル》が疑問を呈した。

すでに鎮守府《シュテューム》から進発した第一艦隊司令長官《グラハレル・ビューラル・カースナ》アトスリュア大提督《フォフローデ》を除く、第二、第四、第五の各艦隊司令長官《グラハレル・ビューラル》も、それぞれの参謀長《ワス・カーサレール》を伴って会議に参加していた。

「可能性は見込めると思いますよ」と答えたのは、ソバーシュではなく、第四艦隊司令長官《グラハレル・ビューラル・ゴーナ》ダセーフ提督《フローデ》だった。

「なぜそう言い切れるの、閣下《ローニュ》？」

そう訊いたとき、スポールが訝しげな表情をしていたのは、答えた相手が意外だったからだろう、とラフィールは思った。

彼女自身はまったく奇妙に感じなかった。

ダセーフは、敵国の国内事情に詳しい。

艦隊には、敵軍の情報を取り扱う担当者はいても、その一段階上の情報、すなわち、敵国の政治、経済、社会について知ることを任務とする者はいない。

むろん帝国には、専門的に敵国全般の情報を収集し、分析する機関があるが、艦隊《グラーガーフ》司令部段階《ビューラル》ではあまり関係がない。それらの情報は帝国中枢によって高度な外交、戦略に活かされる。艦隊は中央の決定した作戦を粛々と実行するのみだ。

ダセーフは敵国の事情に職業的必要性以上に通じている。どうやら趣味らしい。そして、どうやらそれを語るのが大好きのようなのだ。

付き合いはごく短いが、ラフィールは痛いほどに思い知らされていた。

「〈人民主権星系連合〉の体制は、敵国のうちで最も帝国《フリューバル》に近い、といえます。各星系は極めて高度な独立性をもち、ごく一部を除き、ほぼ自給自足が可能です。他の星系と切り離されても、ほとんどの星系はとくに困らぬはずです。こういった体制にとって連邦政府の存在意義は少ない。連邦政府はもっぱら、軍を維持するために存在するがごとくです。連邦政府職員はその大半が軍人で構成されています。軍が壊滅すれば、連邦政府は存在意義を失うでしょう」

「軍事政権ではないと記憶しているのだけれども」スポールはいった。

「予算は各星系政府からの拠出に頼っているので、議会の決定には逆らえないようですよ。面白いことに軍人の世襲が禁じられているのです。親が軍人だと軍人にはなれない。正確には、連邦職員の子は連邦職員になれない。この点は、帝国《フリューバル》と大いに違いますな」

「興味深いわ」スポールは相づちを打ったが、おざなりなのはあからさまだった。

「従って、敵軍の将兵は全員が非軍人家庭の出身です」ダセーフは気にした様子がない。

「そして、その家族は地上世界《ナヘーヌ》で暮らしています。日々、労働し、軍資金を払っているのは、彼らです。ある意味、奇妙な関係ですよ。わたしはときどき彼らの艦隊が飼われている獣のように感じることがある。彼らの歴史に鑑みるに、獣はわれらの喉笛にかみつくただひとたびの機会を狙ってどこかに潜んでいるように思えます」

「詩的ね、閣下《ローニュ》。問題は、その獣が一頭だけで〈人民主権星系連合体〉を護っているわけではない、ということよ」

「それも懸念には及ばないと判断しております。〈人民主権星系連合体〉はわが帝国《フリューバル》と〈ハニア連邦〉、そして〈人類統合体〉と接しておりますが、そのうち、〈人類統合体〉との回廊はわれわれがほぼ遮断しており、大規模な艦隊の移動は不可能に近い。むろん、〈拡大アルコント共和国〉経由で援軍を送ることは可能ですが、それも彼らの現有戦力を考えると、ありそうにない。残るは〈ハニア連邦〉ですが、彼らの歴史から考察される行動様式に照らせば、自国の防衛を固めるのに全力を注ぐでしょうな。

スキール王国《フェーク・スキル》にも備えねばなりません。もちろん、我々の狙いがスキール王国《フェーク・スキル》であることは容易に推測するでしょう。霹靂作戦《クファゼート・ロドルショト》成功の暁には、スキール王国《フェーク・スキル》方面からの圧迫がますますきつくなることは、簡単に予測しうる。ならば、そのときに備えて戦力を温存するでしょう。わざわざ他国にまで出張ってくることはない。もし、他の同盟国が〈人民主権星系連合体〉救援のため、自己勢力圏を通過しようとすれば、引き留めかねない。つまり、あいつらを助けるぐらいなら、おれたちを護るのに手を貸してくれってわけですな。すでに同盟国軍が〈人民主権星系連合体〉勢力圏に駐屯しているかもしれませんが、あらたな救援があるとは考えにくい。基本的に、〈人民主権星系連合体〉は単独でわれわれに対抗せねばならないはずです」

「軍令本部《リュアゾーニュ》もそう考えているようだ」ラフィールは口を出した。そろそろこの話題を打ち切ってほしかったのである。

「それは喜ばしいこと」スポールはいった。「どうせあたくしたちはここでお留守番ですもの。退屈な仕事はさっさと終わってほしいものですわ」

重大な任務だ、などと説教じみたことをラフィールは口にしなかった。スポールは面白がるだろうが、彼女のために道化を演じるつもりはなかった。

ラフィールより遥かに長い軍歴を持つだけではなく、スポールは優秀な軍士《ボスナル》だ。自分の任務の重要性は知悉しているはずだった。彼女は与えられた仕事を軽んじているのではなく、ただ気に入らないだけなのだ。

それに、この作戦を早く片づけたいのはラフィールも同様だった。

〈人民主権星系連合体〉を平らげれば、次こそ懐かしのラクファカールへ差し向けてもらえるだろう。

それには早いだけではなく、艦隊の損害を最小限にして作戦目的を完遂しなければならない。

「作戦の修正は六時間で可能か？」ラフィールは確かめた。

「はい」ソバーシュは頷く。

「第一艦隊《ビュール・カースナ》への命令に変更はあるか」

「ありません」

「では、出撃は予定通りでかまわないのだな」

「はい」

「それでは」ラフィールは立ち上がった。「会議はもういいであろ。皆、ご苦労だった。各自、出撃の準備に戻れ」

その場にいた軍士《ボスナル》たちも起立し、敬礼した。

9 ファンボ門沖会戦《ライシャカル・ウェク・ソーダル・ファンボル》

霹靂艦隊《ビュール・ロドルショト》の先行偵察部隊である第一艦隊《ビュール・カースナ》は、九個偵察分艦隊《ヤドビュール・ウセム》から成っていた。

その九個分艦隊《ヤドビュール》は〈人民主権星系連合体〉との境界に沿って布陣している。平面宇宙《ファーズ》の境界というものは、地上の境界と違ってひどく曖昧だった。実際には線ではなく、かなり幅のある面である。

そこに点在する〈門《ソード》〉はほとんど利用されていない。もっとも、星系への出入り口として利用されている〈門《ソード》〉のほうが圧倒的に少ないのは、境界に限ったことではないが、境界ではとくにその傾向が強い。

そのひとつ、ブース三〇七七門《ソード・ビボルダンダナ・ブーサル》に霹靂第一艦隊長官直率《グラハレル・ビューラル・カースナ・ロドルショト》の偵察分艦隊《ヤドビュール・ウセム》〈アルレート〉が潜んでいた。

実のところ、ブース三〇七七門は〈人民主権星系連合体〉が領有を宣言している。そして、帝国《フリューバル》は異議を唱えなかったのだ。では、すでに第一艦隊《ビュール・カースナ》は〈人民主権星系連合体〉への侵攻を果たしたのか、といえば、それは違う。〈人民主権星系連合体〉の領有宣言に異議を唱えなかっただけで、帝国は認めたわけではないのだから。

帝国には、利用価値がなく、辺境に位置する〈門《ソード》〉の帰属をいちいち明確にする習慣がないのだ。

通常宇宙《ダーズ》側のブース三〇七七門は、最も近い恒星からでも三・七光年、離れている。しかもその恒星は惑星を伴っていない。

分艦隊《ヤドビュール》には、恒星の光を反陽子と陽電子に転換する機動反物質燃料製造工場《ヨーズ・ホーカ》が随伴しているが、ここで稼働させても無意味だった。

暗黒のただ中で燐光を放つブース三〇七七門《ソード・ビボルダンダナ・ブーサル》を、〈アルレート〉に属する巡察艦《レスィー》が周回していた。

霹靂第一艦隊旗艦《グラーガ・ビューラル・カースナ・ロドルショト》兼偵察分艦隊《ヤドビュール・ウセム》〈アルレート〉旗艦《グラーガ》、巡察艦《レスィー》〈ビューヌラス〉司令座艦橋《ガホール・グラール》──。

「予定時刻になりました」参謀長《ワス・カーサレール》ボブガーフ准提督《ロイフローデ》が告げた。

「じゃあ、始めましょうか」司令長官《グラハレル》アトスリュア大提督《フォフローデ》は命じた。「全艦、抜錨っ」

巡察艦《レスィー》の群れがブース三〇七七門へ突入していく。

〈アルレート〉の動きは敵にもある程度、捕捉されているはずだ。偵察分艦隊《ヤドビュール・ウセム》と正体を悟られぬよう、鈍重な輸送部隊のようにゆっくり動いてみたが、欺瞞工作が成功したかは心許ない。

アトスリュア直属部隊の最初の目標は、ファンボ星系《キーヨース・ファンボル》と定められていた。

その星系は〈人民主権星系連合体〉によって、辺境の補給拠点として整備されていた。半有人惑星があり、大規模な反物質燃料製造工場《ヨーズ》や簡単な修理廠などが設置されている。

まずファンボを占拠して、策源地とする。第一艦隊《ビュール・カースナ》の任務はあくまで先行偵察だが、今回のような大規模な作戦では、敵領内に根拠地が必要だった。

事前情報によるとファンボの反物質燃料供給《ベーシュ》能力は高くないが、それは星界軍《ラブール》の側で補うことが可能と見こまれていた。

平面宇宙《ファーズ》に上がった〈アルレート〉は、単艦時空泡《フラサス》の縦陣を組んで進撃した。平面宇宙《ファーズ》では単純に軽いものが速い。一隻ずつで時空泡《フラサス》をなすことが、最速で移動する手段となる。

最速でも、ブース三〇七七門からファンボ門《ソード・ファンボル》までは艦内時間で七四時間一七分かかる予定だ。

平穏そのものに見えた平面宇宙《ファーズ》に変化が起こったのは、〈アルレート〉がブース三〇七七門を出た一八時間五一分後のことだった。

二時の方向、二七七六天浬《ケドレル》に存在するブース九九八門《ソード・ソクシンソクンガーナ・ブーサル》から、時空泡群《フラサス》が分離するのを観測したのである。

アトスリュアはただちに幕僚《スペルーシュ》を招集して、会議を開いた。

「〈サムスィル一〇〇〉は敵艦隊と思われます」情報参謀《カーサリア・リラグ》が報告した。

〈サムスィル一〇〇〉とは正体不明の集団につけられた仮称である。

味方でないことははっきりしているが、民間船団である可能性はある。侵攻を察知して、待避しようとしている非戦闘員なら、無視してもよい。

だが、民間船団とは思えなかった。

ブース九九八門はブース三〇七七門と同じく利用価値のない〈門《ソード》〉で、民間船団が立ち寄る理由などない。

もう一つは針路である。彼らはあきらかに〈アルレート〉との邂逅を目指している。敵艦隊から逃れる民間人にしては奇妙な行動というべきだが、侵攻を阻止しようとしている戦闘集団なら、実に理にかなった振る舞いである。

「これがすべて戦闘艦艇と仮定した場合、戦力はどれほど?」アトスリュアは訊いた。

「半個戦隊相当です」探査参謀《カーサリア・ラグロト》は答えた。

非武装の船が含まれているなら、当然、実戦力はさらに低くなる。

「戦えば、鎧袖一触《がいしゅういっしょく》ね」アトスリュアは呟いた。

あまり嬉しくなかった。

第一艦隊《ビュール・カースナ》の任務はあくまで偵察である。敵の小部隊を撃滅するより、戦力を損なわないことが功績となる。ましてや、現段階ではまだ本格的な活動を始めていない。準備段階である。

「邂逅予測点、出ます」

平面宇宙図《ヤ・ファド》に線が二本現れ、交錯した。

むろん、敵の針路は予測に過ぎない。彼らの都合次第でどうとも変わる。

こちらの針路は予定だが、変更を許されないわけではない。

「躱《かわ》して、ファンボに潜り込むのは可能か」アトスリュアは質問した。

あくまで敵らしき集団が会戦を望むと仮定して、〈アルレート〉の予定進路を平面宇《ヤ・フ》宙図《アド》上で変更する。

会敵せずにファンボに到着することは可能だった。だが、あまりに遠回りで、作戦予定が許容しがたいほどに遅れる、という結果が出た。

「迂回してファンボ門《ソード・ファンボル》に入っても、彼らは〈門《ソード》〉の外で待っているかもね」アトスリュアは苦い思いでいった。

「そうです」参謀長《ワス・カーサレール》が賛同した。「迂回は無意味でしょう」

「ならば針路そのまま。ファンボ門《ソード・ファンボル》への最短距離を目指す。〈サムスィル一〇〇〉には引き続き、注意を払うこと」

指示しながら、われながら凡庸だと思ったが、奇抜な手を打っても仕方がない。

邂逅は最短で四〇時間一九分後。無論、〈サムスィル一〇〇〉の動き次第で、この時間は延びる。

しばらくして、〈サムスィル一〇〇〉はファンボ方面へ舵を切った。

このままでいけば、ファンボ門《ソード・ファンボル》の手前で遭遇することはない。

その頃になると、周囲の〈門《ソード》〉からも時空泡《フラサス》群が湧き、ファンボへ集合する気配を見せた。これらの時空泡《フラサス》群は、サムスィルのあとに通し番号のつく仮称が与えられ、観測された。

当初、アトスリュアは〈サムスィル一〇〇〉の動きを厄介視していた。しかし、サムスィル群がファンボに集結しつつあるのを見て、むしろ好都合と考えるようになった。一帯の〈門《ソード》〉はファンボ確保後に偵察する予定だった。その際、〈アルレート〉の所属艦は基本的に単独で行動する。まとまっても、せいぜい戦隊単位だ。偵察作戦中は戦闘を避けるのが原則だが、事故のように戦う羽目になることもある。

小規模な戦闘を幾度も行えば、敗北する局面も出てくるだろう。それくらいならたった一度、優勢な状態で戦闘したほうが、損害は少なくて済むかもしれない。

だが、さらに時間が経つと、ふたたびアトスリュアは危惧した。

予想より辺境に潜んでいる敵性勢力が多いことが次第に判明してきたからである。現状でも勝利確率は極めて高いが、それなりの損害は免れられない。

かといって、放置しては、ファンボを根拠地とした後、各方面に送り出す巡察艦《レスィー》が各個撃破される危険が出る。

アトスリュアにはふたつの選択肢が残されていた。

ひとつはこの方面の偵察を諦めることである。

予想されているより敵影の濃いことは判明した。あとは主力部隊に任せ、〈アルレート〉は別の方面へ回る。第一艦隊《ビュール・カースナ》の偵察対象領域はじゅうぶんに広いのだ。より具体的には、偵察分艦隊《ヤドビュール・ウセム》〈ケルスィス〉が確保する予定のザンベズィ星系を策源地とする。

もう一つの選択肢は、最初の方針を墨守し、ファンボを占領することだ。もちろん、敵の防衛準備が整うまで待つつもりはない。集合を待つことなく、最大勢力を撃破し、その後、残敵を掃討する。そののち、偵察を敢行することだ。

アトスリュアはふたつの選択肢を参謀《カーサリア》たちに検討させた。偵察分艦隊《ヤドビュール・ウセム》〈アルレート〉の損害を最小化するには、第一の選択がいい。だが、アトスリュアは第一艦隊《ビュール・カースナ》全体の指揮官であり、〈アルレート〉のことだけを考えていていいはずもない。最優先されるべきは、偵察任務の完遂だった。戦力を温存するのも、畢竟《ひっきょう》、より効率的に敵情を知るためだった。

参謀たちは結論を出せなかった。情報が不足している。情報を集める第一艦隊《ビュール・カースナ》がまだ働いていないのだから当たり前の話だが。

「どちらが有利と、数理的には判断できません」というのが、ボブガーフ参謀長《ワス・カーサレール》の報告だった。

もとより決断は司令長官《グラハレル》であるアトスリュアの仕事である。判断材料を提供されただけでもよしとしなければならなかった。

「新鮮な感じがするわ」アトスリュアはボブガーフにしみじみいった。

「なにがですか？」

「戦場で戦わないように頭を巡らせるのが」

「それが偵察というものです」

「わたしは、もともと突撃艦《ゲール》畑の出身だからね。襲撃艦《ソーパイ》へ進んだのが間違いだったかな？」

襲撃艦《ソーパイ》は、一言でいえば機動時空爆雷《サテュス・ゴール・ホーカ》を積んでいない巡察艦《レスィー》である。しかし、運用方法としては突撃艦《ゲール》に近い。単独で敵陣深く偵察するようなことはしない。

「わたしなどはじつに楽しいのですが」

「うらやましいこと」アトスリュアは口先だけでいった。「そういえば、レトパーニュ《ニーフ・レト》大公爵《パーン》が第一艦隊司令長官《グラハレル・ビューラル・カースナ》職を望まれたという噂だけど」

「偵察部隊指揮官としての経歴が長くていらっしゃいますからな」

「なにがおもしろかったのかな。むろんこの任務の重要性は理解できるけれども、漏れ聞くあの方の性格からすれば、任務の重要性なんて気になさるとは思えない」

「小官自身はスポール《ローニュ・スポル》閣下の下についたことはございませんが、以前、あの方のもとで参謀を務めた者から話を聞いたことがあります。なんでも、楽しみは後に残しておく性格、と自己評価されているそうですよ」

「楽しみの前にはちょっとした苦行も香辛料とお感じになるのかしら」

「かもしれません」

「貧乏貴族のわたしに大公爵のまねはできない。ちょびちょび小出しで楽しんでいきましょう。まずどれをやる？」

「〈サムスィル〇〇七〉こそ最適の目標と判断します」

その判断はアトスリュアのものと同じだった。

〈サムスィル〇〇七〉は〈サムスィル一〇〇〉の次に規模が大きい。内実が不分明なので戦力は評価できない。が、もしサムスィル群すべてが敵艦隊と仮定した場合、〇〇七を集結前に撃滅すれば、ファンボ正面の敵戦力は三分の二ほどに低下する。

現状でも勝利は確定的だが、先に〈サムスィル〇〇七〉を始末しておけば、なお盤石になり、最終的な損害も少なくて済むだろう。

「では、彼らから片付けましょう」

「了解しました」ボブガーフは頷いた。「作戦案はすでにできております」

「敵が逃げた場合の作戦案もある？」

ボブガーフは傷ついたような表情をした。「もちろんです」

「悪かったわね」アトスリュアは謝った。

作戦案に従って、〈アルレート〉は〈サムスィル〇〇七〉との邂逅予測点へ向かった。

戦力比予測は彼我一対七。

〈サムスィル〇〇七〉は退避しなかった。おそらく燃料《ベーシュ》の余裕がないのだろう。この領域で燃料補給能力のあるのはファンボだけだ。最初から別の〈門《ソード》〉を目指していたなら逃げようもあっただろうが、いまや他の道を採るすべがないのだ。

結局、〈サムスィル〇〇七〉は彼らにとって最適の回答を出した。

降伏したのだ。

〈サムスィル〇〇七〉の正体は、突撃艦《ゲール》の小部隊だった。艦型が小さいので、単艦で時空泡《フラサス》を形成すれば平面宇宙《ファーズ》では速い。〈アルレート〉を構成する巡察艦《レスィー》でも、追随できない。

しかし、そのぶん燃料《ベーシュ》を浪費する。彼らには〈アルレート〉を振り切るだけの燃料がなかったのである。

かといって、戦っても、彼らには勝ち目がない。

つまりは、降伏こそ生き延びる唯一の方策だった。

偵察分艦隊《ヤドビュール・ウセム》〈アルレート〉としても、損害が出なくて幸甚といいたいところだが、そうもいかなかった。

降伏したとはいえ、敵を戦場に連れていくわけにはいかない。

敵艦は、一隻を調査目的で鹵獲《ろかく》したのみで、大半を平面宇宙《ファーズ》上で破棄した。だが、捕虜は後送しなくてはならない。そのため、巡察艦《レスィー》一隻を充てざるをえなかった。

「戦えば、もっと損害が出たかな」すべての処置を終えて、アトスリュアは問うた。

「いえ。おそらく艦を喪うことはなかったでしょう」ボブガーフが答えた。

「でしょうね」

中途半端な戦力を用いてできる最高の戦術かもしれない。

してやられたという感覚が、アトスリュアから抜けない。


〇〇七を除くサムスィル群は合同し、ファンボ門《ソード・ファンボル》へ向かう〈アルレート〉の前に立ちはだかった。

ここは降伏してくれてもいいんだけど——アトスリュアは思った。

ファンボ門《ソード・ファンボル》の通常宇宙《ダーズ》側にはほとんど戦力があるまい。降伏したなら、武装解除して、ともに〈門《ソード》〉をくぐるだけだ。

だが、あいにく敵は〈アルレート〉の挑戦信号《アーガ・イゾーフォト》に挑戦信号で応じた。

「まあ、そうなるか」アトスリュアは独りごち、戦闘準備を発令した。

「機雷戦《ホクサティオクス》はどうしますか」ボブガーフが尋ねた。

巡察艦《レスィー》にとって機動時空爆雷《サテュス・ゴール・ホーカ》は貴重である。一隻あたりの積載数が少ない。ファンボ制圧後、補給される見通しだが、ただすぐにというわけにはいかない。

機雷《ホクサス》を使わなくても勝てる、との見込みのもと、ボブガーフは指揮官の意向を確認しているのだ。

「やりましょう。派手に」アトスリュアは決断した。

機雷《ホクサス》は補給すればすむが、戦死者は戻ってこない。

欠点としては、補充できるのはまだ先の予定なので、しばらく機雷《ホクサス》の定数を欠いた状態で作戦行動をしなくてはならないことがある。

だが、サムスィル群を覆滅すれば、弾薬の不足はある程度、受け入れることができる。

「半量を限度とするのがよいかと存じます」ボブガーフは進言した。

「では、そうしましょう」

それでも完勝が期待できる。

機雷戦《ホクサティオクス》準備を命じる泡間通信《ドロシュ・フラクテーダル》が巡察艦《レスィー》〈ビューヌラス〉より発せられた。

第一艦隊旗艦《グラーガ・ビューラル・カースナ》である〈ビューヌラス〉は機雷甲板《ゾク・ホクサト》のほとんどを司令部施設に転用しており、機雷《ホクサス》を積んでいない。しかし、麾下の全艦は、機雷《ホクサス》の半数を放出した。ただし、まだ準備段階なので、各艦の時空泡《フラサス》内に留まる。

〈ビューヌラス〉からは引き続き、雷撃目標の指定が各艦に送られた。

機雷《ホクサス》を発射したのは敵のほうが早かった。

「意外と濃密ね」アトスリュアはいった。

「いままでの情報を分析するに、戦列艦《アレーク》が多いとは思えません。おそらく輸送船《イサーズ》に機雷《ホクサス》を積載したものと考えられます」ボブガーフがいった。

「じゃあ、もう戦闘力はあまりないのかしら」

「そう思われます」

敵にほとんど戦力が残っていなくても、アトスリュアに手を抜くつもりはなかった。

「麾下全艦、雷撃準備完了しました」通信参謀《カーサリア・ドロショト》が報告した。

アトスリュアは頷いた。「撃て」

〈アルレート〉所属の巡察艦時空泡《レスィーフラサス》から一斉に機雷時空泡《ホクサスフラサス》が分離し、敵陣へ向かった。

機雷戦《ホクサティオクス》の際には、しばしば対抗雷撃が行われる。機雷《ホクサス》に機雷《ホクサス》をぶつけて食い合わせ、自陣へ到達する敵弾を減らすのである。

だが、偵察部隊は対抗雷撃を滅多にしない。巡察艦《レスィー》の機雷《ホクサス》は貴重なのである。

アトスリュアも対抗雷撃を命じなかった。目標はあくまで敵艦である。

星界軍《ラブール》の機雷は敵機雷を無視して、ファンボ門《ソード・ファンボル》方面へ突進していく。

もっとも、敵の機雷は無視しなかった。同族嫌悪に見舞われたかのように、〈アルレート〉から放たれた機雷時空泡に食らいついていく。

これで、相当数の機雷が消え、時空粒子となった。

突如、生まれた時空粒子《スプーフラサス》の波紋を掻き分けて、生き残った敵機雷《ホクサス》がやってくる。

「敵機雷《ホクサス》群、間もなく着弾します」探査参謀《カーサリア・ラグロト》が告げる。

アトスリュアは、床面に展開する平面宇宙図《ヤ・ファド》へ視線を落とした。

偵察分艦隊《ヤドビュール・ウセム》〈アルレート〉は戦隊ごとに単縦陣を組み、敵と対峙している。

先頭艦の時空泡《フラサス》に、敵機雷《ホクサス》と推測される軽量の時空泡《フラサス》が融合しつつある。通り過ぎた時空泡《フラサス》も二番目、三番目の単艦時空泡《フラサス》に吸い込まれていった。

だが、五個の時空泡《フラサス》が〈アルレート〉の艦列を突き抜けた。かと思うと、急旋回して、最後尾の艦に襲いかかる。

旗艦《グラーガ》〈ビューヌラス〉も最後尾に配置されており、時空泡《フラサス》一個に肉薄されている。

対処は艦長《サレール》の仕事である。艦隊司令部《グラーガーフ・ビューラル》にはなにもできることがない。

「総員、電磁投射砲《イルギューフ》の斉射に備えよ」と艦内放送があった。

艦長《サレール》は機雷《ホクサス》の迎撃に電磁投射砲《イルギューフ》を使うつもりなのか——アトスリュアは思った。

「時空融合《ゴール・プタロス》一〇秒前」とまた艦内放送があった。「……五、四、三、二、一、時空融合」

その途端、司令座艦橋《ガホール・グラール》がかすかに揺れた。

〈ビューヌラス〉が電磁投射砲《イルギューフ》を機雷《ホクサス》目がけて放ったのだ。

「敵機雷《ホクサス》は破壊された」とすぐ艦内放送がある。

ほっとした空気が司令座艦橋《ガホール・グラール》に流れた。

「現時点での損害報告を」アトスリュアは促した。

「極めて軽微」ボブガーフがざっくり報告した。「巡察艦《レスィー》〈ボイラス〉および〈キードラス〉が至近弾を受け、船殻に損傷を負った程度です。戦闘および航行能力に影響ありません」

「そうか」

機動時空爆雷《サテュス・ゴール・ホーカ》は極めて強力な爆発力を持っているので、迎撃に成功しても、損害の出ることはありえる。

いっぽう、敵艦隊は雷撃によって約二割の艦艇を喪失したと推測される。

戦力差はますます開いた。勝敗はすでに決した、とアトスリュアは判断したが、敵は違う評価をしたらしく、降伏しない。

〈アルレート〉の巡察艦《レスィー》たちは次々に敵艦と時空融合《ゴール・プタロス》していく。

時空泡《フラサス》は切り取られた四次元時空であり、それ自体が完結した宇宙だ。いくつもの宇宙の中で戦いが行われ、ほとんどの場合、星界軍《ラブール》が制した。

ただ、無傷とはいかなかった。

「巡察艦《レスィー》〈カイラス〉、爆散しました」と悲報が届く。

〈カイラス〉はこの戦いにおいて星界軍《ラブール》唯一の喪失艦となった。

霹靂作戦《クファゼート・ロドルショト》の幕開けを告げるファンボ門沖会戦《ライシャカル・ウェク・ソーダル・ファンボル》はまずまず星界軍《ラブール》の完勝といっていいだろう。

10 バハメリ門沖会戦《ライシャカル・ウェク・ソーダル・バハメリル》

ラフィール率いる霹靂第三艦隊《ビュール・ビーナ・ロドルショト》は、ファンボ星系に入った。第一艦隊《ビュール・カースナ》が占拠してから、星系時間で二七日と一六時間あまりが経過していた。

作戦の推移は順調である。

だが、いくつか気になる点があった。

「それは、敵の主力部隊ではないのか？」ラフィールは問うた。

「はい」ソバーシュは頷いた。「おそらく、そう思われます」

バハメリ門《ソード・バハメリル》から大規模な時空泡群《フラサス》が発進し、ウェスコー王国《フェーク・ウェスコール》方面へ向かっている、と報告されたのだ。時空泡群は〈レディ一〇〇〉と名づけられた。

「予想が外れたな」

ラフィールが聞いていた予測では、連合体軍は最大の軍事拠点バハメリか主星系ノヴ・キンシャスまで星界軍《ラブール》を引き込んで、決戦を仕掛けてくるだろう、となっていた。実際、辺境から精鋭部隊を引き上げ、戦力を後方に集中していたはずだ。

だが、彼らは方針を転換して、より勢力境界に近い領域で戦うつもりのようだ。

霹靂艦隊《ビュール・ロドルショト》にとって悪い話ではない。一般に拠点に近いほうが戦いやすい。つまり、彼らは地の利を自ら放棄したことになる。

もちろん、政治的な理由から積極的な迎撃戦略が採られるのは普通のことだった。戦略的後退はいったん、敵国に領土を預けるということだ。本質的に空間種族であるアーヴは気にしないが、地上世界《ナヘーヌ》に基盤をおく政府は配慮せざるをえない。

しかし、〈人民主権星系連合体〉の体制は、四カ国のなかで最も帝国に近い。しかも、ほとんどの星系は経済的に孤立しても、すぐには困窮しない。いったん勢力圏を無抵抗で明け渡す結果になっても、体制への打撃は少ないはずだ、と分析されていた。

地上世界《ナヘーヌ》に固執する相手との戦いは、勝利の後味が悪い。決着がつくまで、地上での生活を愉しみつつのんびり待ってくれればよいものを、あれが足りない、これが困ると、泣きついてくる。それくらいなら、我慢できる。帝国の誇り高き領民《ソス》たちとちがって、単に自分たちの面倒を見られないだけだからだ。

だが、いったいなにが不満なのか理解できないことも往々にしてあった。そんなときには、なにやら不可解な宗教上の理由で、反発を受けている、とでも解釈するしかない。

この戦争で、ラフィールにとっても最も忌まわしい記憶は、いうまでもなくラクファカール陥落だが、それに次いで占領した地上世界《ナヘーヌ》がらみのものが蟠っている。

この点で、ラフィールは敵への好感を持っていた。〈人民主権星系連合体〉の星系政府は、きっと不可解かつ理不尽な要求で悩ませることは少ないにちがいない、と勝手に期待していた。いまのラフィールは、地上世界《ナヘーヌ》とじかに関わる仕事を部下に押しつけられる立場だが、できれば部下たちにもあまり任務で不快な思いは味わわせたくなかったのだ。

だが、敵の動きは勢力圏の保持に拘泥しているように見えた。ひとときでも、地上世界《ナヘーヌ》の支配権を奪われまいとする意思を感じる。

ラフィールは失望していた。

軍中枢がラフィールと同様の感情を抱いたかはわからない。ましてやそれが予測をゆがませた、とは信じたくない。

しかし、現実に軍中枢の予測は外れた。

勝ってしまったら、やはり煩わしい占領行政をしなくてはならないのではないか、とラフィールはうんざりしたが、せっかくお出ましの敵艦隊をバハメリに帰すわけにもいかない。

霹靂作戦《クファゼート・ロドルショト》の最終目標は主星系ノヴ・キンシャスだが、バハメリも無視できない。軍事拠点であるバハメリを放置して進撃すれば、帝国中枢との連絡を絶たれる恐れがある。

実のところ、バハメリとノヴ・キンシャスさえ押さえてしまえば、〈人民主権星系連合体〉との戦争は終結したにも等しい。他の星系はどうとでもなる。

この敵艦隊さえ撃滅してしまえば、もはやバハメリ占領に障害はないも同然で、バハ《キーヨー》メリ星系《ス・バハメリル》が手に入れば、ノヴ・キンシャスが星界軍《ラブール》の手に落ちるのを阻む者はないだろう。落ちているものを拾うようなものだ。

つまり、〈レディ一〇〇〉を撃滅すれば、霹靂作戦《クファゼート・ロドルショト》は栄光のうちに終結する。なんと名づけられるかはわからないが、ラクファカール奪還作戦への弾みもつくというものだ。

だが、ラフィールには気になることがあった。

「それで第一艦隊《ビュール・カースナ》との合流は間に合うのか？」ラフィールは訊いた。

「いえ、難しゅうございます」とソバーシュ。

決戦場はバハメリ門沖《ウェーシュ・ソーダル・バハメリル》と想定していた。そして、決戦場へ到達するまえに、第一《ビュール》艦隊《・カースナ》と合流する予定だったのである。決戦で勝利した暁には、バハメリを制圧して拠点とし、ノヴ・キンシャス方面の偵察を行う計画になっていた。

だが、決戦場がバハメリ門《ソード・バハメリル》より近づいたため、第一艦隊《ビュール・カースナ》の集結と合流が間に合わない。無理に呼び戻せば、各個撃破される、というのが参謀《カーサリア》たちの分析だった。

「そうか、やむをえないな」ラフィールはあっさり諦めた。だが、まだ気がかりが残っていた。「バハメリへの増援は？」

「移動は活発ですが、増援かどうかはわかりません」ソバーシュは答えた。「もし増援だとしたら、ゆゆしきことです」

「そうだな」

〈人民主権星系連合体〉に余剰戦力はあまりないはずだ。どこから湧いてくるかを考えれば、それは同盟国、特に地理的条件から〈ハニア連邦〉である可能性が高い。

〈ハニア連邦〉が他国へ大量の援兵を送りこんだとしたら、軍中枢はまたしても大きく予測を外したことになる。〈ハニア連邦〉は自国の防衛に専念し、勢力圏外まで艦隊《ビュール》を出さない、出すとしても最小限だろう、というのが彼らの考えだった。

面倒なものだな――ラフィールは昔を懐かしんだ。階級の低いうちは、目の前にいる敵をたたきのめすことだけを考えればよかった。

「開くことは可能か？」ラフィールは問うた。

平面宇宙《ファーズ》では時空泡《フラサス》の動きがかなり遠距離からも観測できる。ただし、その時空泡《フラサス》の中身が商船なのか軍艦《ウィクリュール》なのか、それともそれ以外のなにかまではわからない。むろん、時空泡の速度、動きの様子から、推測は可能だ。しかし、逆にいえば、擬態も可能である。小型船と岩塊で軍艦を装い、見かけ倒しの艦隊を仕立てるのは、平面宇宙《ファーズ》において古典的な戦術だった。

確実に判別するには、時空融合《ゴール・プタロス》のうえ観察してみるしかない。

ラフィールの口にした「開く」とは、そういう意味だった。

「すでに作戦は策定しております」ソバーシュはこともなげにいった。

平面宇宙図《ヤ・ファド》に作戦案が表示される。第一艦隊《ビュール・カースナ》のうちでも先鋒を務める部隊が、バハメリ門《ソード・バハメリル》の後背に回りこみ、いくつかの敵時空泡《フラサス》と融合し、すぐ離脱する。

作戦といえるものではないな——ラフィールは思った。

「可能なのか?」

「可能であると判断しております。もちろん、細部については第一艦隊司令部《グラーガーフ・ビューラル・カースナ》に任せることになりますが」

霹靂作戦《クファゼート・ロドルショト》のような大作戦では、戦場も広大になる。第一艦隊《ビュール・カースナ》から艦隊司令部《グラーガーフ・ビューラル》まで情報が届くのに、現在、二〇〇時間以上かかる。第一艦隊司令部《グラーガーフ・ビューラル・カースナ》と実働部隊が情報をやりとりするにも、やはりそれなりの時間が必要だ。これだけ時差があれば、細かな作戦を指示しても、無意味だった。たとえば、第一艦隊《ビュール・カースナ》の先鋒も入れ替わっている可能性がある。

「承認しよう」

「元上官を扱《こ》き使うようで心苦しいですがね」ソバーシュは軽口を叩いた。

「しかし、われらが元上官はすでに取りかかっているのではないか?」

即時に指示を下すことができないため霹靂艦隊司令部《グラーガーフ・ビューラル・ロドルショト》は、第一艦隊司令部《グラーガーフ・ビューラル・カースナ》には大きな裁量権を与えていた。もしバハメリに移動する時空泡群《フラサス》の正体を確認すべきだ、と判断したのなら、第一艦隊司令部《グラーガーフ・ビューラル・カースナ》は独自の判断で実行できる。むしろ、命令されるまでもなく実行するべきだった。

アトスリュアにその程度の能力は期待してもいい、とラフィールは考えていた。

「そう願いますね」ソバーシュは微笑んだ。

「そなたがもしいまもアトスリュア提督《フローデ》の参謀長《ワス・カーサレール》だったなら、進言するか？」

「もうちょっと戦力があれば、一も二もなく進言したでしょうね」

「そうだな」

ラフィールの懸念もそこにあった。

アトスリュアは現状、損害を想定内に納めている。だが、バハメリ門《ソード・バハメリル》以遠に艦艇を派遣するのは危険度が高い。悪くすれば損害許容限度を超える。バハメリで決着がつけば、問題ないが、もし戦役が続くようなら影響が出ざるをえない。

「命令に一個戦隊ばかりつけますか？」

ソバーシュがいうのは、危険度の高い命令を実行させる見返りに、援軍を送ろうか、という提案である。

霹靂艦隊《ビュール・ロドルショト》は第一艦隊《ビュール・カースナ》以外は戦闘しておらず、したがって損害もない。

一個偵察戦隊ぐらいなら抽出できるだろう。

「いや、この段階で編成を動かすべきではない」ラフィールは却下した。

「了解しました」ソバーシュは敬礼した。


実のところ、アトスリュアがバハメリへの増援の正体を探ろうと決断し、隷下の部隊に発令したのは、ラフィールが命令を出す二時間ばかり前のことだった。

アトスリュアからの命令は、巡察艦《レスィー》〈ゾースカウ〉へ向けて出された。その艦はもとから、最も深く敵勢力圏に切り込む任務を負っていた。とはいえ、本来はバハメリ門《ソード・バハメリル》より手前で引き返すよう命じられていた。その予定では、偵察を終えた〈ゾースカウ〉はブース六四六門《ソード・ゴゴブナ・ブーサル》で僚艦と合流し、補給を受けてファンボへ帰還することになっていた。

だが、会敵を避けつつさらに航路を延ばすと、補給予定点に帰り着くまえに燃料《ベーシュ》がつきる。そのため、第一艦隊司令部《グラーガーフ・ビューラル・カースナ》はブース六四六門のさらに先に補給艦《ディーホスフ》を進出させることに決めた。

巡察艦《レスィー》でも危険な任務に補給艦を丸腰で送り出すわけにもいかず、一個戦隊を護衛につけることにした。その戦隊にも本来の仕事があり、なんとか半個戦隊を艦隊司令部《グラーガーフ・ビューラル》直属の偵察分艦隊《ヤドビュール・ウセム》〈アルレート〉から抽出して、代行させることになった。

たかが一隻の巡察艦《レスィー》を予定より遠出させるだけで、ずいぶん手間がかかるものだ。

命令を受け取った巡察艦《レスィー》〈ゾースカウ〉では、艦長《サレール》以下、全乗員が文句を口にしたが、自分たちに課せられた新任務がいかに重要かは理解していた。彼らの報告は帝国中枢まで届くだろう。

バハメリへ向から敵性時空泡《フラサス》と融合して、その内部を探るのが任務だ。偵察対象は指定されていないが、条件は決められている。質量一〇〇〇セボー以上の時空泡《フラサス》を探れ、という命令だった。

質量一〇〇〇セボーといえば、巡察艦《レスィー》より大きい。

もとより、危険を冒す以上、中途半端な仕事をするつもりは、〈ゾースカウ〉の乗員にもない。

命令受領の六九時間後、〈ゾースカウ〉は質量約一二〇〇セボーの時空泡《フラサス》に接近していた。

「対象は明らかに時間稼ぎをしようとしています」副長《ルーセ》が艦長《サレール》に報告した。

偵察対象は遠ざかろうとしている。だが、分裂しない限り、〈ゾースカウ〉は一〇時間以内に追いつくだろう。だが、いまはそのたった一〇時間が惜しい。

「連絡艇《ペリア》で刺す」艦長《サレール》は命じた。

「なら、艇指揮《ボノワス》はわたしが」副長《ルーセ》は申し出た。

「おれが行くわけにはいかないからな。頼む」

連絡艇《ペリア》の艇指揮《ポノワス》はたいてい艦橋《ガホール》でいちばん下っ端の伝令《クレリア》あたりの仕事だが、この場合、任務の成否を握る重要な役割だ。経験豊富な軍士《ボスナル》を充てるべきだった。単独で行動する巡察艦《レスィー》は連絡艇《ペリア》を多めに載せる。〈ゾースカウ〉も三艘の連絡艇《ペリア》を積んでいた。

そのうちの一艘、連絡艇《ペリア》一号が副長《ルーセ》に操られ、母艦時空泡《フラサス》から分離し、敵性時空泡に向かった。

〈ゾースカウ〉の時空泡《フラサス》は敵性時空泡よりせいぜい二割増し程度の速度しか出ない。それに対して、連絡艇時空泡は一〇倍以上の速度が出せた。

連絡艇が時空分離《ゴール・リュトコス》すると、艦長《サレール》は機雷《ホクサティオクス》戦用意を下命した。

〈ゾースカウ〉に積載されていた機動時空爆雷《サテュス・ゴール・ホーカ》に反物質燃料《ベーシュ》が注入された。

燃料注入完了後、機雷《ホクサス》は射出された。ただし、まだ〈ゾースカウ〉と同じ時空に留まる。

機雷《ホクサティオクス》戦の準備が進められているあいだも、連絡艇時空泡《ペリアフラサス》は偵察対象に近づく。

ついに両者が融合した。

だが、つぎの刹那、ふたたび分離した。

針でつついたような動きだった。

連絡艇時空泡は全速で戻ってくる。

と、敵の時空泡《フラサス》が九個に分裂した。突撃艦級《ゲール》の艦艇の集合体だったらしい。分裂した時空泡群は猟犬のように、連絡艇《ペリア》を追う。

突撃艦級《ゲール》では連絡艇《ペリア》に追いつけない。だが、巡察艦《レスィー》なら楽々、捕捉できる。

艦長《サレール》は機雷戦《ホクサティオクス》の開始を告げた。各機雷《ホクサス》ごとに目標の時空泡《フラサス》を指定し、時空分離《ゴール・リュトコス》させる。

さいわい、〈ゾースカウ〉は機雷《ホクサス》を定数、積載していた。

「ありったけをぶっ放す」という艦長《サレール》の方針の下、全弾が使用された。

機雷《ホクサス》の時空分離《ゴール・リュトコス》の直後、敵時空泡群は反転した。しかし、機雷《ホクサス》のほうが速い。

敵時空泡群はふたたびひとつにまとまった。どうせ融合するなら、合同したほうが機雷《ホクサス》を迎撃しやすいということだろう。

機雷の時空泡がつぎつぎに敵性時空泡と融合する。

敵時空泡は消滅しなかったが、時空粒子《スプーフラサス》をばらまいて、質量を大きく減らしていく。

「連絡艇《ペリア》、時空融合《ゴール・プタロス》します」と報告が上がると同時に、〈ゾースカウ〉は連絡艇《ペリア》と情報《ロンジョ》連結《ス・リラグ》した。敵性時空泡《フラサス》内部の偵察結果が巡察艦《レスィー》に流れ込む。

概要を一読して、艦長《サレール》は眉根に皺を寄せた。

「これは……、艦隊司令部《グラーガーフ・ビューラル》への連絡業務も副長《ルーセ》にしてもらわなければならないな」まだ副長を乗せた連絡艇《ペリア》は収容されていないというのに、艦長《サレール》は決断した。「副長《ルーセ》には乗り換えてもらう。連絡艇《ペリア》三号の準備をしろ。長距離任務になる。いますぐ出て、届くか？」

〈ゾースカウ〉を迎えに出張ってくる補給艦《ディーホスフ》と護衛の一個戦隊には、補給以外にもう一つの役割があった。連絡の中継である。艦長《サレール》の質問は、連絡艇《ペリア》の航続距離で補給艦と邂逅できるか、という意味である。

当初の予定では、偵察対象からじゅうぶんに離れ、安全を確保してから、連絡艇《ペリア》を放つことになっていた。しかし、偵察対象を撃破したことにより、距離を取らなくても条件は満たされた、と艦長《サレール》は判断した。したがって、予定より早く連絡艇《ペリア》を出せるわけだが、そのぶん、補給艦との距離が縮まっていない。通常装備では航続距離が足りないのではないか、という懸念を艦長《サレール》は抱いていた。

「増槽が必要です」先任航法士《アルム・リルビガ》が告げた。

「監督《ビュヌケール》、大丈夫だな」艦長《サレール》は確認した。

艦と搭載艇の整備を司る監督は頷いた。「ただちに、整備に取りかかります」

「頼む。皆も聞いてくれ。あの時空泡《フラサス》の中身は〈ハニア連邦〉の艦艇だった。ということは、軍中枢の期待は大外れ、〈ハニア連邦〉が〈人民主権星系連合体〉の防衛に大々的に乗り出した可能性が高い。一刻も早く艦隊司令部《グラーガーフ・ビューラル》に、ひいては帝国中枢へ知らせなければならない。三号をまず出すが、万が一にも報告の不達があってはならない。二号連絡艇《ペリア》も出す。次席航法士《ロイ・リルビガ》を艇指揮《ボノワス》に任命する。一号も収容しだい、整備を。そいつには、次席砲術士《ロイ・トラーキア》に乗ってもらう」艦長《サレール》は矢継ぎ早に指示を出した。

ラフィールが〈ゾースカウ〉からの知らせを受け取ったのは、彼女の座乗する〈クリュブノーシュ〉がファンボを出て、艦内時間で三一時間後のことだった。

ラフィールはただちに幕僚《スペルーシュ》を集め、会議を開いた。

その場にひとり、招集されていない者もやってきた。

「傍聴の許可をいただきたい、殿下《フィア》」霹靂艦隊司令部附上皇《ファニーガ・グラーガム・ビューラル・ロドルショト》ラムローニュはいった。

「もちろんです、猊下《ニソス》」ラフィールは許可した。「傍聴と仰らず、ご意見賜ればさいわいに存じます」

ラムローニュは痛ましそうにラフィールの顔を見た。

すっかりお馴染みになったその表情が、ラフィールにはいとわしかった。

「ありがたい、殿下《フィア》」とのみ、ラムローニュがいったので、ラフィールはほっとした。同情の言葉などかけられては、耐えきれない。

「おおよそのことは聞いたが、詳細はまだだ。聞かせてもらおう」ラフィールは促した。

「われわれも受け取ったばかりで、現在分析中ですが」先任情報参謀《アルム・カーサリア・リラグ》のクナタウがいった。「現段階でも、〈ゾースカウ〉と交戦したのは、〈ハニア連邦〉の最新鋭突撃艦《ゲール》であると、断言できます」

「つまり、〈ハニア連邦〉の一線級部隊だ、と？」ラフィールは眉をひそめた。

「主力である可能性すら排除できません」

　事態は想像以上に深刻のようだ。

〈ハニア連邦〉が大規模な援軍を送りこんでいる可能性は考えていたが、二戦級の部隊を想定していた。

〈ハニア連邦〉の指導者層は地上世界《ナヘーヌ》の代表で構成されている。連邦全体にとっては取るに足らぬ星系でも、指導者たちの誰かにとってはかけがえのない土地なのである。

　その結果、〈ハニア連邦〉軍の戦略も限られる。例えば、戦略的撤退という作戦は、政治的理由で採りがたいのである。

　歴史上、〈ハニア連邦〉の戦略は概ね堅実だった。積極的攻勢に出るのは、圧倒的に格下の相手にのみ。侵攻を受けたときは、勢力圏境界線付近で決戦を挑む。

　ただ、〈ハニア連邦〉が大きく外へ打って出るのは合理的な戦略だった。それが難しいと帝国中枢が判断したのは、スキール王国《フェーク・スキル》の存在がある。

「クリューヴ王殿下《フィア・ラルト・クリュブ》の現状が気になるな」ラムローニュがラフィールの父の名を口にした。

〈ハニア連邦〉が大規模な援軍を出さないだろうという推測の根拠のひとつに、スキー《フェーク》ル王国《・スキル》の星界軍《ラブール》部隊の存在があった。

スキール王国《フェーク・スキル》に残存する帝国《フリューバル》の軍事力がじゅうぶんに強大ならば、〈ハニア連邦〉は軽々に艦隊を動かすことができないはずだった。

もしかして、スキール王国《フェーク・スキル》はもう存在しないのであろうか——ラフィールの心に暗い疑念が忍びこむ。いや、この疑いは常に心の奥底に蟠っているものだった。

帝都《アローシュ》ラクファカール陥落により、帝国はいつつの領域に分断された。八王国《ガ・フェーク》のうち、バルケー、ウェスコー、スュルグゼーデ、ラスィースの四王国はラクファカールが敵手に落ちたいまも、連絡が可能である。この四王国が、分裂後の帝国の本体といっていいだろう。げんに、皇帝《スピュネージュ》もいる。

帝国本体から切り離された、残りの四王国はお互いに連絡することもかなわず、完全に孤立していた。

四王国のうち、イリーシュ、クリューヴの両王国は完全に制圧された。〈四カ国連《ブルーヴォス・ゴス・》合《スュン》〉が誇らしげに喧伝していたし、帝国側もさまざまな証拠から事実と認めざるをえなかった。

ラフィールの家が名目上の王《ラルス》を代々務めてきたクリューヴ王国《フェーク・クリュブ》は、真っ先に喪われた。敵艦隊はここを通って、ラクファカールへ雪崩れこんだのである。

イリーシュ王国《フェーク・イリク》は〈人類統合体〉を主体とする艦隊が、孤立した星界軍《ラブール》の小艦隊を難なく撃破し、すべての邦国《アイス》と所領《スコール》を占領した。ラフィールがジントとともに潜伏したスファグノーフ侯国《レーバヒューニュ・スファグノム》も、ジントの故郷であるハイド伯国《ドリュヒューニュ・ハイダル》、第二の故郷ともいえるヴォーラーシュ伯国《ドリュヒューニュ・ヴォーラク》はふたたび奪われた。ふたたび、というのは、この戦争の初期においてひとたび敵に占領されていたからである。また、第一艦隊司令長官《グラハレル・ビューラル・カースナ》アトスリュアの所領《スコール》、フェブダーシュ男爵領《リュームスコル・フェブダク》も敵勢力圏に内包された。

バルグゼーデ王国《フェーク・バルグゼーデル》は、両王国に比べれば、まだしも希望が持てる状況にあった。〈四カ国連合《ブルーヴォス・ゴス・スュン》〉による勝利宣言もまだない。しかし、戦力が限定され、先行きは暗い。なにより致命的なのは、艦艇の補修能力が限られていることだった。新造能力は皆無だろう。

艦艇建造能力があるのは、帝国本体を除けば、スキール王国《フェーク・スキル》だけだった。ラクファカール失陥のおり、王国へは時空泡発生機関《フラサティア》製造列一式が送られた。これにより、星間船《メーニュ》の建造、機動時空爆雷《サテュス・ゴール・ホーカ》の自給が可能になったはずだ。

スキール王国《フェーク・スキル》に拠る星界軍部隊《ラブール》が健在である、と帝国が期待するゆえんである。

実際、敵の動向を観察しても、彼らの存在は感じられた。ただ第二方面艦隊《ビュール・ケル・マータ》と自称していることまでは知らなかったので、スキール艦隊《ビュール・スキル》と仮称して、その実態把握に努めている。

スキール王国《フェーク・スキル》は、〈人民主権星系連合体〉と〈ハニア連邦〉に接している。スキール《ビュール・》艦隊《スキル》がまだ強大な戦力を有しているなら、〈ハニア連邦〉は領外への出撃をためらうはずだった。

〈ハニア連邦〉が主力を出してきたということは、スキール艦隊《ビュール・スキル》は極めて弱体化しているか、もしくはすでに壊滅しているのかもしれなかった。

「つまり、連合体の艦隊を撃滅しても、バハメリは容易に落ちぬ、ということか」ラフィールは確認した。

「連戦を強いられると思われます」ソバーシュは肯定した。

「では、第一戦を終えたあと、艦隊の再編成をする根拠地はあるか？」

〈人民主権星系連合体〉との艦隊決戦に敗れることも、いやいやながら考慮していた。その場合、当然、霹靂作戦《クファゼート・ロドルショト》は中止、艦隊はスポトネブリューヴ鎮守府《シュテューム・スポトネブリュブ》へ撤退することになる。

だが、ここにきて、勝利しても一時、撤退しなくてはならない可能性が出てきた。連合体軍を撃破しても、バハメリの防衛力がじゅうぶん強力なら、間合いを挟まなくてはいけないかもしれない。

それには、スポトネブリューヴは遠すぎる。

「艦隊全体を入れるには、鎮守府《シュテューム》まで戻る必要があります。さもなければ、分散して、補給と補修を済ますしかありません。ファンボあたりに施設を集中できればよいのですが」

「少しでも可能性はあるか？」

「検討しますが、難しいと思います。時間がありません。戦傷者および損傷艦後送の中継点としての機能を拡大するのが現実的か、と」

「いいであろ。それで、急げ」

「はい。ファンボ根拠地隊へ連絡参謀《カーサリア・ロンジョト》を送りたいと存じます。ご許可、願えますか」

「許す」ラフィールは頷いた。「誰を送る？」

「極めて重要な任務です。エクリュア参謀副長《ルーセ・カーサレール》を」

ソバーシュはエクリュアを見た。

指名されたエクリュアはまったく表情を動かさなかった。だが、かすかに顎が下がったように見えた。

「いいであろ。補佐もつけるのか？」エクリュアが承諾したと解釈して、ラフィールは追加の質問をした。

「必要でしょう。連絡艦《ロンギア》も何隻か同行させたいと思います。人と艦の選定については、このあと、参謀副長《ルーセ・カーサレール》と協議します」

「わかった。頼む。それで、機雷《ホクサス》はどうか。二会戦に耐えるだけの備蓄があるか」

作戦参謀《カーサリア・ヨクスクロト》レクシュ十翔長《ローワス》がいささか緊張した面持ちで立ちあがった。

「第五艦隊《ビュール・ジュータ》にあるものも含めれば、二・一会戦分といったところです」レクシュは報告をはじめた。「第二、第三、第四の各艦隊には定数が搭載済み。第一艦隊《ビュール・カースナ》はまだ集計が済んでおりませんが、おそらく、三割を割りこんでいます。艦ごとにばらつきがあるのはいうまでもありません。ファンボには〇・二会戦分が蓄積されています」

「ならば第五艦隊《ビュール・ジュータ》に命じて、ファンボへ機雷《ホクサス》を運ばせるしかないか」

「この戦線での戦いのみを考えるなら、それが最善の手です」ソバーシュが引っかかる言いかたをした。

「ウェスコー門《ソード・ウェスコール》からの逆侵攻を心配しているのか」

「そうです。二・一会戦分というのは、この戦線に限った話です。ウェスコー門《ソード・ウェスコール》からの侵攻を想定すると、一会戦分をかろうじて充足している状態ですね」

「ドゥサーニュ陛下《エルミタ》のせいで、そなたたちも苦労する」ラムローニュがぽつりといった。

ラフィールも同感だった。

彼女とその幕僚《スペルーシュ》たちがこうも苦労しているのは、ひとえに軍中枢が敵の援軍の可能性を過小に見積もったからである。

やはりラフィールの考えていたとおり、ラクファカール奪還に全力を挙げる作戦こそ採るべきではなかったのか。統帥官《ジョクスィーフ》でない我が身が歯がゆい。

しかし、いま皇帝《スピュネージュ》批判をしても仕方がない。

かといって、ラムローニュに反論する気にもなれなかった。

さいわい、司令部《グラーガーフ》では上皇《ファニーガ》の呟きに対処する方法が確立していた。聞こえなかったふりをするのだ。

「やむをえぬ。スポール元帥《スペーヌ》から機雷《ホクサス》を取りあげよう」ラフィールは決断した。「すでに搭載されている機雷《ホクサス》もいったん下ろして、ファンボへ送らせろ」

「それは……、どうでしょうか」ソバーシュが難色を示した。

「いま第五艦隊《ビュール・ジュータ》にあるものだけだ。これから彼らの受け取るものまで奪おうとは思わぬ。機雷《ホクサス》の欠乏は数日で解消するのではないか」

「いささか楽観的だと思われます、長官《グラハレル》。ご希望なら精査しますが」

「その時間があるのか。せっかく参謀副長《ルーセ・カーサレール》を送るのだ。判断も委ねるべきであろ」ラフィールはエクリュアを見た。

「権限を」エクリュアが呟くように要求した。

「わかっている。そなたに仮命令書を渡す。第五艦隊《ビュール・ジュータ》の保有するすべての機雷《ホクサス》について、配備先変更を霹靂艦隊司令長官名義《グラハレル・ビューラル・ロドルショト》で命令する権限がそなたに預けられる。執行するか否かはそなたの判断に委ねよう」

「エクリュア准提督《ロイフローデ》」ソバーシュが口を挟んだ。「執行するにしても、すべての機雷《ホクサス》を持ってくる必要はないんだよ。とくにウェスコー門《ソード・ウェスコール》に対峙する部隊には残しておくべきだと思う」

「それも含めて、エクリュア准提督《ロイフローデ》に任せる」ラフィールは告げた。

相変わらずエクリュアは無表情だが、ほのかに唇の端が上がった。ひょっとすると、微笑んでいるのか、とラフィールは思った。

「レトパーニュ大公爵《ニーフ・レトパン》も気の毒に。あの者は機雷《ホクサス》を放つのが大好きなのに」ラムローニュが感想を述べた。

「後方から追加の機雷《ホクサス》が届くまで、第五艦隊《ビュール・ジュータ》が機雷戦《ホクサティオクス》をしなくて済むよう祈りましょう」ソバーシュがうっかり反応した。

「星界軍《ラブール》がかくも貧しく戦うことになろうとは」ラムローニュは嘆息した。

今度は誰も反応しなかった。

それからいくつかの事項を確認して、ラフィールは会議を切り上げた。彼女自身は当初の予定通り、目の前の敵をたたきのめすことを考えていればいいが、幕僚《スペルーシュ》たちには膨大な仕事ができたのだ。

霹靂艦隊《ビュール・ロドルショト》は決戦を前にして艦隊の組み替えを行った。

艦隊決戦において、先行偵察部隊には重大な役割がある。巡察艦《レスィー》を主体に編成されたこの部隊は、敵艦隊を蹂躙するのに適しているのだ。敵艦隊に殴り込み、隊列を切り裂き、ときには旗艦《グラーガ》を孤立させて、集中攻撃をかける。

だが、先行偵察部隊である第一艦隊《ビュール・カースナ》は決戦に間に合わない。艦隊旗艦《グラーガ・ビューラル》〈ビューヌラス〉は間に合うものの、司令長官《グラハレル》直率の偵察分艦隊《ヤドビュール・ウセム》〈アルレート〉すら一個戦隊を欠く。

そこで、急遽、第二、第三、第四の各艦隊から巡察艦《レスィー》と襲撃艦《ソーパイ》を掻き集めて、第一艦隊《ビュール・カースナ》へ編入した。

それでも、本来の第一艦隊《ビュール・カースナ》よりは弱体だが、ラフィールは満足しなければならなかった。

組み替えが終わったのは、敵艦隊と交戦距離に入る直前だった。

両艦隊は接近しつつある。

横陣を展開する敵艦隊〈レディ一〇〇〉に、霹靂艦隊《ビュール・ロドルショト》は一五列の縦陣で突っこんでいく。

質量から予測される戦力比はほぼ等しい。〈レディ一〇〇〉がすべて〈人民主権星系連合体〉の艦艇で構成されている、と仮定するなら、戦力の九割近くを動員していることになる。

「機雷戦《ホクサティオクス》、開始せよ」

ラフィールは命じた。

無数の機雷《ホクサス》が霹靂艦隊《ビュール・ロドルショト》から放たれた。

ほぼ同時に、敵艦隊も大量の時空泡《フラサス》を分離した。

機雷戦《ホクサティオクス》はほぼ互角だった。

お互いの機雷《ホクサス》が食い合い、虚しく平面宇宙《ファーズ》を波立たせる。波乱の領域を抜け出し、敵陣へ届いた機雷《ホクサス》はわずかだった。

「彼ら相手に健闘した」ラムローニュがいった。

〈人民主権星系連合体〉は機雷戦《ホクサティオクス》を重視することで名高い。今回も艦隊規模に比べて大量の機雷《ホクサス》が放たれた。

それでも互角だったのだから、今のところ星界軍《ラブール》が優勢……といえないこともない。

しかし、そんな詭弁で自らをごまかすようでは、おしまいだ、とラフィールは気持ちを引き締めた。

「各護衛戦隊《ソーヴ・メスゲール》を下げよ」ラフィールは命じた。

艦列の先頭には護衛艦《レート》部隊が置かれている。護衛艦《レート》は対機雷《ホクサス》防御に特化した艦種だ。機雷《ホクサス》の波がやんだいま、最前線に出しておくと危険だった。

「第一艦隊《ビュール・カースナ》、出しますか？」ソバーシュが問う。

「いや、第三陣形へ組み替えよ」

損害は、味方にもないが、敵にもほとんどない。ほぼ無傷の敵に蹂躙戦を仕掛ける意味はあまりない。突出させては、第一艦隊《ビュール・カースナ》が孤立するだけだ。

だが、第一艦隊《ビュール・カースナ》を使う意味はある。主力部隊から離すのではなく、先鋒にする。蹂躙は第一艦隊《ビュール・カースナ》ではなく、艦隊全体で行う。霹靂艦隊《ビュール・ロドルショト》が剣ならば、第一艦隊《ビュール・カースナ》はその刃を務めるのだ。

総旗艦《グラーガ・ダーカ》〈クリュブノーシュ〉から短い泡間通信《ドロシュ・フラクテーダル》が発せられ、霹靂艦隊《ビュール・ロドルショト》は楔形に陣形を変更した。その先端が第一艦隊《ビュール・カースナ》だった。

ついに両艦隊は激突した。

「敵艦隊はやはり〈人民主権星系連合体〉のものです」ソバーシュが報告した。「いまのところ、他国の艦艇は確認されていません」

「そうか」

いまの局面では艦隊司令長官《グラハレル・ビューラル》にできることはあまりない。戦況の推移を見守るだけだ。

「優勢ね」同じく見守っていたラムローニュが評した。

一塊となった霹靂艦隊《ビュール・ロドルショト》は〈レディ一〇〇〉を両断しつつあった。

ラフィールはソバーシュ参謀長《ワス・カーサレール》を司令座《グラハレリバーシュ》の傍らに招いた。

「意見を聞こう。どちらを先に撃破する？」

ふたつに分けられた敵艦隊のうち、右の集団が左の約二倍の勢力を有していた。ただ、あくまで質量で見た場合である。質量の内訳がわからぬ以上、戦力が二倍と軽々に断じるわけにもいかない。

「右陣を先に撃滅すべきと考えます」ソバーシュは即答した。

その答えは、ラフィールの考えと一致した。

「いいであろ」彼女は頷いた。「第一艦隊《ビュール・カースナ》に伝えよ。敵艦隊の後背へ回り、右旋回するがよい。敵右集団を包囲殲滅する」

すでに第一艦隊《ビュール・カースナ》は敵艦隊を突破する寸前だった。

敵艦隊も分断されまいと激しい攻撃を第一艦隊《ビュール・カースナ》の両側面に加える。

しかし、それには、側面を別の星界軍部隊《ラブール》に曝け出さねばならない。

けっきょく、第一艦隊《ビュール・カースナ》は中途半端な攻撃しか受けず、敵陣を突破した。

第一艦隊《ビュール・カースナ》の通過したあとを、第二艦隊《ビュール・マータ》と第三艦隊《ビュール・ビーナ》が埋める。第四艦隊《ビュール・ゴーナ》は、敵右集団の頭を押さえにかかった。

〈レディ一〇〇〉が完全にふたつの集団に分かれたことが確認されると、霹靂艦隊《ビュール・ロドルショト》から見て右の集団が〈レディ一〇一〉、左の集団が〈レディ一〇二〉と呼称された。

分断された敵艦隊は撤退をはじめた。

だが、〈レディ一〇一〉は包囲されつつあり、行動が制限されている。

比較的自由に行動できた〈レディ一〇二〉は、第一艦隊《ビュール・カースナ》の後ろを伺う姿勢を見せた。

だが、その動きを第二艦隊《ビュール・マータ》が牽制する。

混戦になった。

だが、しばらくすると、〈レディ一〇二〉はふたたびバハメリ方面への撤退をはじめた。〈レディ一〇一〉の救援を諦めたようだ。

「第二艦隊《ビュール・マータ》に追わせますか？」ソバーシュが問う。

「いや」ラフィールは即答した。「いまは〈レディ一〇一〉の撃滅に全力を注ぐ。第二《ビュール》艦隊《・マータ》を呼び戻すがよい」

〈レディ一〇二〉が戦場を離脱した。

いまや、四個艦隊が〈レディ一〇一〉を包囲し、着実に嚙み砕いていく。

「降伏信号ですっ」通信参謀《カーサリア・ドロショト》が報告した。「敵右集団、全時空泡《フラサス》の停止を確認しました」

「全艦、戦闘停止」ラフィールは命じ、平面宇宙図《ヤ・ファド》を見た。

〈レディ一〇二〉は降伏したが、〈レディ一〇二〉はなお撤退中だ。すでに距離が大きくなりすぎている。追撃は間に合わないだろう。

しかし、ソバーシュが進言した。

「追撃すべきです」

「方法を述べるがよい」ソバーシュが手段の当てもなく追撃を主張するはずがないので、

ラフィールは促した。

「第一艦隊《ビュール・カースナ》の未集結部隊を使いましょう」

戦場に間に合わなかった、第一艦隊《ビュール・カースナ》所属の艦艇は二カ所に固まっていた。単に帰路が重なっただけであって、戦闘のため組織された集団ではないが、星界軍《ラブール》の指揮系統は柔軟であり、指揮官さえ指名すれば、部隊としてのまとまりをすぐさまえるだろう。

「足止めに使うのだな」

「そうです。降伏した敵はダセーフ提督《フローデ》に任せればいいでしょう」とソバーシュは第四艦隊司令長官《グラハレル・ビューラル・ゴーナ》の名を出した。「残りの全力で追撃を」

実際に干戈《かんか》を交えたおかげで、敵の質もあらかた判明している。戦力的にはじゅうぶん可能、とソバーシュは判断しているのだ。

「いいであろ」ラフィールは決断した。「必要な措置を」

第一艦隊《ビュール・カースナ》の未集結部隊は、便宜上、第一・一艦隊《ビュール・キュトボシュキュトナ》、第一・二艦隊《ビュール・キュトボシュマータ》と名づけられた。指揮官は、第一・一分艦隊《ヤドビュール》〈ロイフェーシュ〉司令官《レシェーク》、第一・二分艦隊《ヤドビュール》〈フェルー〉司令官《レシェーク》があてられた。

「グノムボシュ航法参謀《カーサリア・リルビコト》とレクシュ作戦参謀《カーサリア・ヨクスクロト》を連絡参謀《カーサリア・ロンジョト》として、それぞれ一・一、一・二に送りたいと思います」

この場合、連絡参謀にはふたつの任務があった。

ひとつはいうまでもなく、艦隊司令部《グラーガーフ・ビューラル》の指示を伝えることだ。第一・一、第一・二の両艦隊は遠すぎて、泡間通信《ドロシュ・フラクテーダル》が使用できないのだ。通信手段は連絡艇《ペリア》しかない。指示に対する疑問にも答えなければならないので、ただ連絡艇《ペリア》が操舵できるだけの人間を送っても仕方がない。司令部《グラーガーフ》の考えを把握している人間でなければいけないのだ。

もうひとつは、派遣先の司令部《グラーガーフ》の手伝いだ。両部隊とも、艦艇数でいえば、二個分艦隊《ヤドビュール》をやや過ぎるほどの規模があった。その上、寄せ集めである。分艦隊司令部《グラーガーフ・ヤドビューラル》では労働過重気味なのだった。

許可しようとしたが、ラフィールはいささか不安も感じた。

「人手は足りるのか？」とソバーシュに囁いた。「エクリュアもいない。しかも、補佐も何人か同行させたのであろ？」

「あのふたりについては経験を積ませている段階ですから」ソバーシュも小声でこたえた。「しょうじき、欠けても参謀部《カーサレラシュ》は回ります」

ラフィールは逆の意味で心配になった。

「では、連絡参謀《カーサリア・ロンジョト》として任に堪えるのか？」

「連絡参謀《カーサリア・ロンジョト》も務まらぬようでは、この先やっていけませんよ。彼らはそれなりに優秀です。未熟なだけで」

ラフィールは上皇《ファニーガ》ラムローニュを一瞥した。ソバーシュがグノムボシュとレクシュを見ているがごとく、ラムローニュもラフィールを見ているのだろうか。

　だが、いまは戦闘の真っ最中だ。うんざりしている暇はない。

　ラフィールはグノムボシュとレクシュを司令座の傍らに呼び寄せた。

「そなたたちを連絡参謀《カーサリア・ロンジョト》とし、編合部隊の司令部《グラーガーフ》に派遣する。詳細は参謀長《ワス・カーサレール》と打ち合わせるがよい。頼んだぞ」

　ふたりの年若い翔士《ロダイル》は感激した様子だった。

「粉骨砕身、務めます」グノムボシュがいった。

「任務に感謝します。長官《グラハレル》のご信頼を裏切りませんこと、誓います」レクシュもいった。

「うん」ラフィールは彼らの態度を好ましく思った。「生きて還るがよい」

　参謀たちが打ち合わせのため去った。

「ずいぶん中途半端だな」ラムローニュが、例によって呟きというには大きすぎる声で独りごちた。

「そうお感じですか？」自分の指揮を批判されたと思ったラフィールには、さすがに聞き捨てならなかった。

「いや、敵の動きのこと」

「ご教示いただけませぬか」

「いうまでもないことだが、これは雑談よ。そのつもりで聞くがよい」

「はい」ラフィールは居住まいを正した。上皇《ファニーガ》がわざわざ『雑談』というには、きっと重要な話なのだろう。指揮権がないので、気を遣っているのだ。

「ここで降伏するぐらいなら、最初から出てこなければよい。われらはバハメリできわめて有力な敵を相手にしなくてはならなかったはず。戦力確認の意味があったのかもしれぬが、それにしてはしつこい。小当たりして撤退すれば、われらは追い切れず、やはりバハメリで苦労を背負うことになる。ここまで混戦に持ち込んだにしては、あっさり降伏しすぎだ。もう少し粘ればよかったのではないか」

ラフィールは考えこんだ。敵の指揮官が無能だから、という可能性も捨てきれないが、やはり不気味ではある。

「猊下《ニソス》はその理由についてどうお考えであられる？」

「あくまでひとつの可能性として、救援する側とされる側がうまくいっていないのかもしれぬ」

「なるほど」

〈四カ国連合《ブルーヴォス・ゴス・スュン》〉内部に軋轢がある、というのは、あまり意外ではない。〈アーヴによる人類帝国《フリューバル・グレール・ゴル・バーリ》〉という共通の敵を前に手を組んでいるに過ぎない。とくに〈ハニア連邦〉は連合を結んでいながら、戦争初期は中立を標榜した。そして、彼らが中立を放棄したことが、ラクファカールの失陥という帝国の痛恨事に繋がった。

連邦は「効果的な時期に参戦した」と功績を主張しているらしい。だが、その反発も大きい、とも聞こえていた。

帝国は他国と同盟するという習慣を持たないが、万が一、どこかとしなくてはならないのなら、〈ハニア連邦《ヤ・ファド》〉は真っ先に候補から除くだろう。

ラフィールは平面宇宙図上に表示されるバハメリ門《ソード・バハメリル》を見つめた。

果たしてこの〈門《ソード》〉の向こうを固めているのは、〈ハニア連邦〉の軍なのか。

バハメリには相当の戦力が蓄積されている。機動戦力もあるだろう。

撤退しつつある味方を救援に出てくるか、ラフィールは大いに興味があった。

出てくれば、追撃戦は中止せざるをえまい。

二隻の連絡艇《ペリア》が〈クリューブノシュ〉から発進した。グノムボシュ搭乗艇とレクシュ搭乗艇だ。

敵艦の接収作業に入った第四艦隊《ビュール・ゴーナ》を除き、全艦隊は追撃戦に入った。

まだグノムボシュとレクシュは到着していないはずだが、第一・一、第一・二の両艦隊は撤退中の敵を押さえる位置へ遷移する。本隊の動きを見て、自分たちに割り当てられた役割を知ったのだろう。といっても、両艦隊ともまだ、司令部《グラーガーフ》のない艦艇群に過ぎない。いま、下手に戦闘すると、粉砕されてしまうだろう。

ラフィールは第一・一艦隊《ビュール・キュトポシュキュトナ》の動きが心配だった。

このままでは、単独で〈レディ一〇二〉とぶつかることになる。いくらなんでもかなうはずがない。

ラフィールはグノムボシュの位置を確認した。もう第一・一艦隊《ビュール・キュトポシュキュトナ》との泡間通《ドロシュ・フラクテー》信《ダル》距離に入っていた。〈ロイフェーシュ〉旗艦《グラーガ》にはまだ届くまいが、連絡艇《ペリア》に近い艦艇が中継するはずだ。泡間通信《ドロシュ・フラクテーダル》は時間あたりの情報量が哀しいほどに少ないものの、部隊が編成され、指揮官が任命されたことぐらいは伝えられる。

やがて、第一・一艦隊《ビュール・キュトポシュキュトナ》の動きが変わった。統制がとれてきたのである。第一・二《ビュール・キュトポ》艦《シュマータ》隊にも部隊としてのまとまりが生まれた。

両部隊はほぼ同時に〈レディ一〇二〉へ機雷戦《ホクサティオクス》をしかけた。

敵艦隊が混乱したところへ第一艦隊本隊《ビュール・カースナ》が追いつき、蹂躙戦をはじめた。

〈レディ一〇二〉はちりぢりになり、各所で撃破され、あるいは降伏した。

その間、バハメリからの救援はなかった。

その頃になると、先に敵艦を接収した第四艦隊《ビュール・ゴーナ》から、情報が入りはじめた。

霹靂艦隊旗艦《グラーガ・ビューラル・ロドルショト》〈クリューブノシュ〉で作戦会議が開かれた。

降伏した敵艦からもたらされた情報を評価するこの会議には、当然のように上皇《ファニーガ》ラムローニュが出席した。

敵艦の接収にあたり、情報の抽出にあたった第四艦隊《ビュール・ゴーナ》からも、司令長官《グラハレル》ダセーフ提督《フローデ》とその幕僚《スペルーシュ》が数名、参加していた。

第一・一、第一・二のふたつの臨時部隊は解体され、連絡参謀《カーサリア・ロンジョト》として派遣されていた、グノムボシュとレクシュも帰艦し、末席に坐っている。

第一に関心があるのは、バハメリの防備状況だった。

戦力差によっては、いったん撤退しなければならない。

ラフィールは、撤退する羽目になっても、恥とは感じていない。そもそも戦力が十分でないというのは前線指揮官の責任ではない。皇帝《スピュネージュ》ドゥサーニュをはじめとする帝国中枢がせいぜい恥じ入ればよいのだ。

むろん、必要もないのに撤退すれば、それはラフィールの恥で済まない。帝国の体力がまだじゅうぶんではないだけに、慎重に精査しなければならなかった。

敗北が許されないのは大前提なのだ。

「いけるな」

クナタウ先任情報参謀《アルム・カーサリア・リラグ》からの報告を受けて、ラフィールはいった。

「はい。わたしも可能と判断します」ソバーシュ参謀長《ワス・カーサレール》が賛成した。

機雷《ホクサス》を撃ち尽くしてしまったことを考えても、戦力ではバハメリ防衛部隊を上回る、と判定されたのだ。

しかも、バハメリ防衛部隊は通常宇宙戦に特化しているようだ。平面宇宙戦能力も持つが、さほど脅威ではない。おそらく、敵は通常宇宙《ダーズ》に引きこんで、戦うつもりだろう。

「敵が平面宇宙《ファーズ》側で積極的防御に出た場合を予測してみました」ソバーシュは模擬戦闘図を表示した。

模擬戦闘図の中で、戦況は星界軍《ラブール》の優位で推移した。敵は貴重な平面宇宙戦能力をむなしく蕩尽するだけだ。

彼らに少しでも理性があれば、積極的防御策を採ることはないだろう。

星界軍《ラブール》が最も困るのは、バハメリ門《ソード・バハメリル》の内側、通常宇宙《ダーズ》側に籠もられることだ。おそらく敵はそうするだろう。だが、それでも、勝てる。

「いいであろ」ラフィールは決定を告げた。「バハメリを落とす」

戦列艦《アレーク》部隊はいったん下げることになった。戦列艦《アレーク》とは機雷《ホクサス》発射を任とする艦種で、通常宇宙《ダーズ》戦では足手まといだ。それ以前に、機雷《ホクサス》を消費してしまっては戦闘力がない。後方からの機雷《ホクサス》移送はすでに決定したとおり、急がせる。バハメリを落としても、ノヴ・キンシャサが残っているのだ。

当面の方針が定まって、クナタウは次の報告に移った。

「スキール艦隊《ビュール・スキル》の現状が朧気《おぼろげ》ながらわかりました」

緊急性はないが、ラフィールは大きな関心を寄せていた。

「聞こう」ラフィールは促した。

「まず、スキール艦隊《ビュール・スキル》の指揮官ですが、お父君であることは間違いないようです。クリューヴ王《ラルス・クリュブフィア》ドゥビュース殿下《ドゥビューサル》は副帝《ロイスピュネージュ》ドゥビュース殿下と名乗っておいでです」

「副帝《ロイスピュネージュ》……？」

父がいつの間にやら奇妙な称号《トライガ》を名乗っていることに、ラフィールは戸惑った。

「愉快な称号《トライガ》」ラムローニュがしみじみといった。「ドゥサーニュ陛下《エルミトン》は面白がるであろうな」

ラフィールは例によって無視した。「そのほかの人事はわかるか？ 雪晶艦隊《ビュール・ギュクネル》はどうなった？」

「雪晶艦隊の司令長官《グラハレル》だったコトポニー星界軍元帥《スペーヌ・ラブーラル》はご健在で、ドゥビュース殿下《フィア・ドゥビューサル》を補佐なさっているようです」

「他の皇族《ファサンゼール》の動向はわかるか？」

「申し訳ありません。弟君についてはまだ……」

ウェムダイス子爵《ベール・ウェムダイサル》ドゥヒールの動向はわからない、ということだ。

「わたしはドゥヒールについて尋ねたのではない」名乗りはともかく、健在であればよいな、とラフィールは思いつつ、質問を重ねた。「父以外の皇族《ファサンゼール》がたの消息について尋ねたのだ」

家族の安否について質《ただ》したと受け取られたなら心外だった。帝制国家である〈アーヴによる人類帝国《フリューバル・グレール・ゴル・バーリ》〉において皇族《ファサンゼール》の存在は重要である。皇族《ファサンゼール》が多いほど、柔軟な体制が組める。ひいては、スキール王国《フェーク・スキル》に拠る帝国勢力の生存性が高まる。その意味で関心を持っていたのだ。

むろん、父と弟の近況については格別に個人的な興味を抱いているが、ここはクリューヴ王家《ラルティエ・クリュブ》のための場ではない。

「失礼しました。しかし、クリューヴ王殿下《フィア・ラルト・クリュブ》以外の皇族《ファサンゼール》がたについては、いまだ情報がありません」

「そうか」ラフィールは納得せざるをえなかった。「スキール王国《フェーク・スキル》の現状についてはどうか？」

「領域はかなり縮小しているようです。現在、スキール王国《フェーク・スキル》は〈人民主権星系連合体〉と境界を接しておりません」

ラフィールには衝撃的な知らせだった。「つまり、スキール王国《フェーク・スキル》は完全に〈ハニア連邦〉に包囲されている、ということか？」

「はい」クナタウは頷いた。

「それでも、持ちこたえてはいるのだな」

「そう思われます」

はっきりしない答えだったが、ラフィールは追及しなかった。平面宇宙《ファーズ》では情報の伝達に時間がかかる。ここでの最新情報が現実と一致しているとは限らないのだ。

「司令長官殿下《フィア・グラハレル》」ラムローニュがラフィールに呼びかけた。「わたしからそなたの幕僚《スペルーシュ》にいくつか質問をしたい。許してもらえるか」

「どうぞ」ラフィールは頷いた。

正式に許可を受けたうえでの発言だから、ラムローニュの言葉は独り言ではない。

情報参謀《カーサリア・リラグ》は緊張の面持ちで上皇《ファニーガ》に正対した。

「スキール王国《フェーク・スキル》の周縁の状況がずいぶん曖昧だな」

「申し訳ございません」

「責めているわけではない。だが、奇妙に思える。大量の敵情が手に入ったのに、なぜはっきりせぬ？　正直、わたしはスキール王国《フェーク・スキル》の現状推定図ぐらいは見せてもらえると期待していたぞ」

「〈ハニア連邦〉は自国の状況を極めて厳重に秘匿しております。そのためです。後でお目にかけるつもりでしたが、各勢力の現状推定図です」

床面に平面宇宙図《ヤ・ファド》が写った。

スキール門《ソード・スキル》周辺は〈四カ国連合〉に浸食されている。

「スキール門《ソード・スキル》からの敵侵攻部隊ですが、その九割以上が〈人類統合体〉平和維持軍で構成されている、と推定されます。残りの三ヵ国はほぼ同じ戦力を提供していますが、量的にささやかなものですし、役割も補助的なものに限られます」

「この方面は〈人類統合体〉がほとんど単独で侵攻している、ということか」ラフィールは確認した。

「そうです」

それ以外の領域は大半を〈ハニア連邦〉が呑みこんでいた。〈人民主権星系連合体〉もやや勢力圏を伸ばしているが、微々たるものだ。

「本当にスキール王国《フェーク・スキル》は健在なのか……?」ラムローニュが呟くようにいった。

「それはかなりの確度を持って申しあげられます」クナタウは胸を張った。

「では、〈ハニア連邦〉の動きが妙だな。バハメリまで軍を進出させるくらいなら、まずスキール王国《フェーク・スキル》の脅威を除くのが優先と思えるが」

「〈ハニア連邦〉中枢の意図を分析するのは、わたしの本分ではありません」クナタウはいった。「しかし、今回、取得した情報の中には、スキール王国《フェーク・スキル》方面でのわが軍の活動を前提とするものがあり……」

「いや、そなたの能力を疑ったわけではない。許せ」ラムローニュは頷いて、ラフィールを見た。「そなたはどう考える、殿下《フィア》?」

「やはり政治的理由か、と思います」ラフィールは無難に答えた。

「そなたもそう思うか」ラムローニュは考えこんだ。

何気なく会議室を見回したラフィールは、第四艦隊司令長官《グラハレル・ビューラル・ゴーナ》ダセーフ提督《フローデ》の眼差しに気づいた。

「そなたは確か、〈ハニア連邦〉が大規模な援軍を送るはずがない、と予測していたな」

「そのとおりです。外れましたね」ダセーフは悪びれなかった。

「いま、なにか思うところはあるか？」

ラフィールは初めて、この若々しい老人の話を聞いてみたくなった。

「〈ハニア連邦〉の星系は経済的に独立性が薄いのです。自給自足が可能な星系はほとんど存在しません。各星系ごとに特色ある産業構造を持ち、互いに補完しあっている。それでいて、文化的には極めて均質です。ここまではよろしいですかな？」

「よいが、その話、目下の戦争に関わる結論はあるのであろな？」ラフィールは懸念した。

敵国の体制についてひととおりのことは知っている。いまさら概説される必要はないし、詳説される時間はない。

「大丈夫です」ダセーフは頷く。「さて、このように各星系経済は星間貿易に依存しているものですから、航路の安定を望みます。星間の物流が滞ることは、彼らの大半にとって死活問題です。彼らは本質的に地上の民です。あまたの惑星が一個の巨大な大地のごとく結合されるのが彼らの理想なのです。大地の結合材となってくれれば、自前の商船団《カツベールラシュ》でも、あるいは他国の商船団でもいい。連邦が自分たちの航路を誰かに委ねねばならないのなら、その相手としては帝国《フリューバル》は悪くありません。われらは地上世界《ナヘーヌ》へ干渉しませんからな。彼らは自分たちの文化をそれはとてもとても大事にするのです。しかし、彼らのなかでも、そう思わない一派がいます。他でもない、星間貿易に携わる者たちです。彼らは数こそ少ないが、非常に裕福で、政治力が大きい。軍も彼らに従順です。彼ら、宇宙派にすれば、星間貿易は自分たちで握っておかなくてはならない。代々、星間輸送や軍に携わって、地上世界《ナヘーヌ》に帰属意識を持たぬ人間も多い。彼らは大部分の同胞とは異質なのです」

「連邦の外交政策は彼らに拠るところが多いそうだな」ラムローニュがいった。

「そうです。大多数の地上の民は大気圏の外に関心を持ちませんから。彼らを仮に地上派と呼びましょうか。なんといっても地上派は数が圧倒的に多い。宇宙派など少数派もよいところ。地上派と宇宙派には軋轢も多い。地上派の中には、むしろ外部勢力であるわれら帝国《フリューバル》のほうが、星間貿易を安心して委ねられると考える者も多い。彼らによって主導されたのが、過日の降伏未遂ですな」

「降伏とはおかしい。当時、まだ連邦とは開戦していなかった」ラフィールは指摘した。

「いえ。刃を交えていないだけで、連邦はすでに戦っていたのです。帝国《フリューバル》と戦い、同時に、〈三ヵ国連合〉と戦っていたのです。そして、いったんは帝国《フリューバル》に降伏することで、戦いから降りようとしたのです」

「そなたの考えはわかった。しかし、話がずれているように感じるが」

「いえいえ、これが本筋です。つまり、彼らの行動は宇宙派と地上派の相克を考えなければならない。帝国《フリューバル》への降伏は、地上派による宇宙派の排除という側面があることを見落とすべきではありません。彼らが宇宙派をそこまで追い詰めなければ、連邦が参戦することはなく、ラクファカールも陥落せずに済んだかもしれません」

「〈ハニア連邦〉にはふたつの国家があるようね」とラムローニュ。

「そうです。彼らの行動を解釈するには、常にそのことを頭に入れておかねばなりません。ただ、今回は宇宙派と地上派の利害が一致するとわたしは考えておりましたし、陛《エル》下《ミトン》とその幕僚《スペルーシュ》もそう判断なさっていたのでしょう。すなわち、勢力圏の堅持を両派とも、望む、と」

「では、今回の仕儀はどちらの派閥が望んだことなのだ?」ラフィールは訊いた。

「地上派でしょうな。宇宙派は、ラクファカールを落とせば、すぐにでも帝国《フリューバル》は消滅する、とでも主張したのではありますまいか。いや、これはわたしの憶測ですが。しかし、失都以来十年、帝国《フリューバル》は未だ健在です。スキール王国《フェーク・スキール》の状況がわかりませんが、彼らにすれば、当てが外れたでしょうな。それで、地上派は宇宙派に賭けを強いたのではないでしょうか」

「賭け?」ラフィールはラムローニュと顔を見合わせた。

「スキール王国《フェーク・スキル》への防備はしているでしょうが、それ以外の空間戦力すべてを連邦領域外に投入するという賭けです」

「その賭けに負けるとどうなるんだ?」答えは半ばわかっていたものの、ラフィールは確認したかった。

「宇宙派は勢力を失い、〈ハニア連邦〉は今度こそ降伏するでしょう」

11 バハメリ《レムコス・バハメリル》攻略戦

〈ハニア連邦〉が降伏するかどうかはともかく、バハメリは落とさなければならない。

霹靂艦隊《ビュール・ロドルショト》はバハメリ門《ソード・バハメリル》の直前まで来て、停止した。補給品、とくに機動時空爆雷《サテュス・ゴール・ホーカ》の到着を待たなければならないからである。

この期に及んでも、敵はバハメリ門《ソード・バハメリル》のうちに籠もって、出てこなかった。時折、小艦艇が出てくるのみだ。彼らの目的はもちろん、偵察だろう。

星界軍《ラブール》としても彼らの好き放題にさせるわけにはいかない。平面宇宙側《ファーズ》では螺旋を描く〈門《ソード》〉の至近に艦艇が配置され、敵が出現するや追いかけ回す。

むろん、星界軍《ラブール》のほうでも覗き見は怠らない。窃視症は太古より軍隊の宿痾《しゅくあ》である。霹靂第一艦隊《ビュール・カースナ・ロドルシヨト》が、通常宇宙《ダーズ》では最強の襲撃艦《ソーパイ》を送りこむ。

敵も警戒している。

軍隊は窃視症だが、露出症ではないのだ。むしろ、見られることを極端に嫌がる。

平面宇宙側《ファーズ》で星界軍《ラブール》が待ち構えているように、通常宇宙側《ダーズ》でも〈四カ国連合《ブルーヴォス・ゴス・スュン》〉の軍が迎撃準備を整えていた。

偵察任務の襲撃艦《ソーパイ》は、〈門《ソード》〉を通過すると同時に、無人探査体を四方八方に撃ち出し、情報を貪ろうとする。

だが、そのときには敵弾が迫っている。

強行偵察任務を担った襲撃艦《ソーパイ》のうち、三隻が〈門《ソード》〉通過直後に凝集光《クランラジュ》に貫かれ、うち一隻はついに帰還しなかった。

だが、彼らの活躍で、敵の状況はかなりわかってきた。

通常宇宙側《ダーズ》の〈門《ソード》〉は燐光を放つ球体である。バハメリ星系では、その主惑星クドゥーロの軌道上にあった。

同じくクドゥーロ軌道上に敵艦が集結していた。八割が〈ハニア連邦〉の艦艇と推測された。残りは〈人民主権星系連合体〉に所属するが、そのほとんどは先の会戦で撤退に成功した艦艇だ。損傷艦の占める割合も少なくないはずだった。

クドゥーロ周辺の敵情は把握できたが、遠くの天体の陰に予備戦力を隠している可能性はあった。しかし、それを加味しても、敵戦力は味方の半分以下と評価された。

平面宇宙《ファーズ》で対峙すれば、万が一にも負けることのない戦力差だが、〈門《ソード》〉に押し入る側と考えるとやや心許ない。

補給品がやってくるまでの間、総旗艦《グラーガ・ダーカ》〈クリュブノーシュ〉では、会議が繰り返されていた。といっても、作戦の概要はすでに定まっている。もっぱら情報を評価し、それに基づいて必要があれば、既定の作戦に細かな修正を加える作業だった。

「敵の政治状況がかなりはっきりしてきました」席上、先任情報参謀《アルム・カーサリア・リラグ》クナタウが報告した。「一言でいえば、〈人民主権星系連合体〉は〈ハニア連邦〉に半ば占領された状態にあります」

「占領だと？」ラフィールはさすがに驚いた。

「客観的にはそう見えるというだけの話で、彼らにとっては違うと思いますが」クナタウは苦笑交じりに説明した。

なんでも、侵攻を察知した連合体と連邦は協定を結び、共同で霹靂艦隊《ビュール・ロドルショト》の撃滅にあたることを決めたのだという。司令部《グラーガーフ》も急遽、合同のものを仕立てたそうだ。投入した戦力は〈ハニア連邦〉のほうが大きく、彼らの発言権もそれに相応しいものになっている。主戦場が〈人民主権星系連合体〉の勢力圏であるにもかかわらず、総司令官は〈ハニア連邦〉の提督《フローデ》らしい。

当然、連合体側には不満も出ているようだ。また、急いでつくり上げた体制で、まだしっくりしていない。各級司令部《グラーガーフ》も両軍共同で構成しているのだが、往々にして内部で対立が起きているようだ。

その結果が、今回のバハメリ防衛の齟齬である。

バハメリ防衛軍も総司令官は連邦の軍人だという。バハメリは連合体にとって重要な軍事拠点なので、以前から防衛司令部はある。防衛軍の増強にともなって司令部の規模も拡大された。新任の司令官も連邦の軍人らしい。

従来の作戦はバハメリ門《ソード・バハメリル》付近での迎撃だったが、新しい総司令官は積極的な迎撃を命じたという。ただ、この時点では、連邦軍を基幹とする増援は移動中で、総司令官自身も赴任していなかった。

やむなく、すでに配置についていた連合体の部隊だけが出撃し、敗れた。

「連邦は味方である連合体の戦力を削ごうとしているのか？」ラフィールにはそうとしか思えなかった。

「正確な意図は不明です。もしそうだとしても、正直に話すはずもなし。ただ単にひどく無能なのかもしれません。しかし、むしろ連邦軍とあたる前にわが軍の戦力を減少させる意図だ、とすれば、そのほうが理解できます」

「しかし、味方にはどう説明したのだ？」

「遅滞作戦というあたりでしょう」

防衛体制が整うまで、星界軍《ラブール》を足止めする作戦である。確かに効果はあった。げんにいま、霹靂艦隊《ビュール・ロドルショト》はバハメリ門《ソード・バハメリル》を前にして足踏みしている。

しかし、総力を挙げて〈門《ソード》〉近傍で決戦を挑むことこそ、最も単純で効果的な作戦ではないのか。

やはりラフィールには、連邦軍が連合体軍をあえて削ったとしか思えなかった。

「なるほど、だから、占領か」ラフィールは納得した。

ラクファカール陥落時の近衛艦隊《ロワ・ボリア》を思い出し、ラフィールは不愉快になった。それはラフィールの祖母、第二十七代皇帝《スピュネージュ》ラマージュが率いていたのだ。

時間稼ぎのために勝ち目の薄い戦いを強いられる点では同じだが、帝国《フリューバル》に未来を少しでも残すために絶望の戦場に立った近衛艦隊《ロワ・ボリア》と、傲慢な同盟国の戦力を温存するために出撃させられた連合体軍とではまるで意味が違う。両者を比べてしまった自分が許せなかった。

そのとき、副官《ルーキア》であるジントが立ち上がった。会議中も、彼は司令長官《グラハレル》への膨大な報告を捌《さば》いている。たいていは後回しにするが、喫緊《きっきん》に知らせるべきと判断した場合は、ラフィールの耳に入れる。

「司令長官《グラハレル》」ジントはラフィールに囁いた。「戦列艦《アレーク》〈エルソーフ〉座乗のエクリュア参謀副長《ルーセ・カーサレール》から泡間通信《ドロシュ・フラクテーダル》が入りました。第五艦隊《ビュール・ジュータ》からぶんどった機雷《ホクサス》を持って、こちらへ向かっているそうです」

「担当とじかに話す」ラフィールはいった。

「はい」

ラフィールの端末腕環《クリューノ》が、司令部附通信士《ドロキア・グラーガム》のひとりと繋がった。

あいにく、泡間通信《ドロシュ・フラクテーダル》は時間あたりの情報量が少ない。ずいぶん間延びした会話にしかならなかったが、当面、知りたいことはわかった。

当たり前の話だが、機雷《ホクサス》だけでは長距離を移動できない。そこでエクリュアは、機雷《ホクサス》切れでファンボに退いた戦列艦《アレーク》に再装塡して戻ってきた。

ファンボからの戦列艦《アレーク》部隊では、彼女が最も高位の翔士《ロダイル》だった。打撃分艦隊司令部《グラーガーフ・ヤドビューラル・ヴォートウート》もいくつか後退したのだが、それはファンボ、もしくはより後方の拠点に下がっている。

「すでに〈エルソーフ〉から連絡艇《ペリア》が発進しているようです。詳細は到着以降になります」

「そうか、ご苦労」ラフィールは通信士との通話を打ち切った。

「このまま、エクリュア准提督《ロイフローデ》に機雷戦《ホクサティオクス》の指揮を執らせようと思うが、どうか？」ラフィールは諮《はか》った。

この場合の機雷戦《ホクサティオクス》とは、僚艦の突入と歩調を合わせてバハメリ門《ソード・バハメリル》へ機雷《ホクサス》をぶちこむことだ。高度な指揮能力は必要ない。

「幕僚《スペルーシュ》が不安です。グノムボシュとレクシュを助けに赴かせたいと存じますが」ソバーシュが進言した。

「いいであろ」ラフィールは頷いた。


また連絡参謀《カーサリア・ロンジョト》か——グノムボシュは落ちこんだ。

確かに軍歴を考えると、霹靂艦隊参謀《カーサリア・ビューラル・ロドルショト》というきらきらしい職が分不相応なのだが、それでも、若くから次期皇帝《スピュネージュ》のそばで精励してきたという誇りがある。

「間もなく、〈エルソーフ〉です」レクシュが告げた。「時空融合《ゴール・プタロス》、十秒前。……七、六、五、四、三、二、一、時空融合っ」

連絡艇《ペリア》には、グノムボシュとレクシュの二人が搭乗していた。レクシュのほうが位階《レーニュ》が低く、後輩なので、艇指揮《ポノワス》を務めている。

時空泡《フラサス》には制限質量があり、巨大な戦列艦《アレーク》は一隻しか内包できない。〈エルソーフ〉

も単独で時空泡《フラサス》を形成していた。

連絡艇《ペリア》は〈エルソーフ〉と接舷し、ふたりはただちに艦橋《ガホール》へ出頭した。

戦列艦《アレーク》には、いつでも戦隊旗艦《グラーガ・ソフ》が務まるように、司令部施設《グラーガーフ》が付属している。エクリュアはそこにひとりでいた。あとで聞いたところに拠ると、司令部から連れて行った補佐は、ファンボ根拠地隊に残してきたということだった。エクリュアは第五艦隊《ビュール・ジュータ》とも協力して、自分がいなくても機能する輸送体制を構築したのだが、連絡業務のため、彼らを残留させたのだった。

戦列艦《アレーク》と連絡艇《ペリア》が時空融合《ゴール・プタロス》した時点で、両者のあいだで情報連結《ロンジョス・リラグ》が確立し、膨大な情報がやりとりされている。グノムボシュがレクシュとともに入室したときには、エクリュアはその情報を読みこんでいるところで、自分のすべきことをすでに把握している様子だった。

着任の挨拶も早々に、エクリュアは指示を下した。

「グノムボシュ副百翔長《ロイボモワス》は、部隊編成を手伝って。レクシュ十翔長《ローワス》は、情報を統括して」

「了解しました」ふたりを代表して、グノムボシュがこたえた。「ただちに取りかかります」

グノムボシュはただちに部隊編成の原案作りに取りかかった。

しばらくすると、レクシュが報告した。

「霹靂艦隊司令部《グラーガーフ・ビューラル・ロドルショト》より泡間通信《ドロシュ・フラクテーダル》。『貴隊を霹靂第三・一艦隊《ビュール・ビポシュキュトナ・ロドルショト》と呼称す』だそうです」

「そう」

第三・一艦隊司令長官《グラハレル・ビューラル・ビポシュキュトナ》に就任したエクリュア准提督《ロイフローデ》は、興味なさそうに頷いた。

平面宇宙側《ファーズ》と通常宇宙側《ダーズ》で〈門〉《ソード》上の位置は確率論的にしか対応していない。つまり、どちらかの宇宙からもうひとつの宇宙へ転移した場合、どこに出るかははっきりしないのだ。平面宇宙側《ファーズ》で〈門〉《ソード》はゆがんだ螺旋を描く。一方、通常宇宙側《ダーズ》では球体だ。例えば、この螺旋上の甲点から突入し、球体上の乙点から出現したとしよう。次回、甲点から入っても、乙点から出るとは限らない。いや、むしろ、別の点から通常宇宙《ダーズ》に入る確率が圧倒的に高いのだ。球体から螺旋へ遷移する場合も同様である。

この物理法則が、〈門〉《ソード》を挟んだ戦いで、防衛側を有利にする。攻撃側は〈門〉《ソード》を潜った途端、隊列が乱れるのだ。

長い平面宇宙《ファーズ》での戦闘経験を経て、星界軍《ラブール》は万全とはいいがたいものの、ある程度の対策方法を確立していた。

戦闘艦と同時に機動時空爆雷《サテュス・ゴール・ホーカ》を〈門〉《ソード》に突入させるのは、最も古典的な対策だった。

突入は艦種ごとに行うのが通例だった。艦種が同じなら、所属が違っても連携がとりやすい。

霹靂艦隊司令部《グラーガーフ・ビューラル・ロドルショト》は、まず襲撃艦《ソーバイ》、次に突撃艦《ゲール》、そして巡察艦《レスィー》を突入させることとした。それ以外の艦種は〈門《ソード》〉周辺の制圧が完了したら、通常宇宙《ダーズ》へ転移する。護衛艦《レートー》や戦列艦《アレーク》は平面宇宙《ファーズ》でこそ欠かせない戦力だが、通常宇宙《ダーズ》ではあまり役に立たないのである。とくに戦列艦《アレーク》は愚鈍な標的でしかない。

しかし、口火を切るのは戦列艦《アレーク》部隊だ。この戦場では、エクリュア准提督《ロイフローデ》が指揮する第三・一艦隊《ビュール・ピポシュキュトナ》がそれを担った。

霹靂艦隊《ビュール・ロドルショト》の艦艇が配置につく。

「艦隊司令部《グラーガーフ・ビューラル》より泡間通信《ドロシュ・フラクテーダル》」レクシュが報告した。「こちらから提出した雷撃予定表案が承認されました」

「そう」エクリュアは頷いて、グノムボシュを見た。

「では、命令を出します」

予定表案はすでに傘下の戦列艦《アレーク》に伝えてある。あとは原案通りの時刻に雷撃せよ、と伝えるだけだ。

予め定められていた短い符号が戦列艦《アレーク》〈エルソーフ〉から泡間通信で発せられた。〈エルソーフ〉自身も雷撃の準備にかかる。

第五艦隊《ビュール・ジュータ》から横取りしてきた機雷《ホクサス》を射出した。機雷《ホクサス》はまだ、〈エルソーフ〉の時空泡《フラサス》に留まっている。

機雷《ホクサス》を発射する権限は艦長《サレール》にある。原案通りの予定表に従え、と命令してしまった第三・一艦隊司令部《グラーガーフ・ビュール・ピボシュキュトナ》は、ただ時を待つのみだった。

「時間です」グノムボシュは告げ、平面宇宙図《ヤ・ファド》に視線を向けた。

〈エルソーフ〉から次々に機雷《ホクサス》が時空分離《ゴール・リュトコス》する。

他の戦列艦《アレーク》からも、小さな時空泡《フラサス》が分離した。

最初で最後の戦闘行動を終えた第三・一艦隊《ビュール・ピボシュキュトナ》は後退をはじめた。前進する巡察艦《レスィー》部隊の隊列とすれちがう。

機雷《ホクサス》の群れは突撃艦《ゲール》部隊をすり抜け、襲撃艦《ソーパイ》部隊に迫った。

襲撃艦《ソーパイ》部隊が動きはじめた。

「突入しますっ」グノムボシュはいささか興奮して叫んだ。そして、どうせなら〈クリュブノーシュ〉の司令座艦橋《ガホール・グラール》で見たかったな、と思った。

襲撃艦《ソーパイ》部隊が機雷《ホクサス》群とともにバハメリ門《ソード・バハメリル》に吸いこまれていく。平面宇宙《ファーズ》側から見れば穏やかな光景だが、通常宇宙《ダーズ》側ではまったくちがう景色が見られるはずだ。

突撃艦《ゲール》部隊の突入が始まった。

その背後に巡察艦《レスィー》部隊が控えていた。艦隊総旗艦《グラーガ・ダーカ・ビューラル》は巡察艦《レスィー》部隊に紛れて、突入していく。

「……五、四、三、二、一、通過！」

巡察艦《レスィー》〈クリュブノーシュ〉の司令座艦橋《ガホール・グラール》に緊張が走る。

参謀たちは情報の収集と分析、部隊の再編に努めた。

むろん、ラフィールも無関心ではいられない。空識覚《フロクラジュ》の状態を個人から艦外へと切り替える。空識覚器官《フローシュ》から脳の航法野《リルビドー》へ、巡察艦《レスィー》の探知機の捉えた情報が流れこんでくる。

これにより、ラフィールの空識覚《フロクラジュ》は〈クリュブノーシュ〉と一体となった。空識覚の捉えていた風景から幕僚《スペルーシュ》たちが消え、代わりに惑星クドゥーロとその周辺が現れた。目を瞑り、空識覚《フロクラジュ》に集中すると、ラフィールは巡察艦《レスィー》〈クリュブノーシュ〉と一体になる。

混戦だということはわかった。

ラフィールは自力での戦況把握を諦めた。参謀たちの分析を経た情報を見るのが、的確であるばかりでなくより早いだろう。

〈クリュブノーシュ〉は惑星クドゥーロの大気圏をかすめた。ラフィールもまた、自分の肉体で大気を削ったような心地になる。

クドゥーロの軌道上には機動要塞が並んでいた。

機動要塞は重すぎてそのままでは平面宇宙《ファーズ》を移動できない。軍需産業の一大拠点であるこの星系で建造されたものもあるが、半数以上は〈ハニア連邦〉から持ちこまれていた。おそらく、〈ハニア連邦〉所属の星系を守るための要塞《リュール》を分解して、平面宇宙《ファーズ》を輸送し、組み立てたのだろう。

ダセーフのいう通りかもしれぬな——ラフィールは思った。〈ハニア連邦〉はこの戦線に戦争資源の大半を割いている可能性がますます強まった。

では、別の方面で連邦と対峙しているはずの父や弟はどうしているのであろ——そんなことも心に浮かんだ。

だが、すぐに振り払う。

いまは眼前の敵に専念するときだ。

惑星クドゥーロの軌道上は埃っぽかった。ゴミで一杯なのだ。撃破された艦艇、民生用施設や要塞《リュール》の破片、そして戦い疲れた者たちの亡骸……。そういったものが、惑星の大気圏に突入し、無数の光芒を描く。

クドゥーロの大気が受け止めるのは、物質ばかりではない。漏れ出した反物質燃料《ベーシュ》の塊が接触し、外気圏を輝かせていた。

「戦況分析完了。出します」ソバーシュが告げた。

ラフィールの空識覚《フロクラジュ》に展開する四次元時空が変化した。敵味方、そのどちらでもないものがくっきりとし、鬩《せめ》ぎ合いの様子がわかる。

彼女は唐突に、突撃艦長《マノワス・ゲル》だった頃を思い出した。あの頃は、闘技場にも似た、狭い時空泡《フラサス》の中で戦っていればよかった。獲物を襲う肉食獣の気持ちはたぶんこんなものだと思えるほどに、気分が高揚した。

いまは高揚は許されない。冷静な判断をすべき時だ、と自分を戒めた。

戦場の流れと淀みが見えた。味方が移動しようとしているのに、頑固な敵が遮っている。ちょっと別方面から力を加えてやれば、障害物が取り除かれ、流れが勢いよく通りそうだ。

ラフィールは指揮杖《グリュー》を引き抜き、立ちあがった。そして、空識覚《フロクラジュ》で捉えた味方の塊を指揮杖で指し示す。

「あの部隊をここへ進出させるがよい」と杖を振る。「この者たちと合同させて、この敵の側面を撃つ」

ラフィールは指揮杖《グリュー》で、部隊を指し示し、印をつけ、動くべき道筋を示した。

彼女と幕僚《スペルーシュ》たちが航法野《リルビドー》で認識する時空は同期している。この艦橋《ガホール》内で振られる杖の動きもまた、この艦橋にいる者たちに共有される。参謀たちには、指揮杖《グリュー》の動きで下される指示が明確にわかるのだ。

いや、例外もいるな——ふとラフィールは、練習艦隊司令長官《グラハレル・ビューラル・クレーヤル》だった頃にジントと交わした会話を思い出した。

うん、きみがなにをしているか、理屈ではわかっているんだ――ジントはなぜかさみしそうにいったものだ――でも、空識覚《フロクラジュ》のないぼくには、杖を振って遊んでいるようにしか見えないよ。

いまもジントはこの艦橋《ガホール》にいる。

彼の副官《ルーキア》という職務は、司令長官《グラハレル》の事務の補助であって、戦況が随時わからなくてもじゅうぶんに務まる。しかし、疎外感を覚えるのではないだろうか。

そんなことを頭の片隅で考えながら、ラフィールは指揮杖《グリュー》を振り、指示を出す。それに従って、参謀たちが臨時に部隊を編成し、戦闘目的を指定する。

その効果はめざましかった。混戦が整理され、戦場に秩序が生まれた。

敵の艦艇が惑星クドゥーロの軌道上から排除されていく。


ジントは、自分がラフィールに気遣われているとは夢にも知らなかった。

参謀と違って、副官《ルーキア》は戦闘中に特別な任務が発生するわけではない。そういう意味では、空識覚《フロクラジュ》の有無にかかわらず、疎外感を覚えて当然かもしれない。ジントはよく、戦闘中に日常的な業務を片づけ、暇を潰すことがあった。

だが、いまは潰すべき暇などなかった。ましてや、疎外感にさいなまれている場合ではない。

「そちらの指揮官とは話をさせてもらえないのですか」画面の向こうで年配の女性が眉を逆立てていた。

彼女はポル市の市長だと名乗った。

ポル市について、ジントはなにも知らなかった。思考結晶網《エーフ》の記憶巣《ボワゼプク》にも、惑星クドゥーロに実在する、ということ以外の情報はなかった。

市長の主張によれば、なんらかの構造物がポル市の郊外に落下して、被害をもたらしたらしい。彼女はその件について、抗議と賠償要求を申し入れているのだった。

「ご理解いただけると思うのですが、市長」ジントは言い聞かせた。「司令長官《グラハレル》はただいまたいへん多忙です。被害に対する弁済に関しては、戦闘終了後、バハメリの星系政府を通して話し合うことになるか、と存じます」

対話を要求してるのは、ポル市だけではなかった。いくつもの自治体が直接、艦隊《グラーガー》司令部《フ・ビューラル》へ通信してきている。

むろん、いちいちラフィールへ報告するわけにはいかない。彼女は杖を振るので忙しいのだ。そもそも通信を受け付けるのが間違いなのかもしれない。しかし、この後、星系政府を服属させなければならない。おそらく降伏を勧告し、交渉することになるだろう。その交渉の下準備は副官《ルーキア》であるジントとその部下の仕事だった。だから、事前準備の意味で、地上世界《ナヘーヌ》の情報をとっておきたかった。なにより、ジントは地上の住民にはなるべく優しく接したかったのだ。

「そうは仰いますが」市長はいった。「もし、貴軍が負けたらどうなるのです？」

「不幸にして敗北した場合は、撤退せざるをえないでしょう」呆れつつも、ジントは丁寧に返答した。

「でしょう。ならば、どうやって補償を受ければいいのです？」

「〈人民主権星系連合体〉に要請なされば？」ジントは提案した。

連合体はすでに連邦に占領されたも同然、との情報もある。ジントはそれを知ったうえであえて尋ねた。鎌をかけてみたのだ。

「ですが、わたくしどもの調査では、わが市に甚大な被害を与えた落下物は貴軍の艦艇ですよ」市長は乗らなかった。

「では、なおさらでしょう。わが軍は被害者ですよ」ジントは心の裡で、撃ち落とされた軍士《ボスナル》たちの冥福を祈りつつ、指摘した。

「そもそも、貴軍が戦闘を行わなければ、犠牲が出ることもなかったのです」

「ああ、市長」ジントはさすがにつきあっていられなかった。「われわれは地上の皆さんと良好な関係を築きたい、と考えております。ですから、戦闘中にもかかわらず、こうしてお話を伺っています。しかし、賠償に関しては先ほども申し上げたとおり、星系政府とまとめて交渉したい、と存じます。地方政府と話し合う予定は今のところございません」

ジントは通話を強引に打ち切るつもりでいたのだが、その寸前、聞き捨てならない言葉が市長の口から飛び出した。

「星系政府はもう存在しません」市長は断言した。

「なんですって？　星系政府が解体した、とおっしゃるのですか？」

そんな情報は入っていなかった。

たしかに、今に至るまで肝心の星系政府からの通話要請はない。ジントは不可解に思っており、できれば要求のとりまとめを依頼したいところだったが、こちらから接触するのは、副官《ルーキア》の一存ではできなかった。かといって、戦闘中に艦隊司令長官《グラハレル・ビューラル》を煩わせるまでのこともない、と判断していた。

むろん、クドゥーロの報道は傍受している。担当は情報参謀《カーサリア・リラグ》だが、星系政府消滅という重大な事実が判明すれば、副官《ルーキア》であるジントに知らされないはずがなかった。ただ星界軍《ラブール》は伝統的に地上世界《ナヘーヌ》の状況にはあまり関心を払わない。したがって、報道の裏を分析するような、面倒なことはしない。報道されている事象をそのまま記録するだけだ。仮に報道管制でも行われていれば、気づかないこともありうる。なによりいまは戦闘中であり、情報参謀《カーサリア・リラグ》は、他に優先しなければいけない仕事をたくさん抱えているのだ。

「形式としては存在していますよ、もちろん。しかし、生ける屍ですよ。寄生体に操られている状態です」市長はいった。

「その寄生体とは……、〈ハニア連邦〉ですか？」

本当に連合体が連邦に従属させられたのなら、星系政府の段階で支配されても不思議ではない。しかも、ここは単なる有人星系ではない。軍事拠点なのである。

「さあ、どうでしょうか」市長は口を濁した。

「現在、わが軍と交戦中の貴軍も乗っ取られた、とお考えですか？」ジントは質問をぶつけてみた。「ですから、連合体へは抗議しないのではありませんか？」

「さて。しかし、艦隊が中央の制御を離れたのは確実です。そうでなければ、われらの子弟をみすみすあんな遠くで死なせるはずないではありませんか」

彼女のいう『中央』とは〈人民主権星系連合体〉の中央政府を指すのだろう。そして、軍があえてバハメリから出撃したのを非難しているのだ。

連邦との関係はどうあれ、現在の連合体の有り様を市長は明らかに好ましく思っていなかった。彼女は帝国を連邦からの解放軍と見なしているのかもしれない、とさえ思った。

「ともかく、現在、責任のある返答はいたしかねますし、司令長官《グラハレル》とお話ししていただくわけにもまいりません。それでは、失礼します」

ジントは今度こそ通信を切り、目の前の画面を眺めた。通話要請一覧が表示されている。やはり星系政府からのものはない。地方政府からのものばかりだ。実は、地方政府以外にも団体や個人が通話を求めてきているのだが、さすがにつきあいきれない。地方政府からの要請のみを漉《こ》して表示している。それでも、その件数にたじろぎそうになったが、いちばん上に表示されているイナンナ州との通話を選択した。

相手は年配の男性で、イナンナ州知事だと名乗った。

「お忙しいのはわかっていますが、一言、申し上げたくて」知事はいった。

「なんでしょう？」ジントは警戒しつつ尋ねた。

「皆さんのおかげで、空がとっても美しいのです。ほんとうに今夜の夜空は、凄絶に美しい。実に感動的な夜です」

「そうですか」ジントは気分を害した。「その美には貴軍や我が軍の将兵の死が伴っていることに留意していただければさいわいです」

「わざわざ宇宙に行ってまで戦争をするのですから、あなたたちにとって死は忌むべきものではないでしょう？　むしろ栄誉なのではありませんか。わたしたちには理解しがたいことですが」

それは偏見だ、とジントは思った。しかし、知事の認識をただす意義が見いだせなかった。

「夜空の感想でしたら、承りました。ご用件はそれだけでしょうか？」

「いえ、これから本題です。絢爛豪華な夜空はじゅうぶんに堪能いたしました。もうけっこうです。そろそろ手仕舞いにしていただきたいのです」

「つまり、停戦を要求なさっているのですか？」

「ええ」

「それでしたら、貴軍に仰るべきでしょう。戦況はわが軍の優位に推移しております。貴軍が降伏すれば、戦闘をつづける理由がありません」

じつのところ、参謀《カーサリア》ではなく、空識覚《フロクラジュ》もないジントには戦況が今ひとつわかっていなかった。ただ、艦橋《ガホール》で交わされる会話や雰囲気から、味方が優勢だと判断していた。

「わが軍など存在しません。少なくとも、この星系には」

イナンナ州知事もポル市長と見解を同じくするようだ。

「つまり、戦闘は、われわれ帝国星界軍《ルエ・ラブール》と〈ハニア連邦〉軍との間で行われている、とのご認識ですか？」

「いえ。〈四カ国連合〉軍ですよ」

「当方の理解では、貴国も連合の一員ですが」

「まあ、少なくとも、貴軍の相手が〈人民主権星系連合体〉の艦隊でないことだけは確かですな」

知事は言葉を濁したが、ジントはいまさら驚かなかった。

「念のため確認しますが、知事は星系政府と連絡を取っておられますか？」

「もちろん、必要に応じて連絡しております」

ジントはほっとした。

「星系政府は存在するのですね」

「日常的な業務はこなしてくれますな」

「ずいぶん含みのあるお答えに思えますね」ジントは正直にいった。

「そうですな」知事は肩をすくめた。「貴軍はすでに情報を把握なさっているのでは？」

「なんのことでしょうか？」

「星系政府がもともと無防備星系宣言をするつもりだったことです」

「はあ」ジントは目をしばたたかせた。「貴国の法体系に詳しくないせいか、奇妙に聞こえます。そんなことが可能なのですか？」

「主権の発動です。連合体では星系政府が国家主権を持ちますからな」

「なるほど」

星系政府が反逆的であったから粛清されたということか。

その真偽について個人的には大いに興味があったが、ジントの職分を超える。

ただ、星系政府と交渉するには、思わぬ障害が生じるかもしれない。

ジントはうんざりした。

「降伏信号ですっ。敵艦が一斉に降伏信号を発信しています」

そのとき、通信参謀《カーサリア・ドロショト》が報じた。

星系政府はともかく、敵艦隊は降伏したのだ。

「全艦、戦闘停止」ラフィールが誇らしげに命じるのを、ジントは聞いた。「敵艦には加速停止を命じよ。正当な理由なく、加速を継続する敵艦には攻撃を許可する」

ジントは微笑んで、画面の向こうの相手に教えた。「知事、朗報ですよ」

しかし、艦橋《ガホール》では悲報が飛んだ。

「反物質《ヨーズ》燃料製造工場が自爆を始めています。艦艇の造修施設らしきものも……」

「ただちに破壊行動を中止するよう、敵艦隊に伝えよ」半ば諦めた口調でラフィールは命じた。

たぶん、無駄だろう。誰が自爆命令を下したかは知らないが、事後に責任を追及されるのは覚悟のうえのはずだ。いまさら中止するとは思えないし、艦橋《ガホール》にいる全員がそう考えている。

ジントは暗澹たる気分になった。帝国と星界軍《ラブール》は往年に比べれば不自由しているとはいえ、敵の資産を当てにするほど落ちぶれていない。しかし、利用できればたすかるのはたしかだ。全盛期の星界軍《ラブール》でも、無傷で手に入れたいと考えるだろう。遠征期間の短縮が見込めるからだ。

遠征が早く終結したところで、ジントに帰る家などない。戦争が始まってこのかた、ハイド伯爵館《ガリーシュ・ドリュール・ハイダル》は戦闘艦の居住区を転々としているのだ。ラフィールの幕僚《スペルーシュ》を解任されない限り、引き続き〈クリュブノーシュ〉で暮らすことになるだろうが、それでも、戦場にいるのと後方にいるのとでは気分が違う。なにより、彼は貴族《スィーフ》らしからぬ貧乏性なので、有用な施設が破壊されるのは耐えがたいのだ。

「朗報とはなんですかな？」知事が無邪気な様子で尋ねた。

12　第二方面艦隊《ビュール・ケル・マータ》

赤啄木鳥作戦《クファゼート・サヒアル》から二年の歳月が流れた。

副帝《ロイスピュネージュ》ドゥビュースの方針に従って、第二方面《ケ・マータ》はセスカル門《ソード・セスカル》を中心としたごく狭い領域にまで縮小していた。支配下にある星系はセスカル子爵領《ベールスコル・セスカル》のみである。

周辺はすべて〈ハニア連邦《アイス》〉の勢力圏となる。

ただ連邦は、周辺の邦国、所領《スコール》を占拠したものの、セスカル子爵領への攻撃は控えていた。

領域が縮小された代わりに防衛力は飛躍的に伸びたから、〈四カ国連合《ブルーヴォス・ゴス・スュン》〉も慎重になっているのだ――と思われていた。

だが、ドゥヒールは別の理由があるのを知っていた。

彼の肩書きは哨戒艦隊司令長官《グラハレル・ビューラル・ビバウレル》兼副帝特使《ベスリュージュ・ロイスピュネグ》になっていた。邦国《アイス》の全てを一時放棄したというのに、『副帝特使《ベスリュージュ・ロイスピュネグ》』という役職は呪いのように貼りついているのだ。

哨戒艦隊旗艦《グラーガ・ビューラル・ビバウレル》は巡察艦《レスィー》〈ホウカウ〉である。ドゥヒールを乗せた〈ホウカウ〉は、ブラス七七二門《ソード・ダンダンマータ・ブラス》に向かっていた。随伴するのは巡察艦《レスィー》二隻のみだった。

帝国第二方面《ケ・マータ・フリューバラル》は平面宇宙《ファーズ》において、セスカル門《ソード・セスカル》付近の〈門《ソード》〉は実効支配している。そのうちななつの〈門《ソード》〉には前哨基地を置いていた。これら前哨拠点を維持するのも、哨戒艦隊《ビュール・ビバウレル》の重要な任務である。

今回のドゥヒールの目的地にはその前哨拠点すらなかった。ブラス七七二門《ソード・ダンダンマータ・ブラス》は帝国が実効支配しているというより、どの勢力にも属していないというのが実情だった。それも当然で、ブラス七七二門《ソード・ダンダンマータ・ブラス》にはほとんど利用価値がない。

だが、ごく短時間、帝国、連邦双方に利用価値が発生した。

「ブラス七七二門《ソード・ダンダンマータ・ブラス》、通過しました」〈ホウカウ〉の司令座艦橋《ガホール・グラール》で航法参謀《カーサリア・リルビコト》が報告した。

ブラス七七二門《ソード・ダンダンマータ・ブラス》から最も近い恒星は一四・七光年先の白色矮星である。〈門《ソード》〉の燐光を除けば、常闇といっていい。その常闇に光点があった。

「確認しました。〈ミンミンディア〉です」探査参謀《カーサリア・ラグロト》が告げる。

ドゥヒールは頷いて、隣に立っている女性に話しかけた。

「無事、お迎えがいらっしゃったようですね」

「はい。帝国《フリューバル》の誠実な応対とおもてなしには感謝の一念しかございませんが、やはり家族の顔が懐かしくなってまいりましたので、ようございました」

彼女はユー・ジーナといい、〈ハニア連邦〉の秘密軍使だった。帝国は連邦と交戦中であり、外交官の交換は行われていない。だが、軍使は受け入れていた。ただし極秘のうちに。帝国と連邦、そのごく一部の人間にのみ共有された秘密だった。連邦の同盟国にも秘密だという。いや、連邦が帝国と密かに誼《ぎ》を通じているのは、彼らの同盟国にこそ隠しておかねばならない事実だった。

最初に第二方面艦隊《ビュール・ケル・マータ》が軍使を受け入れたのは、ウルーブ侯国攻防戦《レーバヒューニュ・ウルーバル》のさなかだったという。赤啄木鳥作戦《クファゼート・サヒアル》が発起されるより前だ。

当時はドゥヒールも知らなかった。彼が軍使の存在を告げられたのは、赤啄木鳥作戦《クファゼート・サヒアル》が終了して一月ばかり経ってからである。

それ以来、交替しながらも、〈ハニア連邦〉の秘密軍使は常に第二方面《ケ・マータ》中枢にいた。

ユー軍使は四代目である。もっともドゥヒールは、彼すら知らない軍使が何人かいるのではないか、と疑っている。

軍使は本国と連絡を取ることができない。派遣されたときに与えられた任務を果たすのみである。そしてこれまでのところ、その任務は次の軍使との交替手順を伝えるのが主なものだった。

そう、帝国が密かに連邦中枢と連絡を取っている事実が露見しないのは、成果が乏しいからでもある。

〈ミンミンディア〉にはユーに替わる、新しい軍使が乗っているはずだ。ちなみに〈ミンミンディア〉というのは暗号名である。正式名称はわからない。巡察艦《レスィー》〈ホウカウ〉も相手方にとっては〈グーハル〉である。

お互いに相手の真の名を知らない二隻は近づき、接舷した。

ドゥヒールは搭乗口に幕僚《スペルーシュ》を連れて移動した。むろん、退任するユー軍使も一緒である。

搭乗口が開き、新任の軍使が姿を見せた。男性だ。手に小さな白旗を携え、〈ハニア連邦〉軍の軍服を着ている。しかし、どこか着慣れていない印象があった。

彼はドゥヒールの前で敬礼した。

「〈ハニア連邦〉軍を代表して、アム・リークン大佐です」

「〈アーヴによる人類帝国〉《フリューバル・グレール・ゴル・バーリ》を代表して歓迎いたします。副帝特使《ベスリュージュ・ロイスピュネグ》アブリアル・ネイ＝ドゥブレスク・ウエムダイス子爵《ベール・ウェムダイサル》・ドゥヒールです」

「おお」アムは目を見開いた。「ドゥヒール殿下《フィア・ドゥヒル》といえば皇太子殿下《フィア・キルーゲール》であられませんか。誠に光栄の至り」

ひょっとしてこれは連邦流の諧謔《かいぎゃく》なのだろうか——ドゥヒールは疑ったが、ここはまじめに受け止め、訂正することにした。

「たしかに副帝《ロイスピュネージュ》ドゥビュースは小官の父ですが、皇帝《スピュネージュ》ではありません。また小官が後継者と指定された事実もありません。従いまして、ただいまの軍使のご発言は誤謬といわざるを得ません。小官にとって栄誉ある誤解ではありますが」

「それは失礼しました」アムは微笑んだ。

その笑顔を見て、やはり冗談だったのだ、とドゥヒールは確信し、心のなかで溜め息をついた。

ユー軍使が進み出て、アムと短い挨拶を交わし、なにかを交換する。

記憶片《ジェーシュ》の類だろうが、ドゥヒールは見なかったことにした。外交的配慮というやつだ。

やがて話は終わったようだ。

「それでは、殿下《フィア》」ユーはドゥヒールに敬礼した。「帝国の温かいもてなしに感謝いたします。あいにくわたしの立場では、貴国のとこしえの繁栄を願うわけには参りませんが、せめて皆さまの健康を祈らせていただきます」

「ありがとうございます」ドゥヒールは答礼した。「小官も、ユー軍使が愛する人々とともに悠々自適の隠退生活に一刻も早く入られることを祈念いたします」

「もしも連邦が年金を払えなかった場合、帝国がわたしと家族の面倒を見てくださるのでしょうか」ユーはくすりと笑って、敬礼を解いた。「それでは、皆さま、お名残惜しいですが」

ユーは自走鞄《ダグボーシュ》だけを伴って、搭乗口に消えた。

それを見送って、ドゥヒールはアムに声をかけた。

「どうぞこちらへ。アム軍使の歓迎の宴を準備しております。ささやかであることはお許しください」

「いえいえ、前任の軍使からはささやかなどとはとんでもない、と伺っております。楽しみにしておりました」アムはにこやかに受け答えた。「しかし、宴の最中にも帰還の道を急がれるのでしょうな」

ドゥヒールはむっとした。航路を敵国人に指示される謂われはない。しかし、それを顔に表さない程度には、彼も大人だった。

「軍使を安全に副帝《ロイスピュネージュ》の元へお連れしますので、ご安心ください」と意図的にずれた答えを返した。

「ご配慮痛み入りますが、最大限、急がれたほうがよろしいでしょう」

「ほう？ なにかあったのですか？」

アムは笑顔のままドゥヒールの耳元にささやいた。「姉君の艦隊《ビュール》が〈人民主権星系連合体〉に侵攻を開始なさいました。なるべく早く副帝殿下《フィア・ロイスピュネグ》に拝謁し、貴国の軍使とともに帰任したいと存じております」

13 バハメリ星系《キーヨース・バハメリル》

ドゥヒールの姉君ことラフィールはノヴ・キンシャス攻略の準備に忙殺されている。

霹靂艦隊《ビュール・ロドルショト》はバハメリを根拠地に活動し、旗艦《グラーガ》〈クリュブノーシュ〉はバハメリ星系《キーヨース・バハメリル》惑星クドゥーロを周回していた。

「すでにご報告したことも含まれますが、過去二四時間の戦況をまとめてお知らせします」ソバーシュ参謀長《ワス・カーサレール》がいった。

毎朝、ラフィールは彼から状況の報告を受ける。

ラフィールとソバーシュの立つ床に平面宇宙図《ヤ・ファド》が表示された。

ラフィールから見て左にバハメリ門《ソード・バハメリル》、右にノヴ・キンシャス門《ソード・ノヴ・キンシャス》がある。

平面宇宙図《ヤ・ファド》は青と赤に塗り分けられていた。青が味方の、赤が敵の確保している領域である。バハメリ門《ソード・バハメリル》のすぐ左から色は連続的に変化する。青が赤みを帯びて紫になり、紫がさらに赤みを増していくのだ。バハメリ門《ソード・バハメリル》とノヴ・キンシャス門《ソード・ノヴ・キンシャス》との間に横たわる領域は、赤の部分が圧倒的に広かった。

赤い領域には二本の角がある。第二艦隊《ビュール・マータ》と第四艦隊《ビュール・ゴーナ》が形作った突出部だ。

「第四艦隊《ビュール・ゴーナ》がブニア星系を制圧しました。これにより、第四艦隊《ビュール・ゴーナ》は暫定攻撃停止点に達しました」

「うん」ラフィールは頷いた。

第四艦隊《ビュール・ゴーナ》にはまだ余力があるが、単独で侵攻させても、危険が増すばかりで意味がない。

「第二艦隊《ビュール・マータ》はアンズィク門《ソード・アンズィカル》を抜き、ルサカ門《ソード・ルサカル》へ向かっています。予定では攻略に取りかかっているはずです」

広大な領域での通信にはどうしても遅れが出る。

「第一艦隊《ビュール・カースナ》は当初の予定通り偵察行動をこなしております」

紫の領域に白い輝点がいくつも現われた。第一艦隊《ビュール・カースナ》所属巡察艦《レスィー》の推定現在位置だ。そのうちいくつかはノヴ・キンシャス門《ソード・ノヴ・キンシャス》近傍に達していた。

「われらはまだ動けないか」

ラフィールは苦々しい思いで、平面宇宙図《ヤ・ファド》上のバハメリ門《ソード・バハメリル》を見つめた。

主力である第三艦隊《ビュール・ビーナ》はいまだバハメリに盤踞《ばんきょ》しているのだった。本格的な攻勢をかけるには、戦力に不安がある。とくに機動時空爆雷《サテュス・ゴール・ホーカ》が足りなかった。

「機雷《ホクサス》の充足率は百分の七八ほどです」ソバーシュは告げた。

「予定より遅れているな」ラフィールは確認した。

「面目次第もありません」

「そなたを責めているわけではない」

もっぱら上層部の読みが甘かったせいだ、とラフィールは判断していた。とくに〈ハニア連邦〉の戦意を過小評価したことが作戦に大きな齟齬をもたらしている。

もっとも、それを口にしたりはしない。いうべき相手は機動帝宮《ルエベイ・ホーカ》にあり、〈クリュブノーシュ〉の司令座艦橋《ガホール・グラール》であげつらっても意味がない。

いや、もうひとつあるな——ラフィールは思った——父が思いのほか不甲斐なかったことだ。スキール艦隊《ビュール・スキル》が勢力圏を維持してくれれば、戦況はかなり違っていただろう。

しかし、なおさらそれをここで言い立てても始まらない。いつの日か、父に直接、文句をぶつけられる日が来ればよいのだが、とラフィールは思った。

「幸い、第一一艦隊《ビュール・ロキュトナ》の運行状況は順調です。予定通り三七時間後に到着する見込みです」

霹靂第一一艦隊《ビュール・ロキュトナ・ロドルショト》は補給のために編成された艦隊《ビュール》だった。兵站輸送は第五艦隊《ビュール・ジュータ》の担当だが、今回は大規模なので、特別に艦隊が編成されたのである。若干の新造戦闘艦を含むが、大半は輸送船《イサーズ》で構成されている。バハメリに到着後、解体される予定だった。第一一艦隊《ビュール・ロキュトナ》はもちろん機雷《ホクサス》も持ってくるはずだ。

「第一一艦隊《ビュール・ロキュトナ》到着後の機雷《ホクサス》充足率は？」

「百分の九五前後です」

「万全とはいいがたいな」

「はい」ソバーシュは頷いた。「ではございますが、その充足率をもってノヴ・キンシャス攻略戦にかかるべきです。理由を申し上げてよろしいでしょうか」

ソバーシュの進言は意外ではなかった。しかし、聞いておくべきだった。

「いうがよい」

「ありがとうございます」床の平面宇宙図《ヤ・ファド》で、ウェスコー門《ソード・ウェスコール》の周辺が拡大された。敵味方の勢力圏境界付近三カ所で輝点が点滅した。「ご覧の通り、ウェスコー門《ソード・ウェスコール》方面の敵が活発です。未報告の戦闘が三回、生起しております。詳報はあとでご覧くだされば」

「その必要があるか？」ラフィールはいった。

「いえ」ソバーシュは苦笑した。「確かに個々の戦闘はさして重要ではありません。現状、第五艦隊《ビュール・ジュータ》があしらっております。しかし、これらの一連の戦闘は強行偵察である可能性が高いのです。第一艦隊《ビュール・カースナ》が連合体に仕掛けているような」

「ウェスコー門《ソード・ウェスコール》方面から逆攻勢を受ける可能性が高まっている、と？」

「はい。われわれはそう判断しました」この場合の『われわれ』とは参謀《カーサリア》たちのことである。「実は第一一艦隊《ビュール・ロキュトナ》を第五艦隊《ビュール・ジュータ》と合流させるべきではないか、という意見も出たのです」

「それはあまりに守備的に過ぎるぞ」ラフィールは指摘した。

「そう考えたので、わたしのところで止めておいたのです」ソバーシュは微笑した。

「提案者はまだ若い。アブリアルの怒りを買っては、耐えきれるか危ういと存じまして」

「わたしはそこまで偏狭ではない」ラフィールはむっとした。

「ほんとうのところは、わたしも消極的すぎる、と判断したゆえ、却下いたしました。守りを固めるよりは前に出るべきです」

「そうだな」ラフィールは我が意を得た思いだった。やはりソバーシュは素晴らしい参謀長《ワス・カーサレール》だ。「そなたの考えを採用する。第一一艦隊《ビュール・ロキュトナ》到着と同時に攻勢をかけたい。敵の状況に著しい変化はないな？」

「はい。では、ノヴ・キンシャス方面ですが、こちらも増援が到着し、勢力を拡大しているようです。約一八時間前に新たな集団を発見しました。しかし、その総質量は約三ゼサボーに過ぎません」

戦列艦《アレーク》または大型輸送船十隻分といったところである。戦闘艦であれ、補給物資であれ、状況にほとんど影響をもたらさないだろう。ただこの程度の増強でも間断なく続けられると馬鹿にならない。

「連邦からか統合体からか、それだけでもわかるとありがたいんだが……」

「残念ながら、強行偵察をさせるには深すぎます」

新しく発見された敵集団はノヴ・キンシャス門《ソード・ノヴ・キンシャス》のさらに後方にある。第一艦隊《ビュール・カースナ》の長い手も届かない。

ラフィールを苛立たせているのが、連合体への増援がどこからのものかよくわからないという点だった。方角からすれば、〈ハニア連邦〉からである。だが、他の同盟国が救援するにしても、ラクファカールからクリューヴ門《ソード・クリュブ》を抜けて連邦勢力圏を通るのが最短航路となるはずだ。

むろん、正面にいるのがどこの艦隊であろうと、ぶちのめせばいいだけだ。しかし、ラクファカールから戦力が抽出されているかどうかを知りたかった。

「それでは、スポトネブリューヴ鎮守府《シュテューム・スポトネブリュブ》に第五艦隊司令部《グラーガーフ・ビューラル・ジュータ》が移って以来のウェスコー門《ソード・ウェスコール》付近で生起した戦闘を表示してほしい」

ソバーシュは顔に訝しげな色をよぎらせたが、「了解しました」

床面映像がふたたびウェスコー門《ソード・ウェスコール》付近の平面宇宙図《ヤ・ファド》に戻る。さきほどより輝点が増えた。

これらの戦闘相手は八割以上が統合体の平和維持軍だ。

ラフィールはじっと見つめた。これまでひとりで思い悩んでいたことを形にしてみようか、と決意した。

「グノムボシュとレクシュをいまの任務から外せるか？」ラフィールは尋ねた。

「調整は可能ですが、なにをさせるおつもりです？」

「作戦研究だ。ウェスコー門《ソード・ウェスコール》からラクファカールの敵艦隊を誘引して撃滅することが可能かどうか検討させる」

ソバーシュは面白がっているような顔をした。「誘引撃滅し、一気にラクファカールを奪還するわけですか？」

「ふたりに研究させるのは、撃滅までだ。あくまでわれらの補給路を安全にするのが目的だ」

「長官《グラハレル》」ソバーシュは哀しげに首を横に振った。「せっかく無防備の帝都《アローシュ》があるのに、戦勝の祝宴を張って終わりにすると仰るのですか？」

「許すがよい」ラフィールは欺こうとしたことは謝った。「しかし、研究はさせたい」

「いくら研究だけとはいえ、ラクファカール奪還はふたりの手には余るでしょう」

「そうか？」

「たとえ可能だとしても、参謀長《ワス・カーサレール》としては、お止めするのが正しい行動でしょうね」

「勅命に背するからか？」

撤退の自由は与えられたが、勝手に攻撃目標を変えることまでは許されていない。

「それはわたしの口からいうべきでございませんでしょう。わたしは長官《グラハレル》のお目付役ではありません。勅命に沿っているかを判断する立場にございません」

「では、なぜ？」

「時機を逸しております。いま、ここで艦隊を反転するのは危険が大きすぎます。そのような危険度の高い作戦の研究をさせるよりは、目の前の任務をこなさせたいと存じます」

「第一一艦隊《ビュール・ロキュトナ》が到着するまでだ」ラフィールは期限を切った。「それでも叶わぬか」

「いえ。ご命令とあらば拒むことは許されません。ふたりは重病で枕から頭も上げられないもの、と考えましょう」

「そこまで無意味だと思うのか」

「ええ」ソバーシュはきっぱり断言した。「ご命令はいかがなさいますか？」

ラフィールは、それなりに経験を積み、成長してきたと自分を評価している。しかし、心の奥底には未だ意地っ張りで負けず嫌いの少女が住んでいることも感じていた。困ったことに、彼女のことが大好きで、その要求にはたいてい屈してしまうのだ。

「グノムボシュとレクシュを現行任務よりはずし、作戦研究をさせよ。ただし、第一《ビュール・ロ》艦隊《キュトナ》到着後には現行任務に復帰させること」ラフィールは命じた。

　ソバーシュは片眉を上げたが、すぐ敬礼した。「了解しました」


　定時報告を終え、ラフィールは執務室に入った。

　また退屈な報告を裁かなければならない。

　だが、この日は様子が違った。

　椅子に坐ると、正面にジントの立体映像が現われた。

「おはようございます、長官《グラハレル》」ジントはいった。「ご決裁を仰ぎたいことは山ほど溜まっているのですが、上皇猊下《ニソス・ファニーガル》から会見のご要望が来ております」

「ラムローニュ猊下《ニソス・ラムロン》が？」ラフィールは驚いた。

「時間については調整してご返答いたします、と申しあげておきました。昼食前にお時間をとるのが最適かと存じます。内容によっては、ご昼食を猊下《ニソス》とご一緒なされてはいかがでしょうか。ご承認いただければ、そのようにご返答申しあげます」

　ラフィールは考えた。

　ラムローニュの用件はだいたい察しがつく。しかし、これほど行動が早いとは思わなかった。それに、わざわざ顔を合わせるほどのことでもない。

「通話ではいけないのか？」

「通話が長官《グラハレル》のご希望ですか？」

「それで済むことならば。通話でかまわぬなら、いますぐ始めてもよい。もしどうしても顔を合わせたいとの仰せなら、そなたの提案どおりに取り計らうがよい」

「了解しました。しばしお待ちを」ジントは素早く部下の顔から友人のそれへ切り替え、小声で付け加えた。「嫌なことはさっさと済ます、ってことだね、ラフィール」

「別にそなたの上げてくる仕事が楽しいわけじゃないぞ」ラフィールがそういったときには、もう彼の映像は消えていた。

一分ほどで、映像は戻った。ジントはすっかり副官《ルーキア》然としていた。「ただいま猊下《ニソス》へ連絡を取りました。お出になられます」

ラフィールは居住まいを正した。

ラムローニュの映像が出た。

「おはようございます、猊下《ニソス》」ラフィールは恭しく頭を垂れた。

「おはよう、殿下《フィア》」司令部附上皇《ファニーガ・グラーガム》は、ラフィールの称号《トライガ》を発音する際、侮蔑を響かせた。

やはりご不興を買ったか――ラフィールは悟った。

ラムローニュは艦隊の情報を自由に閲覧することができる。ふたりの若手参謀を作戦研究に従事させたことも、研究の内容も知っている。

　そして、年若い司令長官《グラハレル》を止めねばならぬ、と考えたわけだ。

「わたしは指揮権を剝奪されるのですか？」ラフィールは挑むような気持ちで尋ねた。

「気の短いこと」ラムローニュは呆れたようだった。「ネイ＝ドゥブレスクにはときおりそなたのような気短者が現われるわ。ともかく、わたしの用件がわかっているようね」

「はい」

「そなたの気の短さに敬意を表し、手早く済ませるわ。いうまでもなきことながら、わたしが区々《くく》たる人事に口を出すことはない。そなたの思うようにするがよい」

「ありがとうございます」

「なれど、われらの長はいまのところドゥサーニュ陛下《エルミトン》。あの者に従わねばならないのよ」

「わかっております。しかし、猊下《ニソス》」ラフィールはいわずにはおられなかった。「われらの任務はスキール王国《フェーク・スキル》との連絡路を啓開することです。ところが、いまや前提条件が失われております。すなわち、スキール王国《フェーク・スキル》は〈人民主権星系連合体〉と境界を接しているということが前提だったはず。しかしながら、猊下《ニソス》もご存じの通り、スキール王国《フェーク・スキル》は〈ハニア連邦〉に囲繞《いじょう》されており……」

わかった、とでもいいたげに、ラムローニュは片手を挙げた。

「わたしの理解とは違う。そなたの、いや、われらの任務はあくまでノヴ・キンシャス攻略よ」

「しかし、それはあくまでスキール王国《フェーク・スキル》との連絡を確保するためだったはず」

「そなたは正しい。ノヴ・キンシャスを攻略すれば、連合体は崩壊し、自ずとスキール王国《フェーク・スキル》との道が開ける。これが陛下《エルミトン》の考えだった。そなたの指摘どおり、前提条件は崩れた」

「ではなぜ？　もしかして、猊下《ニソス》はダセーフ提督《フローデ》の仮説をあてになさっておられるのか」

「ダセーフの？　ああ、ノヴ・キンシャスをとれば連合体はおろか、連邦まで降伏するとの説か。別にあてにはしていないわ。ノヴ・キンシャス攻略の後、なにが起ころうと、あるいは起こるまいと、そなたの責任ではない、というだけのこと」

「わたしはただ与えられた任務を忠実に果たせばよいのだ。猊下《ニソス》はそうお考えか？」ラフィールはつい声を荒らげた。

自分を過小評価された、と思った。

「その通り」ラムローニュは冷然と肯定した。「この戦争や帝国《フリューバル》の行く末を考えるのはよい。ただしそれには私的な時間のみを費やすべきだ。ましてや、部下を巻きこむのは避けねばならぬ」

「任務とすべきではないと？」

「そなたにはまだその資格がない」ラムローニュは言い切った。「歴史の指し手にでもなったつもりか、殿下《フィア》？」

最大級の嘲りとともに自分の称号《トライガ》が発音されるのを聞き、ラフィールの憤りはますます高まった。理性が感情に押し流されそうだ。

とても言葉を発するどころではない。

しかし、年古りたアブリアルは動じず、ラフィールの目をまっすぐ見ていた。

ラフィールもしだいに落ち着きを取り戻す。

「わたしは歴史の駒に過ぎない、ということですか？」

「多くの人間には、駒になることすら叶わないわ。誇っていいわよ、殿下《フィア》」

「恐れながら、猊下《ニツス》。なにを誇るかはわたしが決めます」

「ごもっとも。謝罪を、殿下《フィア》」このときの〝殿下《フィア》〟は面白がっているようだった。「ともあれ、艦隊の切っ先を変える権能はそなたにない。いまのそなたには」

「もちろん承知しております。勝手に変えたりはいたしませぬ。まず意見を上奏し、勅許をえてから、と考えております」

「ならばよい。勅命が変われば、わたしとしてもそれに従うのみ」

ラフィールは終わりにするつもりはなかった。「猊下《ニソス》は、わたしの考えを誤りとお思いか」

「殿下《フィア》」ラムローニュは妙に優しい笑みを浮かべた。「わたしは軍士《ボスナル》としてはあまり優秀ではなかった」

「いえ、そのようなことは」

「アブリアルなら、他人の機嫌をとるなどという、つまらぬ理由で嘘を吐くでない」ラムローニュは哀しげにいった。

「はい」

「優秀な軍士《ボスナル》でなかった証拠に、わたしはけっきょく提督《フローデ》にしかなれなかったし、ひどい誤りを犯して百翔長《ボモワス》に降格されたわ。いまのそなたを見ていると、あのときの自分をふと思い出す。帝国《フリューバル》にとって安心すべきことに、そなたはわたしより軍士《ボスナル》としては優秀だ。だから、評価するつもりはない」

「猊下《ニソス》のお考えは了解しました」

「まさかとは思うが、賛成意見がほしかったの？」

「そうかもしれません」ラフィールは認めた。

「迷っているようね。だけどわたしは、賛成もしないし、反対もしない。わたしの権能は限られている。そなたに助言することはそれに含まれない。そなたが勅命から外れようとしたとき警告し、なお改まらないようであれば逮捕し、代わりの指揮官を任命する。わたしはただそれをなすためだけにここにいる」

「わかっております。これは警告なのですね」

「その通り。ところで、殿下《フィア》には、例のふたりへの新しい任務を撤回するつもりはおありか？」

「いいえ」ラフィールはきっぱり否定した。

「そう。それでは、任務に精励されるがよい、殿下《フィア》」

ラムローニュの映像は消えた。その間際の〝殿下《フィア》〟という言葉には、不思議と満足げな響きがあった。

14　ノヴ・キンシャス

霹靂作戦《クファゼート・ロドルショト》の最終局面、ノヴ・キンシャス攻略戦が始まった。

敵艦隊はふたつの集団に別れており、ノヴ・キンシャス門《ソード・ノヴ・キンシャス》を挟む形で布陣している。霹靂艦隊司令部《グラーガーフ・ビューラル・ロドルショト》はごく簡便に『右集団』と『左集団』と呼んでいた。むろん、ノヴ・キンシャス門それ自体にも戦力が配置されているはずだ。いろんな状況に対応できる、極めて正統派の陣形だ。

それに対して霹靂艦隊《ビュール・ロドルショト》も正統派の陣形を組もうとしていた。

進撃する第三艦隊《ビュール・ビーナ》の前方に第一艦隊《ビュール・カースナ》の艦艇が集結しつつある。第二艦隊《ビュール・マータ》と第四艦隊《ビュール・ゴーナ》も左右の翼を担うべく接近していた。

平面宇宙《ファーズ》に戦いの気配が漂っていた。

「右集団は〈ハニア連邦〉の、左集団は〈人民主権星系連合体〉の艦艇を中心としています」ソバーシュ参謀長《ワス・カーサレール》が報告した。「両者の戦力はほぼ同じと推定されます」

「彼我の戦力比には修正がないか？」ラフィールは確認した。

「はい。ご報告申しあげたとおり、敵戦力はわが方の八割程度か、と」

「そうか」ラフィールは苦い思いで頷いた。

「星界軍《ラブール》の伝統に悖《もと》る戦力比ですね」ソバーシュの口調は冗談めかしていたが、内容は真実だった。

守勢の際はしょうがないが、ひとたび攻勢に出るや圧倒的な戦力で相手を叩きのめす。それが星界軍《ラブール》の伝統だった。

あいにく、いまの帝国《フリューバル》にとって多くの伝統が贅沢となった。損失を抑えるという意味では、伝統に則《のっと》ったほうが節約になるのだが。

今回もそうだ。かろうじて優勢は保っているが、圧倒的などと評価するのは恥ずかしい。

「まあ、よい。帝国《フリューバル》と将兵のために最善を尽くそう」霹靂作戦《クファゼート・ロドルショト》が始まったときから、不自由は覚悟の上だ。

「殿下《フィア》の仰りたいことはわかります。主目的を敵艦隊の殲滅まで含めるか否かを考えておられるのでしょう」

「そうだ」

ノヴ・キンシャスを攻略するには、まっすぐノヴ・キンシャス門《ソード・ノヴ・キンシャス》を目指すのが合理的だ。むろん、左右の敵集団は霹靂艦隊《ビュール・ロドルショト》を横撃、あるいは包囲しようとするだろうが、第二、第四艦隊に対応させればいい。勝つ自信がラフィールにはあった。

ただダセーフ提督《フローデ》の説が心に引っかかっている。

連合体を降伏させれば、連邦もついでに降伏する、という主張だ。都合がよすぎて信じがたいが、連邦の艦隊を殲滅すれば、現実味が増す。

だが、いまの戦力比では勝利は確実ではない。逆襲されて撤退に追いこまれる恐れすらある。

「しかし、殿下《フィア》はもうお決めでは？」ソバーシュは探るような目をする。

「うん」ラフィールは頷いた。

霹靂艦《ビュール・ロドルショト》隊はさらにノヴ・キンシャス門《ソード・ノヴ・キンシャス》へ接近し、戦機はさらに熟した。

「ノヴ・キンシャス門《ソード・ノヴ・キンシャス》より時空泡《フラサス》多数！　敵艦隊と思われます」探査参謀《カーサリア・ラグロト》が報告する。

「新手の戦力は予測の範囲内です」ソバーシュがいった。「新手を前方集団と呼称します」

ラフィールは頷いた。「進路、速度、そのまま」

霹靂艦《ビュール・ロドルショト》隊はひとつの塊となって、まっすぐノヴ・キンシャス門《ソード・ノヴ・キンシャス》を目指している。

左右の敵集団は包囲を企図し、しなだれかかってきた。

「意外と連携が取れていますね」ソバーシュが感想を口にした。

左右の敵集団はそれぞれ霹靂艦《ビュール・ロドルショト》隊との距離を等しくなるように保っている。偶然であるはずがない。

「機雷戦《ホクサティオクス》、開始せよ」ラフィールは命じた。「目標は左右の敵集団」

前方集団はまだ遠い。

したがって霹靂艦《ビュール・ロドルショト》隊は左右へ機雷《ホクサス》の群れを放った。だが、濃度に差がある。圧倒的に右への、つまり〈ハニア連邦〉艦隊への機雷《ホクサス》が多い。

それだけではない。

霹靂艦《ビュール・ロドルショト》隊は方向転換した。それまでノヴ・キンシャス門《ソード・ノヴ・キンシャス》へ進撃していたのが、一斉に敵右集団へ舵を取る。

敵艦隊も機雷《ホクサス》を放った。

すさまじい機雷《ホクサス》の喰い合いが発生し、大量の時空粒子《スプーフラサス》で平面宇宙《ファーズ》が泡立つ。

敵左集団にはほぼ被害がなかったが、濃密な雷撃を食らった右集団はそうはいかない。

機雷《ホクサス》同士の潰し合いを生き延びた機雷《ホクサス》が次々に弾着し、右集団の隊列を引き裂いていく。

時空粒子《スプーフラサス》の波を掻き分けて、霹靂艦隊《ビュール・ロドルショト》は敵左集団へ迫る。

それを右集団が追いかける展開となった。

「いいであろ。アトスリュア大提督《フォフローデ》に『蹂躙せよ』と伝えよ」ラフィールは命じた。

アトスリュアの率いる第一艦隊《ビュール・カースナ》は、第三艦隊《ビュール・ビーナ》の隊列に紛れて配置されていた。

第一艦隊《ビュール・カースナ》所属の艦艇はするすると第三艦隊《ビュール・ビーナ》の隊列を抜け、第四艦隊《ビュール・ゴーナ》の隊列も過ぎて、最前列に飛び出した。

第一艦隊《ビュール・カースナ》所属の艦艇は全艦、全速移動形態《ノークタフ》で敵へ突撃していく。

ラフィールはまず〈ハニア連邦〉の艦隊を殲滅することにしたのだ。

〈人民主権星系連合体〉を屈服させるという観点に立てば、愚策である。ノヴ・キンシャス防衛に集められたのは、連合体にとってなけなしの戦力だ。これをまず殲滅すれば、連合体は降伏せざるをえない。あるいはノヴ・キンシャスをまっすぐ突けば、最も早く勝利を手に入れられるかもしれない。

だが、ダセーフが正しければ、連邦の艦隊を撃滅するのが正解ということになる。連邦の宇宙派は——その実在をラフィールは疑っていたが——力を失い、連邦に厭戦《えんせん》気分が横溢《おういつ》する。

ダセーフ説とは無関係に、連邦の艦隊を先に撃つべき理由もあった。連合体の艦隊だけが壊滅した場合、連合体に残された領土を連邦が占領することも考えられる。そうすればスキール艦隊《ビュール・スキル》と連絡をつけるという大目標は遠のいてしまう。艦隊司令長官《グラハレル・ビューラル》ともなると、うねうねと考え事をしないといけない。

かつてラフィールは敵についてもっと単純な見方をしていた。戦場で斃《たお》すべき相手であり、それ以上でもそれ以下でもない。その所属はたいして気にしていなかった。

だが、均質だと考えていた存在は、意外に複雑だと思い知らされた。皇帝《スピュネージュ》となれば、その複雑な側面について考えを巡らせなければならないだろう。アブリアルの義務でなければ、帝位《スケムソラジュ》を目指すのをやめてしまいたい。

ラフィールは生まれて初めて、帝国の制度的欠陥に思いを及ぼした。アブリアルの天職は軍士《ボスナル》であって、政治家をするには性格がよすぎるのだ。アブリアル的であることは、必ずしも皇帝《スピュネージュ》の務めを果たすのに、有利ではないかもしれない。いっそスポールなどのほうが皇帝《スピュネージュ》に向いているのではないか、とも思ったのだが、すぐさまおぞましい考えだと頭から振り払った。

しかし、面倒な考えはもう済ませた。

いまの状況は単純明快だ。

眼前の〈ハニア連邦〉の艦隊を叩き潰せばいいのだ。

ラフィールは平面宇宙図《ヤ・ファド》を睨みつけた。

第一艦隊《ビュール・カースナ》は敵右集団を切り裂きつつある。

「突撃せよ」ラフィールは高揚をうちに秘めつつ、静かに命じた。

第四艦隊《ビュール・ゴーナ》の戦列艦《アレーク》などが下がり、第三艦隊《ビュール・ビーナ》の巡察艦《レスィー》と襲撃艦《ソーパイ》が突撃艦《ゲール》を従えて最前線へ躍り出る。そして、第一艦隊《ビュール・カースナ》の穿った孔に殺到し、それを広げていく。

連合体は連邦を見捨てるのではないか、とも期待したが、さすがにそこまで愚かではなかった。

左集団は霹靂艦隊《ビュール・ロドルショト》の後背に喰らいつき、ノヴ・キンシャス門《ソード・ノヴ・キンシャス》から出現した前方集団は側面を突こうと前進する。

その両者を第二艦隊《ビュール・マータ》に任せた。

第二艦隊司令長官《グラハレル・ビューラル・マータ》ピアンゼーク提督《フローデ》はうまく敵を捌いていた。左集団の攻勢をしのぎつつ、前方集団の鼻先まで隊列を伸ばす。

第二艦隊《ビュール・マータ》はふたつの敵集団から激しく機雷《ホクサス》を撃ちかけられるが、あらかじめ護衛戦隊《ソーヴ・メスゲール》を多めに編入されており、被害を抑えた。

後方や側面に差し迫った脅威はない。

ラフィールは安心して、敵右集団を攻め立てた。

「敵右集団、後退を始めました」ソバーシュが報告した。

ラフィールは平面宇宙図《ヤ・ファド》を睨みつけた。

「逃げる……のか？」ラフィールは呟いた。

立て直すために後退しているのではなく、撤退をはじめたように見える。

「わたしにも戦場を離脱しているように思えます」とソバーシュ。「義務は果たした、というところでしょうか」

「早すぎぬか？」

「殿下《フィア》の期待よりは、ということですか？」ソバーシュは肩をすくめた。

「そうだけど、連合体も期待外れではないのか」

「彼らの同盟も脆弱のようですね。ダセーフ提督《フローデ》のご意見を聞きたいところですが……」

「そなた、意外と変な趣味の持ち主だな」ラフィールは、ダセーフの顔を思い浮かべるだけで辟易《へきえき》した。

「わたしは人間に興味があるのですよ。まあ、いまは仕事中ですから、趣味は忘れましょう」

「そうするがよい」

「では、ご指示をください。どうなさいますか」

「計算するがよい。右集団の殲滅にこだわれば、どうなるかを」ラフィールは命じた。

敵右集団、すなわち〈ハニア連邦〉の艦隊を追撃すれば、とうぜん、ノヴ・キンシャス門《ソード・ノヴ・キンシャス》から離れることになる。

戦力比からいって殲滅は可能だろうが、そのとき戦場の地図はどうなるか、それを知りたかった。

平面宇宙《ファーズ》にも地上における気象や地形にあたるものがある。時空粒子《スプーフラサス》の流れだ。しかし、それは一定で急変することはない。

戦火を交えて相手の戦力をほぼ把握したいま、冷徹な計算によって予測ができる。

不確定要素は敵の意思だけだ。しかし、味方にとって最悪の行動をとられた場合を仮定すればいい。それは、敵がどこまでも逃げて逃げて逃げまくることだ。

計算はすぐ終了した。

敵殲滅までに〈クリュブノーシュ〉艦内時間で最低一三七時間かかるものと予測される。その間に戦場はノヴ・キンシャス門《ソード・ノヴ・キンシャス》から離れ、霹靂艦隊《ビュール・ロドルショト》の陣形はだらしなく伸びきる。隊列を整え、補給を受けて、ノヴ・キンシャス攻略にかかるにはまた時間を要する。おそらく一時撤退をせざるを得なくなるだろう。

ラフィールは追撃戦を諦めた。右集団が戦場に復帰するつもりなら、またそのときに相手をしてやろう。〈人民主権星系連合体〉の主星系を死守する義理はないとばかりに遁走するなら、それもいい。僅かな損失で、敵戦力の四割ばかりを戦場から除去したことになる。

「こちらも陣形を縮める。第八陣形へ組み替えるがよい」と指示した。

「了解いたしました」ソバーシュは一礼した。

霹靂艦隊《ビュール・ロドルショト》はいったん停止し、去りゆく右集団との距離をとった。

最も突出していた第一艦隊《ビュール・カースナ》は右旋回した。第三艦隊《ビュール・ビーナ》から見て、ノヴ・キンシャス門《ソード・ノヴ・キンシャス》と反対側へ出る。

第三艦隊《ビュール・ビーナ》と第四艦隊《ビュール・ゴーナ》は護衛艦《レート》部隊をノヴ・キンシャス門《ソード・ノヴ・キンシャス》方面へ移動させた。

「雷撃だ。前方集団を削る」ラフィールは命じた。

第三艦隊《ビュール・ビーナ》の戦列艦《アレーク》はまだ腹に機雷《ホクサス》をじゅうぶん余していた。それが一斉に放出される。

前方集団も対抗雷撃を行った。

しかし、数が違う。

連合体の機雷《ホクサス》は一発も霹靂艦隊《ビュール・ロドルショト》に届かなかったが、星界軍《ラブール》の機雷《ホクサス》は櫛の歯が欠けるように数を減らしながらも、前方集団に襲いかかる。

だが、前方集団も意外にしぶとい。多数の雷撃を喰らいながらも、耐えている。

「戦果がはかばかしくないな」ラフィールは思わずこぼした。

「強靭ですね。護衛艦艇を集めているようです」ソバーシュがいった。「効果が薄いので、機雷戦《ホクサティオクス》の規模を縮小しようと思いますが、よろしいでしょうか」

「うん。いまは惜しもう」

承認して、ラフィールは平面宇宙図《ヤ・ファド》を見つめていた。

左集団は前方集団と合流しつつある。右集団は全速力で戦場から離脱しているようだった。隊列が伸びているのは、防御のことなど考えず、全時空泡《フラサス》が完全移動形態《ノークタフ・バタ》をとっているからだろう。

しばらくは右集団のことは考えなくていい。

左集団と前方集団の境目がなくなった。

敵艦隊は分厚い防御陣をノヴ・キンシャス門《ソード・ノヴ・キンシャス》の前に築きつつある。

「第六陣形へ。突撃戦の用意だ。アトスリュアに迂回挟撃せよ、と伝えるがよい」ラフィールは命じた。

司令長官《グラハレル》の指示を実行に移すべく、参謀《カーサリア》たちに作業を割り振ったあと、ソバーシュはラフィールに笑顔を向けた。「スポール元帥《スペーヌ》が羨むでしょうね」

「であろうな」ラフィールは同意した。いかにもレトパーニュ大公爵《ニーフ・レトパン》好みの派手な作戦だ。

しかし、ラフィールは基本的に堅実な作戦が好きだった。アブリアルなら当然のことだ。いや、好き嫌いの問題ではない。軍士《ボスナル》への責任を考えれば、作戦は謙虚に立て、統率は堅実に行うべきだった。

今回、迂回挟撃を実施するのも、最も効果的だと判断したからである。別に煌びやかだからではない。

皇帝《スピュネージュ》が星界軍《ラブール》の最高指揮官である限り、やはり帝位《スケムソラジュ》はアブリアルにこそ相応しい。

先ほど心に射しこんだ疑義が消え、ラフィールはほっとした。つい笑みがこぼれ、ジントに不審げな眼差しを向けられる。

第二から第四の各艦隊の内部で護衛艦《レート》が下がり、突撃艦《ゲール》が上がる。そして、巡察艦《レスィー》と襲撃艦《ソーパイ》は進行方向左にずれはじめた。

本隊の後方では、第一艦隊《ビュール・カースナ》も進行方向左へ移動する。

第一艦隊《ビュール・カースナ》はそのまま本隊を左から追い抜いた。本隊の巡察艦《レスィー》と襲撃艦《ソーパイ》が合流する。

アトスリュアの艦隊はさらに敵艦隊の横も擦り抜けた。

敵艦隊に機雷《ホクサス》を浴びせられても、第一艦隊《ビュール・カースナ》は悠然としている。

やがて、第一艦隊《ビュール・カースナ》はノヴ・キンシャス門《ソード・ノヴ・キンシャス》と敵艦隊の間に割りこんだ。

「突撃せよ」ラフィールの命令が時空粒子《スプーフラサス》に乗って艦隊に広がった。

突撃艦《ゲール》が完全移動形態の時空泡《フラサス》に包まれて突進する。

ラフィールは平面宇宙図《ヤ・ファド》上で彼らの動きを見守った。

完全移動形態《ノークタフ》の時空泡《フラサス》群は艦隊から分離した。

敵の雷撃はない。

ラフィールはこのとき、勝利を確信した。

「機雷《ホクサス》はどれだけ残っている？」ラフィールは訊いた。

「約百分の二三です」

「全弾を援護雷撃に」

「了解しました」

戦列艦《アレーク》が温存していた機動時空爆雷《サテュス・ゴール・ホーカ》をすべて放つ。

突撃艦《ゲール》時空泡《フラサス》群に機雷時空泡《ホクサスフラサス》群が追いつき、追い越した。

追い越すのとほぼ同時に敵艦隊と激突した。

敵味方の時空泡《フラサス》が融合する。そのいくつかは破裂し、時空粒子《スプーフラサス》のうねりを残して、消滅した。

敵艦隊の隊列が崩れていく。

その後ろに第一艦隊《ビュール・カースナ》が回りこむ。

第一艦隊《ビュール・カースナ》は縦陣を横陣に変え、敵艦隊に襲いかかる。

敵艦はみるみる数を減らしていく。

左集団は戦場から遠く離れ、なお全速で撤退中だ。いまから戻ってきても、間に合わない。同時に、こちらも追撃の機会を失った。

右集団と前方集団は霹靂艦隊《ビュール・ロドルショト》の手によって切り刻まれている。

彼らは少しでも効果的に抵抗しようと集結を試みる。

ふたつの集団は混じり合い、区別する意味がなくなったので、新たに合同集団と呼称された。

合同集団は〈人民主権星系連合体〉の最後の艦隊だろう、とラフィールは判断していた。

「合同集団から降伏信号です」通信参謀《カーサリア・ドロショト》が報じた。

〈人民主権星系連合体〉の艦隊が降伏したのだ。

喜ぶべき知らせだが、艦橋《ガホール》は静かだった。ラフィールの心も落ち着いている。ただ安堵の空気が流れた。

「戦闘停止。移動状態《ノークタフ》の敵時空泡《フラサス》には停止を勧告するがよい。もし勧告に従わなければ、討て」形通りの命令を下す。「第二、第四の両艦隊は敵艦の鹵《ろ》獲《かく》にあたれ。第一艦隊《ビュール・カースナ》はノヴ・キンシャス門《ソード・ノヴ・キンシャス》の偵察だ。引き続き、左集団の動向を注視するがよい」

一連の命令を終えて、席に深く腰掛けて一息吐く。

馥郁《ふくいく》たる香がラフィールの鼻腔をくすぐった。

檸檬《れもん》を浮かべた、熱い桃果汁《ティル・ノム》が差し出された。

顔をあげると、ジントが微笑んでいた。

「そなたの仕事はこれから忙しくなるぞ」器を取りながら、ラフィールはいった。

艦隊司令長官《グラハレル・ビューラル》は外交使節でもある。これから、〈人民主権星系連合体〉の交渉が行われるだろう。帝国の伝統に則り、ラフィールは至極単純にことを進めていくつもりだが、それでも夥しい折衝や事務処理がのしかかってくるだろう。

幸いなことに、ほとんどのことは副官《ルーキア》であるジントがしてくれるはずだ。

「わかっているよ」ジントはいつものように実に頼りない笑顔を見せた。

第一艦隊《ビュール・カースナ》から一個戦隊の巡察艦《レスィー》が送り出され、ノヴ・キンシャス門《ソード・ノヴ・キンシャス》をくぐる。

そのうち一隻はすぐ平面宇宙《ファーズ》へ戻り、連絡艇《ペリア》を放った。

連絡艇《ペリア》は総旗艦《グラーガ・ダーカ》〈クリュブノーシュ〉と時空融合《ゴール・プタロス》する。その直後、情報連結《ロンジョス・リラグ》を行った。

「連絡艇《ペリア》より、長官殿下《フィア・グラハレル》にじかにご報告申したい、と要請が入っております」通信参謀《カーサリア・ドロショト》がいった。

「聞く」ラフィールは許可した。

主画面に映った連絡艇《ペリア》の艇指揮《ポノワス》は、前衛翔士《レクレー》の階級章《レンスィムスィア》をつけた女性だった。

「抵抗はまったくありません」艇指揮《ポノワス》が緊張の面持ちで報告した。「通常宇宙《ダーズ》で連合体政府からの停戦要請を受信しました」

「出せるか？」ラフィールは訊いた。

「はい」

主画面が地上人の男性に切り替わる。

「わたくしは〈人民主権星系連合体〉大統領アルズ・アマニ。すでにわが軍には戦闘停止命令を出した。貴軍にも戦闘停止を強く期待する」

ラフィールは頷き、ソバーシュに指示した。「受諾する。全艦に自衛以外の戦闘行為を禁じる旨、徹底するがよい」

そして、連合体大統領への返答を録画する。映像は〈クリュブノーシュ〉所属の連絡《ペリ》艇《ア》が持ち、ノヴ・キンシャス門《ソード・ノヴ・キンシャス》へ向かった。

やがて、第二艦隊《ビュール・マータ》と第四艦隊《ビュール・ゴーナ》から敵艦の鹵獲を完了した、という報告が入った。

「では、ノヴ・キンシャス門《ソード・ノヴ・キンシャス》に進入する」ラフィールは宣言した。

「はい」ソバーシュがにっこり笑った。

他の幕僚《スペルーシュ》たちも笑みをこぼしている。

ラフィール自身、さすがに高揚を感じていた。

ひとつの星間国家が消滅しようとしているのだ。それも彼女の手によって。

「ノヴ・キンシャスへの進入序列案です。ご承認くださいますか」

ラフィールの顔の前に仮想窓が浮かんだ。彼女はろくに見ずに承認した。

「では、行こう」


ノヴ・キンシャスにはまず第一艦隊《ビュール・カースナ》が入り、続いて第三艦隊《ビュール・ビーナ》が侵入した。

第三艦隊《ビュール・ビーナ》の先頭は総旗艦《グラーガ・ダーカ》〈クリュブノーシュ〉である。

「ノヴ・キンシャス門《ソード・ノヴ・キンシャス》通過一〇秒前です」司令座艦橋《ガホール・グラール》にも秒読みが流れる。「……五、四、三、二、一、通過」

ノヴ・キンシャス門《ソード・ノヴ・キンシャス》は、通常宇宙《ダーズ》側ではノヴ・キンシャス星系《キーヨース・ノヴ・キンシャス》の主惑星カイル・ゴンべの軌道上にある。

連合体大統領の言葉に嘘はなかった。多くの空間機動要塞《ロニード・ホーカ》や戦闘艦艇がカイル・ゴンべを巡っていたが、一切の戦闘行動をとっていない。

主画面のなかで第一艦隊司令長官《グラハレル・ビューラル・カースナ》アトスリュア大提督《フォフローデ》が敬礼した。「この星系は極めて平穏です、長官《グラハレル》」

「それはよかった」ラフィールは頷いた。「反物質燃料製造工場《ヨーズ》も無事か？」

ラクファカールにあった〈帝国の乳房《ルエ・リボス》〉ほどではないが、恒星ノヴ・キンシャス周辺には大規模な反物質燃料製造工場《ヨーズ》が複数、存在していた。自爆されると、大きな損失になる。

「はい。健在です。破壊活動は決して許さないことを通告し、警備のため一個戦隊を最大加速で向かわせております」

「ご苦労」

ジントが喜ぶな、とラフィールは思った。むろん、艦隊や帝国《フリューバル》にとってもいい知らせだ。

やがて、第三艦隊《ビュール・ビーナ》の全艦艇が通常宇宙《ダーズ》に降りると、続いて第二艦隊《ビュール・マータ》が〈門《ソード》〉を潜りはじめた。鹵獲した敵艦を伴っている。

「〈人民主権星系連合体〉アマニ大統領からの通信要請です」通信参謀《カーサリア・ドロショト》が報告した。

ラフィールは起立し、通信をつなげるよう命じた。

「わたしは、〈アーヴによる人類帝国《フリューバル・グレール・ゴル・バーリ》〉皇太女《キルーギア》、霹靂艦隊司令長官《グラハレル・ビューラル・ロドルショト》、帝国元帥《ルエ・スペーヌ》、アブリアル・ネイ＝ドゥブレスク・パリューニュ子爵《ベール・パリュン》・ラフィールである」ラフィールは肩書きをつけて名乗った。「さっそくだが、大統領閣下、〈人民主権星系連合体〉は降伏されるのか？」

「殿下《フィア》」アマニは堂々たる態度だった。「わたくしは最高指揮官としてわが軍へ降伏を命じた。しかし、国家はまだ降伏することができない」

「現時点では諒とさせていただく、閣下《ローニュ》」ラフィールはいった。「しかし、御身らに降伏以外の選択を認めるつもりのないことは明確に申し上げる」

「予測していた。しかし、寛大な態度を望む」

「信じていただけないかもしれないが、われらは常に寛大な態度を心がけている」

「今後の交渉において、確認させていただければ、と思う」

「そうされるがよい。ところで、閣下。当方の得た情報によると、貴軍には他国の軍士《ボスナル》が参加しているはずだ。彼らも降伏を承諾したのか？」

「旧同盟国の軍人はすべて武装解除し、拘束するよう命じてある」

「けっこうだ。では、今後について、交渉担当者をご紹介いただきたい」

「特使を貴軍の指定される場所へ送る用意はある」

「それでは間に合わない。貴国の施設をいくつか接収したい。とくに反物質燃料製造工場《ヨーズ》は速やかにわが軍の管理下に置かせていただきたい。貴国の軍が降伏した以上、軍用施設は遠慮なく接収するが、反物質燃料製造工場《ヨーズ》は民間施設と理解している。許可をいただきたい」

「順法精神に富んでおられる」

皮肉かもしれない、と思ったが、言葉のままに受け取ることにした。

「われらは強奪は好まぬ。しかし、好きではないだけで、必要ならば厭《いと》わない。できればまっとうな取引がしたいが、われらは迅速さをより好む」

「了解した。我が国の法体制では、民間施設を国家が自由にすることはできない。接収対象を教えていただければ、政府が仲介して管理権限者の承諾をとろう」

「一覧を送る。それとは別に貴国の降伏について話し合いたい」ラフィールはジントを招き寄せた。「紹介しよう。この者はわが副官《ルーキア》、ハイド伯爵《ドリュー・ハイダル》だ。貴国との交渉担当としたい」

　彼を爵位《スネー》で紹介したのはジント自身の進言である。他国の政治家と交渉する際には、位階《レーニュ》より爵位《スネー》のほうが有用であるというのだ。「〝リン主計千翔長《シュワス・サゾイル》〟より〝ハイド伯爵《ドリュー・ハイダル》〟のほうが重要人物と誤解してもらえるだろう」と彼は笑顔でいったものだ。だからジントも、異例の紹介を落ち着いて受け止めた。「よろしくお願いいたします、大統領閣下」

　大統領は驚いたようだった。「しかし、その容姿は……、いや、失礼。なんでもない」

「小官の容姿がアーヴの典型から離れている、と仰りたいのでしょう」ジントはにこやかに応じた。「よくいわれます」

「いや、まあ、地上人が爵位を持っているとは思わなかったので、意表を突かれただけだ。伯爵閣下《ローニュ・ドリュール》に含むところはない」

「お気になさらず、閣下《ローニュ》。どのような文化圏にも偏見が存在するものです」ジントは頷いた。「そちらの交渉担当のかたをご紹介いただけますか？」

「申し訳ない。いまから人選に入る」

「了解しました」ジントはにこやかに応じた。「では、一時間後、こちらからご連絡をいたします」

「一時間後……」大統領は啞然とした。「ご理解いただきたいのだが、われわれの体制は民主主義を基としている。このような重要な役職を担う人間を一時間で決定するのは難しい」

「理解いたしますとも。では、もし一時間後に人事が定まっていない場合、その一時間後にまたご連絡いたします」

ジントがラフィールに目顔で合図する。

「では、ハイド伯《ドリュー・ハイダル》からの連絡を待たれるがよい。交信はいったん、打ち切らせていただく」

交信が終わると、ソバーシュがいった。「長官《グラハレル》。復命使を送りますか？」

復命使とは、皇帝《スピュネージュ》へ作戦の結果を報告する役職である。参謀をもってあてるのが習わしだった。ノヴ・キンシャスは陥落したが、〈人民主権星系連合体〉はまだ存在する。スキール王国《フェーク・スキル》との連絡にいたっては、目処すらついていない。霹靂作戦《クファゼート・ロドルショト》が完了したと報告するには中途半端な気もする。ソバーシュはその点を気にしているのだろう。

だが、ラフィールはすぐに決断した。

「送ろう。なるべく早く陛下《エルミトン》にご報告申し上げたい。それに、今後のこともあるからな」

「誰を送りますか？」

「エクリュアを。副使としてグノムボシュもつける」

エクリュアの眼差しを感じる。相変わらずの無表情だが、それなりに永い付き合いなので、非難の色を感じることができた。また出されるの、とでもいいたいのだろう。

ラフィールは彼女が邪魔なのではない。あくまでその能力を買っているのだ。あのスポールが率いる第五艦隊《ビュール・ジュータ》から機雷《ホクサス》をぶんどってきた手腕は見事だった。ラフィールはそこに期待している。

そう、ラフィールには、エクリュアを単なる戦勝報告員にするつもりはなかった。次の作戦のために動いてもらわなければいけない。

「参謀長《ワス・カーサレール》、ここはまかせてよいか？」ソバーシュが頷くのを確かめて、ラフィールは立った。「エクリュア、グノムボシュ、来るがよい。そなたたちに話がある」

ラフィールがふたりの参謀と話をしている間に、第四艦隊《ビュール・ゴーナ》の艦艇も通常宇宙《ダーズ》に降り、カイル・ゴンベの軌道上は混み合った。

霹靂艦隊《ビュール・ロドルショト》は五個空挺戦隊《ソーヴ・ワケール》が所属し、第三艦隊《ビュール・ビーナ》に三個、第二艦隊《ビュール・マータ》と第四艦隊《ビュール・ゴーナ》に一個ずつ所属していた。

第三艦隊《ビュール・ビーナ》所属の空挺戦隊《ソーヴ・ワケール》はカイル・ゴンベの軌道上に留まった。空挺戦隊《ソーヴ・ワケール》所属の輸送《イサー》艦《ズ》から短艇《カリーク》が吐き出され、連合体の要塞や艦艇へ向かう。カイル・ゴンベの地上はくまなく走査され、軍事施設らしきものはその位置を曝露される。そこへも往還艇《フラーシュ》で空挺部隊が向かった。

第二艦隊《ビュール・マータ》所属の空挺戦隊《ソーヴ・ワケール》は外惑星へ向かった。気体惑星に設置された水素井《せい》や小惑星の鉱山を接収するのが目的だ。

第四艦隊《ビュール・ゴーナ》所属の空挺戦隊《ソーヴ・ワケール》は恒星を目指す。反物質燃料製造工場《ヨーズ》を接収するためだ。

連合体軍の降伏から一七時間後、ジントの連合体側の相棒が決まった。

帝国《フリューバル》はこれまで、降伏した相手が星間国家として存続するのを許したためしがない。今回の〈人民主権星系連合体〉にたいしても同様の方針で臨む。しかし、だからといって既存の連合体政府を無視するのは悪手だ。平和的に引き継ぎを受けてから、解体するのが望ましい。混乱が少なくて済むからである。

ジントが行っているのは、連合体の平和的解体に向けての予備交渉である。

予備交渉は地表の連合体政府と軌道上の〈クリュブノーシュ〉とで通信により行われ

た。

　交渉はなかなかはかどらない。

　政府が降伏せずにいるあいだも、星界軍《ラブール》は着々とノヴ・キンシャスの根拠地化を進めていった。恒星ノヴ・キンシャス周辺では、既存の反物質燃料製造工場《ヨーズ》を確保したうえに、艦隊に随伴させた機動反物質燃料製造工場《ヨーズ・ホーカ》も設置した。民間の船舶造修施設も接収され、星界軍艦艇の修理や、鹵獲された旧連合体軍艦艇の改造に使われた。

　十日もすると、星界軍《ラブール》はカイル・ゴンベの軌道上に機動酒保街《ラクネーヴ・ホーカ》を展開し、すっかりくつろいでいた。

　艦隊司令長官《グラハレル・ビューラル》となれば、気安く酒保街《ラクネーヴ》を散歩するわけにもいかない。しかし、司令長官《グラハレル》には特権がある。その特権を行使してラフィールは、旗艦《グラーガ》〈クリュブノーシュ〉に臨時皇太女宮殿《コールベイ・ディファカ》を接続していた。

　放射線防護樹脂製の臨時皇太女宮殿《コールベイ・ディファカ》は〈クリュブノーシュ〉の倍近い容積があった。その中心には薔薇園があり、気が向くとここでラフィールは、幹部を集めて会議を催す。非公式だが、話題によっては重要なものになりえた。

　今日の会議には司令部附上皇《ファニーガ・グラーガム》ラムローニュも参加していた。あくまで傍聴者であることを主張するかのように、彼女は会議卓から離れたところに卓子を用意させ、お茶を飲んでいた。

薔薇園の天蓋は透明だ。天蓋の向こうの空には、惑星カイル・ゴンベが浮かんでいる。

「連合体政府が正式に降伏しても、各星系まで降伏したことにはならないそうです」予備交渉を担当するジントが報告した。

「やはりか」ラフィールは頷いた。「しかし、ずいぶん時間がかかるな。引き延ばしか」

帝国の最大関心事は、未だ占領されていない諸星系の引き渡しが円滑に行われるかどうかだった。

「かもしれませんね。いうに事欠いて、『連合体政府には各星系政府に降伏命令を出す権限がないことが判明した』とのことですからね」ジントはいった。

普段は温厚な彼が憤懣やるかたない様子だ。交渉でよほどいらつかされたのだろう。

いい気味だ、とラフィールは秘かに喜んだ。

「では、連合体の協力は得られない？」ソバーシュが尋ねた。

「いえ、各星系の資料については、秘密指定されたものも含めて、すでに提供を受け、解析中です。もし不足する情報があれば、追加提供の約束も取りつけております。それから、協力といえるのか疑問ですが、連合体政府降伏後、主権返還使を各星系に派遣するとのことです」

「主権返還使とはなんだ？」ラフィールは説明を求めた。

「各星系の持つ主権を連合体政府が預かる、という建前で連合体政府は権力を行使してきたのです。連合体政府が降伏すると、その主権が浮きますから、これを各星系に返還するわけです」

「無意味だ。浮いた主権は当然、われらのもの。返還するもなにもない」

すでに旧勢力圏境界からバハメリまでの連合体領域は、第五艦隊《ビュール・ジュータ》が併合に取りかかっている。報告を読む限り、第五艦隊司令長官《グラハレル・ビューラル・ジュータ》スポール星界軍元帥《スペーヌ・ラブーラル》は、主権のことなど気にしていない。主権返還使のことを知れば、きっと面白がるだろう。

「そもそも、連合体の星間航行は原則として禁止したはず。返還使のために星間船《メーニュ》の運行を認めろ、という要求かな？」ソバーシュが首をかしげた。

「むろん、星間航行の禁止は思い出していただきました。すると、わが軍の艦艇に便乗させる用意もある、といってきました」

「それは、寛大なお申し出だね」ソバーシュは皮肉っぽくいった。「それで、リン主計《シュワス》・千翔長《サソイル》はどうお考えか？」

ジントは肩をすくめ、「正直いってよく理解できませんが、連合体にとってはとても大切なことのようです。派遣を了承すれば、人心の慰撫には役立つでしょう」

連合体の市民はこれから帝国の領民《ソス》となる。アーヴがたいていそうであるように、ラフィールは地上世界《ナヘーヌ》の世論にあまり興味を持たないが、どうせなら気持ちよく領民《ソス》になってもらいたい、と思う程度には気にかけていた。

「しかし、返還使の派遣は連合体政府の降伏後になるのであろ？　待っていられないぞ」ラフィールはいった。

「すでにわが軍の制圧済みの星系にも派遣させてほしいと主張してます。そこから考えると、併合後でもかまわないのではないでしょうか」とジント。

「連合体という星間国家の葬式みたいなものですな」第四艦隊司令長官《グラハレル・ビューラル・ゴーナ》ダセーフがいった。

「そういうことであれば」ラフィールは決断した。「払うべき敬意は払おう。しかし、われらの予定を遅らせてまで、彼らの儀式につきあうつもりはない。まずは占領予定を立て、もし可能ならば、返還使の同行を認めることとする」

「了解しました。この件は、そのつもりで交渉に臨みます」ジントは着席した。

「では、そろそろ落ち穂拾いに出かけるべきですかな？」ダセーフはいった。「部下たちは休養しすぎて、退屈しはじめております」

　バハメリから先は、第二艦隊《ビュール・マータ》、および第四艦隊《ビュール・ゴーナ》が、連合体軍の武装解除と未制圧星系の帝国編入、すなわちダセーフ曰くの〝落ち穂拾い〟を担当する。

「平面宇宙図《ヤ・ファド》を」ラフィールは要求した。

薔薇園にしつらえた会議卓に平面宇宙図《ヤ・ファド》が浮かびあがった。

状況については刻々、報告を受けている。〈ハニア連邦〉の艦隊はまだ連合体の領域に居座っている。エミクーシ星系に集結しているようだ。

皮肉な話だ。エミクーシはもともと、〈ハニア連邦〉に備えた軍事拠点として整備されていた。しかし、〈四カ国連合《ブルーヴォス・ゴス・スュン》〉が結成されてからは、重要度が下がり、縮小されていった。戦争が勃発して、連邦が中立を選び、同盟関係が途切れた際も、とくに強化されることはなかった。それがいま、連邦の手によって、往時の規模を取り戻しつつあるらしい。

「連邦は連合体所属の星系を占領していないんだな？」ラフィールは確認した。

「はい。現状、その動きはありません」とソバーシュ。「エミクーシには協定により駐留を認められているようです。ただ、エミクーシの地上世界《ナヘーヌ》との関係はよくわかりません」

「先手を打つべきです」作戦参謀《カーサリア・ヨクスクロト》のレクシュが提案した。「エミクーシ周辺の編入を優先し、孤立させてはいかがでしょうか」

ラフィールはラムローニュを一瞥した。上皇《ファニーガ》は素知らぬ顔で菓子を摘まんでいた。

「それは駄目だろう、レクシュ参謀」第二艦隊司令長官《グラハレル・ビューラル・マータ》ピアンゼークが生真面目な様子でいった。「わが艦隊に与えられた任務はノヴ・キンシャス攻略だ。引き続きスキール《フェーク》・王国《スキール》までの打通を命じられる可能性が高いが、いまは帝国《フリューバル》中枢の指示を待つべきだ」

「しかし」レクシュは反論した。「連合体の軍はすでに降伏し、国家としても事実上、降伏しております。である以上、連合体所属の星系を併合するのは、作戦任務のうちではありませんか」

「粛々と行えばいいだろう。無用に連邦軍を刺激するのはいかがなものか」

「それはあまりに弱腰ではありませんか」

「十翔長《ローワス》」ソバーシュが穏やかな口調でレクシュをたしなめた。「ここは上官を批判する場ではないよ」

「申し訳ありません」レクシュはピアンゼークに頭を下げた。「ですが、連合体を降伏させた以上、その勢力圏をあまねく帝国《フリューバル》の一部とするのが、わが艦隊の使命との考えは変わりません」

「では、なおさら連邦軍の撃滅は後回しにするべきでは？」

ラフィールは部下たちの議論を止めなかった。非公式な会議である。自由に意見をぶつけてほしかった。

「小官はエミクーシへの進撃を主張しているのではありません。あくまで編入作業を進めるうちで、エミクーシが孤立するよう予定を立てるべきだ、と申しているのです」

「連邦軍がおとなしく孤立するとは思えないね」

「彼らへの対処は第三艦隊《ビュール・ビーナ》単独で十分に可能です。第一艦隊《ビュール・カースナ》が連邦領の偵察、第三艦隊《ビュール・ビーナ》が連邦軍の牽制、そのほかの艦隊で旧連合体領の吸収にあたってはいかがでしょうか」

「なるほど、連邦軍が撤退するなら、それもよし、ということかね」ソバーシュがいった。

「はい」レクシュは得意げに胸を反らした。

ソバーシュはほっとしたような表情で、茶を啜った。

彼なりの試験だったのだろうな、とラフィールは思った。レクシュが返答を誤れば、ソバーシュは彼女の解任を迫ったかもしれない。

「いや、どうせなら撃滅してしまうべきではないですかな」ダセーフがいった。「いま、撃滅したほうが全体として損耗が少なくて済む」

「エミクーシの連邦軍を撃滅すると、連邦そのものが降伏するはず、というご意見は変わらないのですか？」ピアンゼークが呆れたようにいう。

「意見というより、推測だよ。まだ完全に否定されたと断ずるには早すぎる、と思う」

ダセーフはすました顔で答えた。「レクシュ参謀には賛成いただけないかね」

「連邦の降伏について小官には判断いたしかねますが、後顧の憂いを断つ意味で、撃滅が好ましいとは存じます。ただ、連邦軍の撃滅を目標とするのは、ピアンゼーク長官《グラハレル》の仰るようにわが艦隊の任務を逸脱します」レクシュは未練がましくつけくわえた。「しかし結果として、撃滅してしまうのはやむを得ないことではないでしょうか」

ピアンゼークは平面宇宙図《ヤ・ファド》とレクシュの顔を交互に眺め、首をかしげた。「後顧の憂い？」

「ウェスコー門《ソード・ウェスコール》より帝都《アローシュ》を奪還する場合、エミクーシの敵に後方を脅かされる恐れがあります」

「それはさすがに先走りがすぎるね」ソバーシュがいって、ラフィールの顔を一瞥した。ラフィールがレクシュとグノムボシュに余計な研究をさせた、と考えているのかもしれない。

「エミクーシ門《ソード・エミクーシル》はウェスコー門《ソード・ウェスコール》から距離がある。後顧の憂いにはならない」ラフィールはあえて論点をずらした。

「ならば、なおさら撃滅する必要はありませんね」レクシュはいった。

「純粋な好奇心からお尋ねするのですが、わが艦隊の現有戦力で帝都奪還が可能ですかな？」とダセーフ。

「無理だな」ラフィールが即答すると、レクシュも無念そうな表情で頷いた。

「ひょっとして、殿下《フィア》は増援を要請なさっているのでは？」ダセーフはどちらかというと懸念しているように、ラフィールには思えた。

「そんなことはしていない」ラフィールは首を横に振った。「まだその前の段階だ。進言させるだけだ」

復命使のエクリュアには、霹靂艦隊《ビュール・ロドルショト》の次の作戦として、ウェスコー門《ソード・ウェスコール》からの帝都奪還を提案するよう命じてある。だが、作戦決定の前にはラフィール自身が皇帝《スピュネージュ》に謁見する必要があるだろう。また彼女はそれを熱望していた。一方的に次の作戦を指示されるのは望んでいなかった。

実のところ、ほんとうの願いは、統帥官《ジョクスィーフ》に補されることだった。統帥府《ワロディアシュ》でラクファカール即時奪還の熱弁を揮ってみたいのだ。

「ともかく、エクリュア准提督《ロイフローデ》たちが帰ってきての話ですね。いまは連合体旧領の平定を急ぐべきです」ソバーシュはいった。

「そうだな」ラフィールは頷いた。「連合体旧領を帝国《フリューバル》の血肉とせねばならぬ。ひとまずエミクーシの敵は第一艦隊《ビュール・カースナ》に監視させよ。第二艦隊《ビュール・マータ》、第四艦隊《ビュール・ゴーナ》は出撃するがよい。星系の編入予定が決まったら、連合体政府にも知らせてやれ。使者を出したいとの要望があれば、できるだけ便宜を図るがよい。亡国にも十分な敬意を払うのがわれらの伝統だ」

ピアンゼーク、ダセーフの両司令長官《グラハレル》が席を立って敬礼した。そして、退出する。

「他になにかご指示はございますでしょうか？」ジントが直立し、頭を下げて、尋ねた。

「いや」ラフィールは首を横に振った。「それでは、会議は閉会ということでよろしいか」

「いいであろ」ラフィールは頷いた。

幕僚《スペルーシュ》たちが一斉に立ち、ラフィールに敬礼した。彼女が答礼すると、続いてラムローニュにも敬礼して退出する。

ただひとりジントはラフィールの側に残った。

「長官《グラハレル》、執務室へご案内いたします」

「執務室の場所はよく知ってるぞ」もちろん、ジントの意図はわかっていた。仕事が溜まっているという婉曲表現なのだ。「ひとりで行ける。そなたは、連合体政府にわたしの意向を伝えるがよい」

「了解しました」ジントも出ていった。

「それでは、猊下《ニッス》」ラフィールは立ちあがり、ラムローニュに敬礼した。「わたしも失礼いたします」

「殿下《フィア》」ラムローニュは坐ったまま口を開いた。「殿下の霹靂《クファゼート・ロドルショト》作戦の評価を伺いたいわ。ほんの個人的な興味だが」

「ご批判はあるでしょうが、概ね遺漏なく完遂できたものと自負しております」

「違う」ラムローニュは首をかしげ、口の端を歪めた。「わざとか？　わたしの尋ねて

いるのは、そなたの自己評価ではない。与えられた作戦の評価だ。この時期、帝国が

総力を挙げて行うのに相応しい作戦であったと、そなたは考えるか？」

「いいえ」ラフィールは即答した。「ラクファカール奪還にこそ、総力を挙げるべきで

した。作戦を受領したとき、そう考えましたし、いまではいっそう強く思います」

「もしこの作戦によってスキール王国との連絡は叶ったとしても、その考えに変わらな

いか」

「はい。ラクファカール奪還こそ勝利への近道です」

「そなたの頑固さは変わらないわね」ラムローニュは満足げに頷いた。「では、次の作

戦こそラクファカール奪還を目的とすべきか」

「他に考えられません」

「もしも、陛下が別の作戦を授けたら、そなたはどうする？」

「勅命とあれば喜んで遂行するのみ、と答えるべきだったろうが、ラフィールは考えこ

んでしまった。

ラムローニュは笑いだした。「正直なこと」

「どういう意味でありましょう？」

「言葉どおりの意味よ、殿下。そなたは皇帝に向いていると思う。しかし……」

「しかし？」

ラフィールは言葉の続きを促したが、ラムローニュは答えなかった。その代わり、機械給仕に新しい茶を要求した。

「このたびの戦いは帝国《フリューバル》にとってのみならず、人類にとっても経験のない戦いだわ」

「はい」

「きっといろいろなことが起こる。いまだ帝国《フリューバル》の経験したことがないような」

「お言葉ですが、猊下《ニソス》。起こるのではなく、起こすのです」

「勇ましいわね、殿下《フィア》」上皇《ファニーガ》は羨望を称号《トライガ》に響かせた。「そなたと話していると、自分が傍観者であることを実感する」

ラフィールはあえてなにもいわなかった。ただ胸を張って、ラムローニュを見つめた。

背後から誰かが近づいてくるのを、ラフィールは空識覚《フロクラジュ》で知った。振り返るまでもない。出ていったばかりのジントが戻ってきたのだ。

「心配せずともすぐ行くぞ」さすがに不快だった。

「いいえ、長官《グラハレル》」ジントは告げた。「ぼくらが会議をしている間に、連合体政府は重要な決断を下したようです」

「もったいぶるでない」

ジントは笑みを漏らした。「〈人民主権星系連合体〉は国家としての降伏を決定しました。当方の承諾が得られてから三〇分以内に、アマニ大統領は最後の大統領令を発し、長官《グラハレル》にすべての権限を委譲して辞任なさる予定です」それから彼はラフィールの耳元で囁いた。「やったね、ラフィール」

「わかった」最後の一言は聞こえなかったことにして、「承諾する」

「では、そのようにお伝えします」

「大統領閣下と早急に会談したい」

「大統領は、権限委譲後に話したいと仰っていますが、それでかまいませんか？」

「いい」

「では、元大統領との通信回路はなるべく早く開きます」ジントはラフィールとラムローニュに敬礼して退室した。

ラムローニュは立ちあがって、ラフィールに最敬礼した。「おめでとう、殿下《フィア》。ひとつの堂々たる星間国家がいま、そなたの掌中に収まった。征服者ラフィール殿下《フィア・ラフィル・カスュンレルスィア》よ」

15　セスカル子爵領《ベールスコル・セスカル》

第二方面艦隊《ビュール・ケル・マータ》の根拠地、セスカル子爵領《ベールスコル・セスカル》は星系自体が一個の軍需工場のようだった。

小惑星帯では反物質燃料製造工場《ヨーズ》が量産されていた。完成した工場はただちに恒星セスカルへむけて加速される。工場の列は途切れることなく、小惑星帯と恒星とを繋いでいた。恒星近傍に到着した工場は軌道を微調整されると、さっそく光を反物質に凝縮しはじめる。

小惑星帯で量産されているのは反物質燃料《ベーシュ》の供給側ばかりではない。消費する側、すなわち艦船も夥しく建造されていた。

ただ無人の反物質燃料製造工場《ヨーズ》と違って、艦船には運用する人間が必要だ。第二方面《ビュール・ケル・》艦隊《マータ》は主にふたつの方法によって人員不足を解決していた。

ひとつは、スキール王国《フェーク・スキル》の人的資源をこの星系に集約したことである。多くの邦国《アイス》、所領《スコール》の維持を諦め、貴族《スィーフ》やその家臣《ゴスク》、商船団《カツベールラシュ》の乗員を星界軍《ラブール》に振り向けたのである。

もうひとつは、従士《サーシュ》の削減である。従士のほとんどは応急要員である。被害対策を考えなければ、従士の定員は大幅に削減できる。むろん、艦艇の生存性は低下するが、ドゥビュースは質より量を重視したのだ。

おかげで、艦艇はセスカル子爵領《ベールスコル・セスカル》に溢れていた。とくに中心部である惑星ダルカールの軌道上は混み合っていた。

その混雑の中に副帝宮殿《ベイ・ロイスピュネグ》がある。

哨戒艦隊司令長官《グラハレル・ビューラル・ビバウレル》のドゥヒールは〈ハニア連邦〉秘密軍使アム大佐を伴って副帝《ベイ・ロイ》

宮殿《スピュネグ》に参内した。

〈謁見の広間《ワベス・ベゾーロト》〉には、第二方面艦隊参謀長《ワス・カーサレール・ビューラル・ケル・マータ》コトポニー星界軍元帥《スペーヌ・ラブーラル》も待っていた。

第二方面《ケ・マータ》の首脳二人を前に、アム大使は平面宇宙《ファーズ》の最新状況を語った。その詳細はすでに通信によって報告され、ドゥビュースとコトポニーも知っているはずだが、二人は興味深げに耳を傾けた。

「エミクーシか」副帝《ロイスピュネージュ》ドゥビュースは首をかしげた。

〈人民主権星系連合体〉の軍根拠地エミクーシの名は星界軍《ラブール》の軍士《ボスナル》にとってもなじみ深いものだった。

「はい。本国にも帰還せず、エミクーシに駐留する予定のようです」〈ハニア連邦〉のアム軍使はいった。「意外としぶとい」

「エミクーシの貴軍が壊滅すれば、連邦は降伏するというのは事実ですか」コトポニーが訊いた。

ドゥヒールは最近、知ったのだが、連邦政府とは数年前から誼を通じていたらしい。

ハニア連邦では政策を決定するさい、人工知性の勧告が極めて重視される。決定するのは人工知性で、政治家の仕事はそれに好みを反映させることに過ぎない、とさえいわれるほどだ。

戦争が始まったとき、人工知性は帝国《フリューバル》への先制降伏を勧告した。

根拠は単純だった。帝国のほうが持久力に優れ、最終的に勝利を収めるだろう、と予測したのだ。連邦が帝国の一部となればその確率はさらに増す。

帝国との同盟は論外だった。アーヴは未だかつて他国と同盟を結んだことがない。奇跡的に結盟できたとしても、勝利の後、連邦一国で帝国と対峙するのは現実的ではない。むろん、単に帝国が強そうだから、というだけで、人工知性は降伏を勧告したわけではなかった。帝国が地上に住む個人に干渉しないことは広く知られていたのである。

連邦に限らないが、地上で暮らす人間は、他の惑星での出来事を自分たちの問題として捉えることが少ない。したがって、自分たちの生活に干渉してこない限り、大気圏から上を誰が支配していようが、気にしないという考えも一般的だった。

その点、〈人類統合体〉、〈人民主権星系連合体〉、そして〈拡大アルコント共和国〉は、普遍的な価値観の存在を信じている。困ったことに、連邦の諸世界の価値観とそれとの間にはいくつか埋めがたい溝があるのだった。

実をいえば、連邦は〈四カ国連合〉のなかでも浮いていたのだ。

〈四カ国連合〉が勝ったとしても、早晩、他国の圧力を受けて、連邦は衰退するだろう、と人工知性は予測した。

ならば、さっさと帝国の一部になってしまうのが合理的というものである。人工知性は、帝国の支配を受け入れたほうが連邦諸世界の幸福度は上昇するとさえ予測し、指導者たちを落ちこませた。

しかし、戦わずして降伏するという策には、さすがに反発が大きかった。

その結果が、中立という実に中途半端な政策だった。連邦の指導者たちの決定に対して、人工知性は極めて批判的だったという。

ただ人間のほうでも人工知性への疑義を抱いた。とくに軍人や星間輸送業者には、人工知性の廃棄を主張する者も多かった。彼らは連合派と呼ばれた。ここにいる人々には知るよしもないことだが、ダセーフが宇宙派と称した派閥である。一方、地上派はごく単純に保守派と呼ばれていた。保守派は人工知性の託宣を重視し、連合派との対立を深めていった。

戦争は概ね人工知性の予測したとおりに推移した。

それに力をえた保守派は、帝国への降伏を実行しようとした。

しかし、連合派によって支配された軍は、ひそかに旧同盟国と連絡をとり、強引に参戦した。政府は慌てたが、軍の行動を追認するしかなかった。

結果、ラクファカールを奪うことに成功した。さらに帝国の八王国のうち、クリューヴ、イリーシュ、バルグゼーデの三王国を制圧した。

しかし、人工知性は愚かな人間たちを批判しつづけた。帝国はまだ十分に強大であり、結局は降伏することになる、と。

事実、帝国の再反攻の兆しが見えてきた。

「まあ、そういうわけで、軍には〈人民主権星系連合体〉の防衛に全力を挙げさせたのですが、やはり荷が勝ちすぎたようですな」

「しかし、エミクーシに拠るのが貴軍のすべてではありますまい」

「ええ。しかし、連合派の駒は他にありませんよ。エミクーシの救援艦隊を率いているのは、連合派の領袖、アイ・ライネン元帥です。彼女に同調する士官も救援艦隊に集約されています。他の部隊はすべて政府に忠実です。ですから、降伏する可能性は高いと思いますよ」

「他人事のように仰る」

「ある意味、他人事ですな。決定するのは当職ではありません」

「大使は降伏について反対なのですか？」

アムは笑いだした。「愉快ではありませんよ。こう見えて軍人ですからな。しかし、理性は、人工知性に同調しているのです。帝国のもとでありのままに安らぐのが、最もましな未来だと考えます。不本意ではありますが、ときに理性は感情をさいなむ。それに耐えるのが文明人としての生き方でしょう。ですから、帝国を支持します」

「支持の印として領土をくださる、と？」

「あいにく選挙で争っているわけではないですからな」アムは肩をすくめた。「投票で済むなら、われわれとしても楽なのですが」

「しかし、貴国が降伏すれば、領域のほとんどを統合体と共和国に占領されるのではありませんか」ドゥヒールはつい口を出した。

いまこの会議室にいるのは四人だ。副帝《ロイスピュネージュ》、参謀長《ワス・カーサレール》、そして、敵国からの密使。この中に自分が混じっていることを、ドゥヒールは奇妙に感じていた。

「ラクファカール維持を優先する、と考えています」アムはこともなげにいった。

「帝都の占領継続と新領土の獲得は両立しませんか？」

「難しいでしょうな。ただラクファカールから勢力拡大を図る可能性は高い」

「クリューヴ門《ソード・クリュブ》ですか」

帝国を構成する八王国のひとつ、クリューヴ王国《フェーク・クリュブ》は戦前から〈ハニア連邦〉に囲繞されていた。現在、クリューヴ王国《フェーク・クリュブ》の領域はすべてが連邦に委任されているらしい。

「はい。クリューヴ門《ソード・クリュブ》からの侵攻は予測されております。そして、我が国にそれを阻止するつもりはございません」アムはきっぱりといった。「とはいえ、統合体の占領は一時的なものと判断しています。〈人類統合体〉の体制では、占領した星系を経済圏に組みこむのに時間がかかります。しばらくは負担になるばかり。その点、貴国の体制は洗練されていますな」

「その点とは？」

「他人のものを我が物にする点においてです」

「ご評価、ありがたいが」コトポニーが複雑そうな表情でいう。

「ご苦労だった、軍使どの」ドゥビュースが告げた。「居室に案内させよう。寛がれるがよい」

警衛従士《サーシュ・レートフェク》がふたり、入ってきた。

「ありがとうございます」アムは一礼した。「それではいったん失礼いたしますが、貴国の特使とともに早急に帰任いたしたく存じております」

「承知している、軍使どの」

ドゥビュースが頷くと、アムは従士《サーシュ》たちに先導されて退出した。

軍使の背中を見送って、ドゥヒールは父を見た。

「軍使殿を送っていく準備をしたほうがよいでしょうか」

「いや、それは他の者にやらせよう、クリューヴの王子《ラルソ・クリュブ》よ」ドゥビュースはいった。

「そなたには別の任務がある」

「別の任務とは？」

「まだ決めていないのだ、せっかち者《ネガ》よ」ドゥビュースは頰杖を突いた。「われらにはいまふたつの道がある」

「ひとつは現状維持ですか？」

「そうだ。そのときは、より警戒を厳かにしなければいけない。そなたの艦隊《ビュール》を増強しよう」

「両殿下《ボルフィア》」コトポニーがいった。「その道はお忘れください。われらは塒《ねぐら》から出るべきときです」

16　星間国家の清算人《クラテュガ・ムレンラグ》

〈人民主権星系連合体〉の降伏式典は行われなかった。連合体最後の大統領、アルズ・アマニの宣言をもって、連合体は消滅した。

〈人民主権星系連合体〉は、帝国《フリューバル》が滅ぼしてきた星間国家のなかで最大である。それゆえ、盛大な式典を行うべきだという意見もあった。

しかしラフィールは、「旧連合体市民の心情を慮《おもんぱか》れば、式典を催すべきではない」と却下した。その言葉に嘘はない。だが、本音をいえば、ただでさえ忙しいのに、形式的な行事を行いたくなかったのである。ネイ＝ドゥブレスクらしく、堅苦しい儀式は厭わしかった。主権返還使とやらに付き合えばじゅうぶんだろう。なにより、戦争はまだ終わっていないのだ。道半ばで浮かれる気分にはなれない。

旧連合体領の統治は名目上、ラフィールが担っていた。司法府は旧連合体の法に則って判断をしているが、立法府はラフィールの諮問機関に存在意義を変えた。そして、行政府は、かつてなら大統領の判断を仰ぐべきだった案件を霹靂艦隊司令部《グラーガーフ・ビューラル・ロドルショト》に上げてくる。

それらの案件を実際に捌いているのは、ジントだ。実に意外だったが、ジントは行政官として有能だった。

「きみの副官《ルーキア》よりは楽だよ、ラフィール」ジントは言い放ったものだ。

彼はまだ副官なのだが、本来の仕事を部下に任せ、いまはもっぱら旧連合体政府とラフィールの仲立ちを務めていた。最終決定はラフィールがしなくてはならないが、ジントはすべての案件に意見をつけてくるので、それに従っていた。いまのところ問題はない。

「専念させてやってもよいぞ。カイル・ゴンベに移住するがよい」と告げてやったが、いつものつまらぬ冗談だとわかっていたので、本気ではなかった。

だいいち、旧連合体政府を長らく存続させるつもりはない。急になくすと混乱が大きいから残しているだけで、連合体がなくなった以上、その国家機構も廃止する予定だった。

ジントが扱う案件も、いまはまだ日常的な処理が多いが、国家の清算という大事業が始まっていた。

この大事業のために、旧連合体政府から特使が臨時皇太女宮殿《コールベイ・ディファカ》に派遣されてきた。

ラフィールは特使を薔薇園に迎えた。

「お久しゅうございます、殿下《フィア》」特使ジャネット・マカリが挨拶した。

「ご健在であることを知り、嬉しく思う、特使どの」ラフィールも応じた。

マカリはかつて帝国駐在の大使だった。ラフィールが幼いころ、なにかの式典の折りに、二言三言、儀礼的な言葉を交わしたことがある。会見直前の説明で教えてもらうまでは、会ったこともすっかり忘れていた。

むろん、この場で交わされるのも儀礼的な言葉だった。マカリはいくつか要望を口にしたが、ラフィールはなにも約束しなかった。

実務はジントに任せてある。

「ハイド伯《ドリュー・ハイダル》と協議なされるがよい」ラフィールはいった。

そのハイド伯《ドリュー・ハイダル》ジントはマカリの斜め後ろに立っていた。

「では、あちらでご要望を承りましょう。われわれのほうからも、いくつかご提案があります」ジントは愛想よくマカリを促し、退室した。

マカリとジントが出ていくと、待ちかねたように、ソバーシュが入ってきた。手短に戦況を説明する。

特に変わりはなかった。星界軍《ラブール》は粛々と連合体の領土を占領し、エミクーシには依然、連邦軍が居座っている。

「エミクーシの敵は撤退しないのか」ラフィールはいった。

「現有戦力でも撃滅は可能です。しかし、新しい勅命があるまでは、現在の方針を維持するのが最善と考えます」

「いいであろ」ラフィールは頷いた。

エミクーシは後回しでもいい。

どうせなら……。

ラフィールは机上に展開された平面宇宙図《ヤ・ファド》を見た。無数に散らばる〈門《ソード》〉から、ウェ《ソード》・スコー《ウェスコール》門を探す。

ラクファカール奪還の勅命を、ラフィールは待望していた。

「それから、帝国《フリューバル》中枢から新たな連絡が来ました」

ソバーシュの口調はごく軽いものだったので、重要な知らせでないとしれた。

「なんだ？」

「代官《トセール》候補が三二人、こちらへ向かっているそうです」

「少し楽になるな」

将来的に、旧連合体の諸星系には貴族《スィーフ》が封じられる。ただまだ戦時である。安定していない。したがって、皇帝《スピュネージュ》が名目上の領主《ファピュート》となり、各星系には代官《トセール》が派遣されるのだ。それまでは、軍士《ボスナル》が領主代行《クファリア》として業務を扱っている。

領主代行《クファリア》というのは、ラフィールもやらされたことがあるが、神経を苛む仕事である。部下にやらせているのが申し訳なかった。領地経営の専門訓練を受けた官僚に代わってもらえれば、多くの人々が幸福になれるだろう。

三二人というのは、第一波ということだろう。これから続々と官僚たちがやってきて、旧連合体の勢力圏を帝国の血肉へ変えていくはずだ。

「それと、猫を受け入れる用意があるか、と内々の質問がありました」

「猫を？」ラフィールは眉を顰《しか》めた。「陛下《エルミトン》からのお尋ねか？」

「おそらく」

アーヴにとって、猫とは単に愛らしい動物ではない。日常の象徴である。

船を生活の場とするアーヴは、平時、軍艦に乗っていても子どもを育てたり、猫を飼ったりしている。

戦時になると、「全艦、猫を降ろせ！《ダデュクノ》」という号令が発せられる。

この号令を受けると、猫のついでに、思い出深いがふだん使わないものや、育てている子どもをより安全な場所へ預ける。猫を飼っていなくても、身の回りの品以外は降ろし、戦いに備えるので、すべての軍士《ボスナル》に意味のある号令だった。

練習第三艦隊《ビュール・ビーナ・クレーヤル》が結成されたとき、ラフィールはこの号令を発した。練習第三艦隊《ビュール・ビーナ・クレーヤル》は実戦部隊である、と解釈したからだ。

実際には、練習第三艦隊《ビュール・ビーナ・クレーヤル》のまま交戦することはなかったが、発令を悔いていない。

それをいまになって、猫を戻すか、と訊いてきた。

どういう意味だろう——ラフィールは悩んだ——ノヴ・キンシャスに腰を据えて落ち着け、と仰りたいのか？

いや、戻すとはいっていない。あくまでこちらが猫を受け入れるか、という質問だ。

もしラフィールが望めば、いったんここで攻勢を小休止し、新領土の経営に専念することもできるのだろう。

むろん、それはラフィールの望むところではない。

ラフィールはもう一度、平面宇宙図《ヤ・ファド》上のウェスコー門《ソード・ウェスコール》を見据えた。

「いや、まだ猫を和ませる場所が用意できない」ラフィールはきっぱりいった。

そう。他はいざ知らず、帝宮《ルエベイ》生まれの猫が憩うに相応しいのは、ラクファカール以外にないのだ。

あとがき

例によってお待たせしてしまいましたが、『星界の戦旗』第二部の開始です。

前巻において帝都ラクファカールが陥落してから、作品内部では約十年が経っています。

アーヴの皆さんはあまりお変わりありませんが、ジントはそろそろ青年とはいいがたい外見になってしまいました。

お気づきでしょうが、この星界シリーズでは年月日が曖昧です。

これは意図的にやっていることです。

星界の舞台では同時性が崩壊していて、同じ惑星の上、あるいは同じ船の中で展開する話ならともかく、宇宙に舞台が広がってしまうと、登場人物の時間にずれが生じることはざらにあるのです。まあ、『戦旗』に限っていうと、長期間の亜光速航行とか、超重力下といった、極端な環境で生活する登場人物はいないので、せいぜい数日ぐらいのものでしょうか。

でも、ラフィール、ドゥヒールの姉弟にラクファカール失陥が何日前だったかを尋ねれば、違う答えが返ってきます。

また、舞台が広大なので、情報伝達に時間がかかる、という問題もあります。ここらへんは大航海時代をイメージしております。本国ではとっくに手打ちを済ませているのに、末端にまで話が伝わっておらず、戦争を続けていた、なんてことがよくあったそうですが、星界シリーズも同様です。

登場人物によって時の進みが違うので、だいたいの人間にとってラクファカール陥落から十年ぐらい経った、と思ってください。

ついでにもうしますと、星界シリーズがわれわれの何年後の未来かというともっと難しい。どこかで書いたかと思いますが、われわれの時代は、ジントにとっては三百年ぐらい、ラフィールにとっては二千年ぐらい昔ということになります。

それはともかく、この約十年でなにがあったかというと、とくに大きな事件はなかったのです。

帝国はラクファカールを失い、戦力の立て直しと体制の再編成に懸命です。領土は分裂し、相互に連絡が取れません。それぞれの指導者層こそ団結しているものの、の、地上世界の離反に悩まされています。見栄を張って、汗ひとつかいていないように振る舞っていますが、その内実は青息吐息です。

一方、ラクファカールを落とした〈四カ国連合〉も、帝国領を大きく蚕食《さんしょく》しながら、戦争初期に奪われた領域は大半を回復できずにいます。

また、足並みも揃っていません。実のところ、ラクファカールさえ落とせば、帝国は短期間で崩壊するという見通しのもと、作戦が行われたのですが、彼らにとって不幸なことにそうならなかったのです。そのため、国家間の軋轢《あつれき》が生じておりますし、指導者たちは国民を宥めるのに四苦八苦しております。

どちらの勢力も大規模な作戦を発起する余力がなく、ただ勢力圏境界付近で、小規模な戦闘がときどき突発するだけです。

ボクシングならコーナーで水分補給でもしているところですが、あいにく国家間の戦いでは誰もゴングを鳴らしてくれません。休みたければ、選手同士で合意しなければならないのですが、双方、話し合うつもりなどないので、リング中央でジャブの応酬を続けながら体力の回復を図っている状態だったのです。

そして、ようやく帝国が先に準備を整え、攻勢に出たところで、この第二部が開幕いたします。

『星界の紋章』第一巻でラフィールが、この戦争は長く続くという見通しを語ります。この世界で星間国家同士が戦えば、英仏百年戦争みたいにだらだらとした戦いになるはずだ、と考えたので、彼女の口からそう語らせたのです。いまでも星間戦争に対するイメージは変わりませんが、百年よりは短い期間で終結するはずです。させたいなあ。

よろしくお付き合いのほどを願います。

二〇一八年七月二五日

星界の紋章／森岡浩之

星界の紋章Ⅰ―帝国の王女―

銀河を支配する種族アーヴの侵略がジントの運命を変えた。新世代スペースオペラ開幕！

星界の紋章Ⅱ―ささやかな戦い―

ジントはアーヴ帝国の王女ラフィールと出会う。それは少年と王女の冒険の始まりだった

星界の紋章Ⅲ―異郷への帰還―

不時着した惑星から王女を連れて脱出を図るジント。痛快スペースオペラ、堂々の完結！

星界の断章 Ⅰ

ラフィール誕生にまつわる秘話、スポール幼少時の伝説など、星界の逸話12篇を収録。

星界の断章 Ⅱ

本篇では語られざるアーヴの歴史の暗部に迫る、書き下ろし「墨守」を含む全12篇収録。

著者略歴　1962 年生，京都府立大学文学部卒，作家　著書『星界の紋章』『星界の戦旗』『星界の断章』『夢の樹が接げたなら』（以上早川書房刊）

HM=Hayakawa Mystery
SF=Science Fiction
JA=Japanese Author
NV=Novel
NF=Nonfiction
FT=Fantasy

星界《せいかい》の戦旗《せんき》Ⅵ
──帝国の雷鳴──

〈JA1341〉

二〇一八年九月 十 日　印刷
二〇一八年九月十五日　発行

（定価はカバーに表示してあります）

著者　森《もり》岡《おか》浩《ひろ》之《ゆき》
発行者　早川　浩
印刷者　西村文孝
発行所　株式会社　早川書房
郵便番号　一〇一 - 〇〇四六
東京都千代田区神田多町二ノ二
電話　〇三 - 三二五二 - 三一一一（大代表）
振替　〇〇一六〇 - 三 - 四七七九九
http://www.hayakawa-online.co.jp

乱丁・落丁本は小社制作部宛お送り下さい。
送料小社負担にてお取りかえいたします。

印刷・精文堂印刷株式会社　製本・大口製本印刷株式会社

ISBN978-4-15-031341-8 C0193